刺客

陈佳宁 著

时事出版社

图书在版编目（CIP）数据

刺客/陈佳宁著. —北京：时事出版社，2011.1
ISBN 978-7-80232-396-4

Ⅰ.①刺… Ⅱ.①陈… Ⅲ.①长篇小说—中国—当代 Ⅳ.①I247.5

中国版本图书CIP数据核字（2010）第250606号

出版发行：时事出版社
地　　址：北京市海淀区万寿寺甲2号
邮　　编：100081
发行热线：（010）88547590　88547591
读者服务部：（010）88547595
传　　真：（010）68418647
电子邮箱：shishichubanshe@sina.com
网　　址：www.shishishe.com
印　　刷：北京昌平百善印刷厂

开本：787×1092　1/16　印张：17.25　字数：283千字
2011年1月第1版　2011年1月第1次印刷
定价：29.80元
（如有印装质量问题，请与本社发行部联系调换）

目 录

第一章 并不成功的刺杀

忽然，吴越感觉到有硬物往他手里一塞，他心里一惊，立即转过头望向身后，只看到一双乌黑迷人的眼睛，正朝他露出一个俏皮的微笑。

吴越斜靠在一辆人力车上，微微睁着一双似笑非笑的眼睛，似乎沉思着什么。

今天他穿得挺隆重，身上套着一件黑色西装，头戴一顶黑色礼帽，漆黑光亮的皮鞋擦得可以照出街道两边的房子来。

此刻，他正赶去参加一个宴会。

吴越这种身份的人，绝对没有人会邀请他参加宴会。今天，他特地赶去，就意味着有人要从这个世界消失，因为他是一名冷血杀手。

黑色的礼帽下面，是一张略带着迷人的紫黑色的脸庞，微微突出的颧骨透出一种冷漠的味道。

人力车慢悠悠地穿过来来往往嘈杂的人群，吴越的眼睛始终直视前方，不被周围任何与他无关的东西吸引。

车子在黄浦江边停了下来，吴越从口袋里摸出钱递到了车夫的手中，然后面无表情地慢慢往前走去。不远处就是黄浦江上一个繁忙的码头。

此时的黄浦江上，停满了大大小小的船只，每一艘船上都系着红丝带，挂着红灯笼，随风飘过来的锣鼓声、鞭炮声、音乐声、欢笑声响成一片，热闹喜庆的氛围影响到了附近每一个人，许多人都循着这一阵声音，一边往江面上的那些船只张望着，一边议论纷纷。

今天是白老大50大寿。他原来是广东人，因为身负命案而逃到上海，经过多年拼杀，成了黄浦江上的一霸。因为当初是从水上起家，因此他选择在江上庆祝他的50大寿，表示他不忘本。

白老大的资料吴越早已经了如指掌。他抽出一支烟点上，凝视着被众多船只围绕着的一只大船，默默地沉思着。

今天这个刺杀任务并不简单，即使能够成功刺杀白老大，从船上逃脱也不是一件容易的事。可是不在船上刺杀他，根本找不到其他的机会动手，因为白老大是一个怪人，他几乎不上岸。他的世界里只有水和船，只要岸上有的东西，都可以在他的船上找到。

一阵更加响亮的锣鼓声打断了吴越的思绪，庆祝白老大生日的宴席马上就要开始了。吴越扔掉手上的烟，朝停在岸边的一艘船走过去。一块木板将船和陆地连接起来，木板的两边各站着一名保镖，负责盘查来往的客人。

两名保镖伸手拦住了吴越，面无表情地说了两个字："请帖。"

吴越从口袋里掏出一张红色的请帖，在两名保镖面前晃了一晃。保镖见他手上有请帖，便恭恭敬敬地作出了一个"请"的姿势放行。吴越微微一笑，踏着铺了红地毯的木板跨上了船，向停在中间的大船走过去。

船上的声音有些嘈杂，吴越不禁皱了皱眉头。他并不喜欢这种热闹的场面，因为他的身份注定他应该躲在暗处，而不是暴露在热闹之中。不过今天他却隐隐有些兴奋，今天的刺杀目标并不那么容易得手。难度意味着挑战，吴越喜欢接受挑战，享受挑战难度的快感。

大船入口处也站着两名保镖，他们示意吴越停下来接受检查。吴越将双臂高举过头顶，任凭两名保镖将全身上下搜了个遍。

吴越当然不会愚蠢到带着武器上船，一名优秀的杀手，随时可以找到杀人的工具。

检查完之后，吴越这才得以走进船舱。这是一艘大船，船舱非常大，可以同时容纳300多人。此时，这个大船舱被改造成一个大厅，里面已经聚集了很多人。能够被白老大邀请的客人，可都是上海滩有头有脸的人物。

白老大在水上发达之后，一方面继续着黑道上的生意，另一方面又经常让手下的四位徒弟出席一些社交活动，黑白两道混得如鱼得水。

为了保证刺杀行动万无一失，吴越仔细地研究过白老大的材料。他很清楚像白老大这种人的伎俩，正当的生意是虚的，只是为了掩盖他的黑道买卖，他接触过的许多黑道人物都是如此。

不过吴越并不关心这个，今天他只考虑怎样让他从这个世界消失。老秦给他这个任务时特别交待，让他小心行事。不过吴越还是选择了在白老大生日宴会这一天要了他的命，虽然这样做很冒险，可是他觉得这样也很有趣。

吴越从侍者手中接过一杯酒，一边和他身边的人频频微笑举杯，一边观察着船舱内外的情况。不一会儿，舱外响起了一阵噼里啪啦的鞭炮声，然后又是一阵欢快的锣鼓声。踩着锣鼓点，两只舞狮跳进了船舱，众人纷纷退到两边，让出一个空间给舞狮表演。

吴越知道白老大是广东人，生平非常喜欢看舞狮。随着狮子上下左右翻腾跳跃，白老大在两名黑衣保镖的陪同下，穿着一袭长衫出现在大厅，一边走一边满面春风地朝着各位来宾抱拳作揖。

“恭喜呀，白老板。”

“白老板今天可是年轻了 10 岁呀。”

“可喜可贺，可喜可贺啊。”

诸如此类的道贺声和锣鼓声、鞭炮声响成一片，整个船舱里好不热闹。吴越笑了一笑，也挤到白老大面前抱拳说道：“我祝白老板年年有今日，岁岁有今朝。”

祝福自己的话，白老大都是哈哈一笑地接受，热情地握住道贺者的双手以示感谢。当吴越握住白老大粗糙的双手时，他感觉到了一股强大的力量。吴越心里甚至有些失落，因为不多时，这双手上拥有的力量就会消失。

两只麒麟狮在白老大出来的时候跳得更欢快，或翻腾、或跳跃、或扑跌、或登高，赢得一阵又一阵的喝彩声。

正当众人目不转睛地欣赏狮子表演时，一只狮子突然跳上另一只狮子的背部，猛力往空中一跃，宽大的嘴巴里竟吐出一张红底金字的条幅来，上面写着“福如东海”。等这一只狮子刚刚落下，另一只狮子又迅速一跃而起，又一张字幅从嘴里吐了出来，上面写着“寿比南山”。

热闹的气氛被推到了极点，狮子的精彩表演再一次将全场的气氛引爆，整个船舱里响起了一浪高过一浪的叫好声。

吴越的注意力却被舞狮人矫健的步伐所吸引，能够舞动这两只铜头麒麟狮的人已经不多了，更何况舞得这般挥洒自如，可见舞狮人的功夫非常不错。

两只狮子一边舞动着一边向白老大靠近，一直舞到他面前。狮头在白老大面前欢快地摇摆着，一副非常恭敬的模样。

白老大哈哈大笑，伸出双手拍拍狮头说道："好徒儿，乖徒儿，快快出来。"

四个年轻人分别从狮头狮尾处钻了出来，一齐跪在地上大声喊道："祝师傅福如东海，寿比南山。"

白老大摸着下巴哈哈地笑着，略显富态的脸上红光满面。四个年轻人把狮子丢给边上的手下，立即分站到了白老大的两侧。刚刚站定，他们脸上的笑容就迅速消失了，一下子变得很严肃。

吴越的目光从四个彪悍的年轻人脸上掠过，单从刚才他们舞狮来看，这四个人可不好对付。

白老大两只手在半空中轻轻地压了压，在场的人很快安静了下来，齐刷刷地把目光投向了白老大。

白老大很满意这样的效果，满面春风地说道："今天是我白某人 50 岁生日，感谢各位朋友肯赏个面子给我。我一生经历了许多风风雨雨，到如今很多东西都看淡了，现在事情大都交给我的四个徒儿打理，今天我借着生日的机会恳求大家，希望你们能像支持我一样支持他们。"

说完这些话，白老大的眼睛扫过站在他两边的四位年轻人，很明显，他们四人就是最近声名鹊起的"水上四龙"。

吴越早已从资料上得知了他们的一些信息：这老大方盖天心狠手辣，连自己的亲弟弟都杀了；老二洪振纲，曾经在少林寺出过家，功夫了得；老三宋明，有胆有识，智谋过人；老四冯学武，据说臂力惊人，一手提个百八十斤的东西玩儿似的。

白老大的目光转到了船舱客人的身上，话锋突然一转继续说道："虽然我白某人已经退休了，但是如果有人以为我白某人的徒儿好欺负，那就是不将我白某人放在眼里，就是和我白某人作对，黄浦江将是他的葬身之处。"

他的声音里充满了威严，那是多年来腥风血雨里历练出来的一种气魄，话毕，会场里静得连咳嗽的声音都没有。

吴越捕捉到了白老大眼里闪过的一丝残忍，看来白老大今天在船上大摆宴席的目的并不仅仅是庆贺自己的50大寿，更重要的是借此立威。

白老大停顿间，有人趁机说道：“白兄今天50大寿该让大家高兴高兴，说这些话不是在吓唬大家嘛，何况以白兄的威望，谁敢在您头上动土啊。”

白老大哈哈一笑说：“钱老弟说的有理，孔老先生说五十而知天命，今天是我知天命的好日子，就不提那些打打杀杀的江湖破事儿，只有一条，今天大家不醉不归。”

整个船舱的气氛很快又热闹了起来，大家开始互相敬酒，吴越一边装做不经意地举杯频频和别人碰着，一边谨慎地观察着周围的情况。他发现白老大的四位徒儿滴酒不沾，面无表情地站着。

吴越心里又是一惊，在这样的喜庆日子里，他们四人仍然恪尽职守，处处警惕，看来不容小觑啊。他又将目光移开转到白老大的身上，几杯酒下肚，白老大原本红润的脸庞此时更加赤红。

吴越看了一眼手腕上的劳力士表，觉得时机已经差不多了，便端着酒杯走到白老大面前说：“不知道白老大还认不认得本人?”

白老大有些醉眼朦胧地问：“你是?”

吴越哈哈一笑说：“白老大果真贵人多忘事。”

白老大豪气干云地说：“你这个小伙子倒是有意思，我喜欢在我面前毫无惧意的年轻人，来，干一杯。”

酒杯相撞，发出了清脆的声音，吴越微笑着仰起头将一整杯酒倒进肚。杀手的直觉告诉他，此刻有几双眼睛正紧紧地盯着自己的后脑勺，他的嘴角露出了一丝不易觉察的笑容。一名优秀的杀手要杀一个人，没人阻止得了。

“轰!”

忽然一声巨响，整个船舱都开始剧烈地晃动起来。吴越一惊，有炸弹?

为了刺杀白老大，吴越曾经计划过用定时炸弹炸死白老大，但是他否决了这一方案，一名优秀的杀手应该来无影去无踪，杀人于无形。用炸弹动静大又会伤及无辜，这完全是黑社会和流氓无赖的做法，他不屑于这样做。

难道还有其他人想要白老大的命?吴越皱了皱眉头。既然他接下了刺杀白老大的任务，白老大就只能是他的猎物，他不容许别人来插一手。

吴越环视整个船舱，只见满舱的客人惊慌失措，纷纷找出路准备逃离这个地方，然而他们却被门口的保镖拦住了。

吴越把目光移到白老大身上，只见他朝四名徒儿挥了挥手，吩咐了几句，然后洪振纲和冯学武便带着几名手下朝发出巨响的地方奔去。而方盖天和宋明两人则分站在白老大的两边，警惕地注视着四周。

因为保镖挡住了离开船舱的大门，一船的客人无法离开，他们惊恐地转回身来，既愤怒又无奈地看着白老大。白老大的目光扫过在场的每一个人，声音洪亮地说："有我白老大在，我保证大家平安无事。但是今天的事情没有查清楚之前，大家还是留在船里痛痛快快地喝酒。"

"轰!"

又一声惊天动地的爆炸声响起，船舱再一次剧烈地摇晃起来。

女人们发出一声声尖叫，而男人们也顾不得许多了，和门口的保镖起了冲突。方盖天面色铁青地看着眼前的一切，突然拔出一只短枪举过头顶扣动扳机，只听"砰、砰、砰"三声枪响后，方盖天黑着脸说："有谁他妈的还敢乱嚷嚷，我今天就让他尝尝子弹的滋味。"

整个船舱一下子安静了下来。突然，吴越手中的玻璃杯从手中跌落，清脆的破裂声显得尤为刺耳。

方盖天黑着脸恶狠狠地瞪了他一眼，吴越一脸惊慌地跌倒在地，连忙说道："真他妈的吓死人了，外面两声巨响还不知道怎么回事，里面又是枪声，还让不让人活了?"

方盖天冷哼了一声，将视线从吴越身上移开。然而吴越的话却让众人醒悟过来，众人这才意识到自己处于死亡的边缘，船舱里又乱成一片，又有人再次冲向门口。吴越见方才的话语起到了作用，脸上不由得露出一丝冷笑，而手上也已经多了一块冰冷的玻璃碎片。且不管是谁人设计的爆炸，现在的混乱正好给吴越提供了绝佳的时机。

为了控制混乱，方盖天又朝头顶上开了两枪，却没有了原来的效果，船舱依然一片混乱。方盖天索性把枪往腰间一插，走到船舱门口，一把将领头的壮实汉子提了起来，猛地往边上一推。汉子禁不住巨大的推力，往后退了几步后一屁股坐在了地上。这汉子不服气地从地上站起来，眼睛血红地朝方盖天冲了上去。

船舱里已经乱得一塌糊涂，突然一声沉闷的枪响传来。吴越感觉到脸上沾上了几点热乎乎的液体，伸出手往脸上一抹，只见手上沾上了鲜红的血液。

而那个向方盖天冲过去的汉子，脑袋已经被削去半边，哼也不哼一声地缓缓倒了下去。

看到躺在地上血肉模糊的尸体，人群一下子退开了，一声声惊叫也因为方盖天手上依然冒着一缕青烟的大口径短枪嘎然而止。

吴越深深地吸了一口气，他没想到方盖天居然敢真动手杀人，要知道这些人可都是白老大请来的客人，个个都是江湖上有头有脸的人物。吴越不是没有见过心狠手辣的人，但像方盖天这样狠到不考虑后果的，却还是头回遇见。

吴越瞥了白老大一眼，只见几个保镖站在他身边将他包围得严严实实。白老大对方盖天叫道："看你干的好事，这可是我白某人请来的客人，你居然随便开枪?"

方盖天垂下枪，扫了一眼倒在地下正汩汩流着鲜血的尸体，嘴角竟露出一丝不屑和冷笑，仿佛倒在他眼前的并不是一个人，而是一只狗。随着白老大的一声怒吼，全场的人都安静了下来，对于方盖天刚才的行为，没有人敢说一个"不"字，更没有人敢直视他。

吴越捏了捏手中的玻璃，冰冷而坚硬，他准备出手了。白老大的喉咙会毫无疑问地被快如闪电的玻璃割裂，玻璃划过空气将带给白老大死亡的讯息，瞬间的巨痛和内心的惊讶会令他睁大双眼，然后悄无声息地倒下去。

想象着将要发生的一切，吴越的脸上也浮现出一丝笑意。等白老大一死，虽然他的四位徒弟个个凶狠，每一个人都不是容易对付的角色，但是吴越手上已经没有了杀人的凶器，没有人知道是他干的。

一旦白老大死了，群龙无首，时间一久他的四个徒弟也无法镇住场面，到时他就可以轻松脱身。

"砰——"

又一声枪响，吴越心头一震，因为他看到白老大的脑门正中多出了一个血窟窿，鲜血伴着脑浆哗哗地流下来，白老大睁大眼睛缓缓地倒了下去。

方盖天和宋明同时扑了过去，大声地呼喊着："师傅——师傅——师傅——"可是白老大已经不可能回应他们的呼喊。

就在此时，洪振纲和冯学武不约而同地从舱门口冲了进来，一看到白老大已经中枪身亡，怒不可遏，两人举起枪来就要向人群射击。

宋明顾不得地上的白老大，立即起身拦住两人，用力地按住两人的枪说："二哥四弟你们不要冲动，杀害师傅的人就在人群当中，赶紧找出凶手，不要节外生枝，大哥你说是不是?"

方盖天的脸黑得可怕，可还是强压住心中的怒火点了点头表示赞同。师傅不在了，他必须出面控制局面。

方盖天的目光在每一个人的脸上稍作停留之后，大声宣布："没有找出杀害我师傅的凶手之前，谁也不要想着离开，不要轻举妄动，否则不要怪我方某人手下无情！"

吴越迅速观察了四周，从白老大中弹精确的位置和贯穿头颅的力度来看，子弹应该就是从他附近射出的，而他竟然没有察觉到一丝异常。他甚至感到有些难堪和懊恼，白老大本来是他的猎物，此刻却死在别人的手中，这恐怕是他成为一名杀手以来最为耻辱的一件事情。

宋明叫来了几个壮实的汉子，重新给在场的客人搜身，没有一个人敢说一个"不"字，船舱安静得有些压抑。

忽然，吴越感觉到有硬物往他手里一塞，他心里一惊，立即转过头望向身后，只看到一双乌黑迷人的眼睛，正朝他露出一个俏皮的微笑。

就在吴越发呆的一两秒间，手枪已经完全在他的手心里了，女人已经侧过身子消失在另一人的身后，只留给吴越她朦胧的身体曲线和一头乌黑的齐肩短发。

吴越心里很清楚，此刻除了主动出击，已经失去任何选择的余地了，他不可能高举着手中的枪对搜查他的人说枪不是他的。

他杀人的原则就是隐藏在暗处，给人以致命一击，而今天他不仅没有在暗处给猎物致命一击，反倒成为别人的猎物，这让他感到非常恼火。

两位壮实的汉子已经靠了过来，吴越毫不犹豫地扣动扳机，只听"砰、砰"两声枪响，两位汉子的心脏部位已经被击穿，身子摇晃着摔倒在了甲板上。

淋漓的鲜血，死亡的气息，女人们的尖叫再一次响了起来，全场又一次陷入混乱。

方盖天锐利的双眼已经锁定了吴越，他大声喊着让手下的人向吴越靠近。无奈人群拥挤混乱，他们竟无法一下子挤过来。吴越却精确地寻找着人群中的缝隙，动作简直比泥鳅还要灵活，迅速向船舱的另一个出口退去。

没想到冯学武和洪振纲两人已经堵住了出口，正一脸恨意地盯着他，那神情恨不得将他碎尸万段。吴越看着眼前两人，暗暗吃惊，他们的速度好快。

他不愿意继续和他们纠缠下去，迅速杀人离开是他唯一的选择。可是他们两人并不容易对付，吴越不可能想走就走。事情开始变得有些棘手了。

很快又有几名壮汉朝他冲过来，吴越想都没有想，在奔跑的过程当中连续扣动扳机，射杀冲过来的汉子，一直到打空了弹匣。

吴越的注意力完全放在了向他冲过来的壮汉身上，根本无暇顾忌他的身后，此时黑洞洞的枪口已经对准了他。

枪响了，子弹呼啸着撕裂空气，向着吴越的后背飞了过来。由于吴越一直处于运动当中，第一枪居然没有打中。

吴越扭头一看，只见方盖天又一次向他瞄准。他迅速调整身形往侧面翻滚，然而他的速度再快，也快不过子弹，方盖天连续扣动了扳机。

“砰、砰砰……”

突然，一阵剧烈的疼痛从左手臂传来，他已经中枪了。

吴越顾不上疼痛顺势在地上打了几个滚，一颗颗子弹在船舱上留下了一个个窟窿，碎裂的木屑几乎遮住了他的眼睛。

冯学武瞧准时机，一个饿虎扑食企图用自己庞大的身体制住吴越，他已经看准了时机，当时吴越已经无处借力，几乎无法躲闪任何攻击了。

在半空中，冯学武变换了姿势，他坚硬的肘子即将砸中吴越的脑袋，恐怖的力量绝对可以将他的脑袋砸得四分五裂，这是他此时的绝杀技。

就在电光石火的一刹那，吴越的左手用力往地上一撑，由于他的动作太快太猛，左手臂的枪伤让他感觉到一阵钻心的疼痛，痛得他的嘴角一阵轻微的抽搐。

疼痛没有让吴越停止自己的动作，他借着这股力量猛然伸出右手，只见寒光一闪，一道鲜血从冯学武的脖子上喷涌而出。

寒光并没有在吴越的右手停留，而是带着一道血光，射向了洪振纲，只听“嗤”的一声，玻璃片已经牢牢地插入了他的喉咙，洪振纲暴突的双眼，成了他留在人间最后的形象。

一瞬间，冯学武被割断了颈动脉，洪振纲被刺穿了喉咙，而吴越使用的武器仅仅是一块碎玻璃。

在场的人除了震惊和愤怒，更多的是恐惧，对死亡的恐惧。此时不管方盖天如何暴跳如雷，他手下的人已经不敢再贸然上前，在他们眼里，吴越简直就是一个死神。

趁着众人惊愕的短暂时间，吴越站了起来并退到门边，用充满着杀气的目光掩饰着自己此刻的脆弱。刚刚发生的一切是他的孤注一掷，如果他无法将两人一击而杀，就无法震住所有在场的人，那么倒在地上就会是他。

方盖天不是傻子，他已经退到了一个相对安全的地方，因为他不知道吴越手里到底还有多少块这样锋利的玻璃片，不过那一双血红的眼睛死死盯住了吴越。宋明的脸也因痛苦而扭曲了，短短几分钟时间里，他们接连失去了对他们恩重如山的师傅和手足情深的兄弟。

仇恨几乎将他两人吞噬，但身手最好的冯学武和洪振纲瞬间殒命，让他们清醒地认识到自己无力击杀对面的冷血杀手。他们手下的小喽啰早已经被吴越吓破了胆子，双腿都发软了，如果不是仗着二人平时的威严，恐怕他们早就四散逃命去了。

吴越警惕地注视着周围的情况，刚刚的疏忽差点让自己送了命，他绝不允许这样的错误再犯第二次。目光扫视了一圈后，吴越发现敌人完全失去了和他搏斗的勇气，于是侧着身子迅速退出舱口，他可不想第二次品尝背后中枪的滋味。

吴越离开船舱的一瞬间，又发现了那双迷人的眼睛，那双眼睛正流露出一抹令人无法捉摸的笑意。再次定睛，吴越发现这双眼睛似乎在哪里看见过。

第二章 枪口逃生

吴越感觉脑袋越来越沉重，浑身提不起一点儿力气，生命似乎正一点一滴地从他身上流逝。如果再进行剧烈的动作，也许他就只能等待死神的召唤。

退出船舱后，吴越顺手就制住了一名汉子，并将他推入一条小船，随后自己也跳了进来，命令汉子立即划船。

汉子拼命地摇着船桨，生怕一不小心就丢了性命，汗水和溅起的江水很快就沾湿了他的后背。吴越回头望着越来越远的大船，陷入思索之中。今天的一切显得特别反常，那个女人究竟是谁?

小船在江上大大小小的船只之间穿梭着，汉子一刻也不敢停下手中的船桨，拼命摇着。吴越的目光四下寻找着，很快便锁定了一处相对安全的上岸地点。

小船奋力地向岸边靠近，很快便到了目的地。上了岸，吴越头也不回地大踏步走向一辆人力车，留下那汉子呆呆地愣在江边。

上了人力车，吴越闭上了眼睛，嘴里挤出了两个字：“虹口。”

车夫用破破烂烂的毛巾擦了擦脸，并没有立刻拉车往前跑，而是站在一边犹豫地说：“先生，虹口那地方远，最近一段时间还不安生，您看……”

没等车夫把话说完，吴越已经掏出一块银元丢进了车夫的口袋。车夫显然感觉到了口袋里沉甸甸的份量，这才拉起车子跑了起来，嘴上仍不闲着，继续说道："虹口那边我还真不敢去，就在不久前我们车行的一个兄弟在那里出了事，如果不是看在先生是个大人物的份上，我还真不敢去。"

"你们兄弟出了什么事?"吴越心不在焉地问道。

"是日本人。"车夫迅速四下里瞟了一眼，然后压低了声音心有余悸地说，"就因为拉得太快撞到了一个日本人，他就被活活地打死了。"

在中国人的土地上，外国人肆意妄为，在他们眼里，中国人的命甚至连蚂蚁都不如。吴越早已经见怪不怪了。曾经，他也有一腔爱国热情；曾经，他也为国家的命运而拼杀着。可是这么多人的牺牲和鲜血，依然改变不了国家的贫穷和落后，他的一腔热血早已经冷却。

车子穿过一条又一条的弄堂，他抬起头仰望着狭长的天空，几只白鸽正咕咕叫着，陆陆续续地飞进一栋楼的窗户。

从不远处传来的整齐的步伐声让他直视前方，原来是一小队日本兵正往这边走来。车夫赶紧将车子停在一边，低下头在弄堂边站好，动都不敢动一下。

吴越暗叫一声"糟糕"，他手上正好带伤，如果被这队巡逻的日本兵发现，一定少不了麻烦，手上带着枪伤的人，日本人绝对不会视而不见就放过去的。

吴越将左手臂往身后挪了挪，心想如果此时能蒙混过关最好，如果不行只能硬闯过去，好在此处离公共租界并不太远了，加上自己熟悉这里的弄堂，要想离开此地也许不是一件难事。

日本人的脚步声越来越近，路边的中国人都停住脚步低下头来，生怕自己一个小小的举动就会引起日本人的不满，招致杀身之祸。

日本兵并没有在意路边战战兢兢的中国人，他们似乎正执行着什么任务，忙着赶路，已经有一半队伍经过了吴越所在的位置。吴越松了口气，看来应该是安全了。

突然，前面的队伍停了下来，一位年轻的军官抽动着鼻子，慢慢地转过身来，眼睛四处搜索着什么。

吴越的左手此时血流得并不是很多，但日本人似乎天生对血特别敏感，几缕微风吹过，他们已经嗅到了空气中弥漫着的血的味道。

经验告诉吴越，他不能坐以待毙了。不容多思考，他"嗖"的一声就从车上蹿了出来，往弄堂里跑了进去。

日本兵显然没料到会有人逃跑，动作自然比吴越慢了一拍，当这位年轻的日本军官拔出军刀发出一阵叽哩呱啦的乱叫的时候，吴越早已拐进了另一个更小的弄堂，不见了踪影。

一阵刺耳的枪声响了起来，边上的行人纷纷抱住头顺着墙边蹲了下来，两边楼房的窗户很快被严严实实地关上了，每一扇窗子的后面都躲藏着一个懦弱的灵魂。

吴越连续穿过了两条弄堂，感到精疲力竭。在船上的一番争斗已经消耗了他太多的体力，更何况左手臂还中了枪。

身后的日本兵并没有停止追击，吴越明白对付他们可不像对付白老大的手下那么容易，他们每个人手上都端着枪，每一个人都训练有素，每一个人都以战死为荣耀。严格的战术训练让日本人没有被吴越甩掉，他们依然紧紧地跟在吴越的身后。

吴越心里不由升起一股怒火，一直以来都是他追杀别人，不管多么难的刺杀任务，从来没有难倒过他，要对方在一更死，吴越绝不会拖到二更。可是今天的吴越却不知道走了什么霉运，处处被动，一名杀手反而成了别人的目标，这对他来说是一种巨大的讽刺。

正当他愤愤不平之际，又一颗子弹呼啸着擦过他的耳际，打到了前面一堵凸起的墙壁上，激起一阵粉尘来。虎落平阳被犬欺，吴越一咬牙，再一次加快了速度向前奔去。

前面有条更小的弄堂，地形更加复杂，只要进去了就有机会将后面的日本人甩掉。

吴越的大脑飞快地转着，汗水早已浸湿了他的西装，紧紧地贴在他身上，让他的动作既不舒服也不连贯。更糟糕的是因为过于剧烈的运动，手臂上原本已经不再流血的伤口突然迸裂，血流如注。随着鲜血的喷涌，吴越感觉到浑身的力气也随着血液一起流出体外，他开始不住地喘气，脸色越来越苍白。

他甚至感到脑袋有点昏昏沉沉起来，眼前开始有些模糊。吴越的心里涌上来一种难以名状的滋味，对于这种感觉他并不陌生，而像是又回到了战场上。

他的耳边回响着炮弹飞过天际的呼啸声，子弹打在人身上的闷响声，四面八方传来痛苦的嚎叫声，忽然一颗巨大的炮弹落在自己的身边，只听“轰隆”一声巨响，他感觉天旋地转，然后天地一片漆黑。不知道过了多久，他推开了压在身上的一具尸体，颤颤巍巍地站起身来。地上堆着一具又一具的尸体，浓烟还没有散尽，一股被烧焦的肉味刺激着他的鼻腔。所有的兄弟都倒在他的身边，一群乌鸦在死人堆里分享着它们的美味。他有种想哭的冲动，却没有流下一滴眼泪，取而代之的是一阵呕吐，之后又晕了过去。

这是一种死亡逼近的感觉，吴越再一次拖着沉重的步伐，喘着粗气往前跑去，他不是一条任人宰割的鱼。

转过一个拐角，刚好是一个十字形的交叉口，吴越立即停了下来，这是一个绝佳的伏击点。如果自己必须死的话，临死前能消灭一两个日本兵也算是一件快事。他是经历过死亡的人了，死亡并不能让他恐惧，他恐惧的是窝囊地死去。

吴越靠在墙角，脸色变得纸一样苍白，脸上流淌着晶莹透亮的汗水。他的胸脯不停地上下起伏着，沉重地喘着粗气。

突然，一名日本兵追到了拐角处，也许是立功心切，他已经和身后的小队拉开了一段距离。

吴越伸出一只脚勾住了日本兵，来人猝不及防，一个趔趄便往前倒了下去。吴越一把扯住他的衣服将其拉了过来，然后迅速把他的手扭到背后，用左手肘拼尽全身力气朝日本兵的脑袋砸了过去，那人哼都没哼一声就倒了下去。

这一下的猛击，让吴越左手的伤口再一次扩大，又是一阵钻心的巨痛。吴越却根本没有时间理会这个伤口，他弯下腰捡起步枪，在日本兵的胸口补了一枪后，小心翼翼地从拐角探出了脑袋。

又一名日本兵离他只有十多米的距离了，吴越端起枪瞄都没有瞄就扣下了扳机，只听“砰”的一声，日本兵的脑袋上出现了一个窟窿，直挺挺地倒了下去。

其余的日本兵见同伴当场毙命，连忙停住追击的脚步，找到隐蔽物注视着前面的一切，再也不敢轻举妄动。

吴越缩回了脖子，厌恶地看了一眼地上的尸体，然后撕下一块布给不断涌出鲜血的伤口进行了简单的止血包扎。一串动作之后，他已气喘吁吁，不由自主贴紧了墙，靠在墙上休息，希望能够恢复一些体力。

他感觉脑袋越来越沉重，浑身提不起一点儿力气，生命似乎正一点一滴地从他身上流逝。多年生与死的经验提醒着他，如果再进行剧烈的动作，导致伤口再次扩大，又得不到充分休息，也许他就只能等待死神的召唤。

因为枪声，因为日本人，弄堂里的人早已经跑的跑，躲的躲，整个世界变得极为安静，血腥味也因为安静而显得尤为浓重。

日本人躲在隐蔽物后面小心翼翼地窥探着，他们简直无法相信刚刚发生的事情。一直以来，他们都认为自己是战无不胜的，当他们踏上这片土地的时候，从来没有想过“失败”两个字是怎么写的。今天却在追捕一个受伤的中国人的时候，一下子就葬送了两名具有丰富作战经验的士兵，这让他们感受到了一种深深的耻辱。

时间一分一秒地过去，吴越抿了抿嘴唇，仔细地分析着自己的处境，留在这里和日本人耗着，即使日本人没有击中他，他也撑不了多长时间，要想活命，只有离开，并且速度要快。可是要怎样才能拖着自己沉重的双腿，在一群如狼似虎的日本兵的眼皮底下离开呢?

吴越注视着手中这一支掉了漆的三八大盖，枪膛里只剩下三颗子弹，必要的时候，最后一颗必须留给自己，也就是说他最多只能射出两颗子弹。

射人先射马，擒贼先擒王，只有击中日本军官，也许才能拖延他们的追击。

吴越屏息凝神地观察着，他发现日本军官处于和他同一侧的隐蔽物下，并不在他的射击视野范围内，要想击中他就必须跳到对面。

吴越目测着弄堂的宽度，从这一头跳到那一头，大概有一米多的距离。在跳动的整个过程当中，他会完全暴露在日本兵的枪口之下，也就是说，他会成为日本兵练枪的活靶子。

吴越很清楚，自己留在这里只能越来越虚弱，越来越危险。为了活下去，有的时候必须要承担危险，否则自己将要面对的必然是死亡。

想到这儿，吴越深深地吸了一口气，猛地跳了出来，后背向另一边跌过去。也许是他的速度太快，也许是他的行为太过反常，日本兵居然没有一个人开枪，那名日本军官却完全暴露在吴越的枪口之下。

吴越的嘴角扬起一丝笑意，每次要猎杀对方时，他的脸上总会浮现出这样一个习惯性的微笑。在这一刻，他又一次体会到了当一名杀手的快意，他掌控着别人的生命。

他轻轻地扣下了扳机，枪响的那一刻，吴越看到了日本军官震惊的脸上闪过一丝恐惧，恐惧让他发出了一声愤怒的狂叫，然而狂叫也无法挽救他的生命了，高速飞行的子弹贯穿了他的脑袋，他背后的墙壁瞬间溅满了鲜血。

日本人也会恐惧，这个念头在吴越的脑海里一闪而过的时候，“砰、砰、砰……”密集的枪声再一次提醒他必须专心致志地面对这群恶狼。

吴越凭借着跳跃时的惯性，来了一个后滚翻，终于到达了对面。看着青砖路面上留下的白色弹痕，他长长吁了一口气。

成功击杀日本军官，使日本人在极度愤怒之余又多了几分小心，此刻他们连脑袋也不敢探出来。

吴越稍稍轻松了一些，他知道只要再成功击杀一人，在缺少指挥官的情况下他们绝对不敢再靠近一步。在他击杀日本军官的时候，他就看到了日本人的弱点，他们之所以敢在中国的土地上为所欲为，是因为中国人对他们太恐惧了，如果他们也时时刻刻处于死亡的威胁之下，经历恐惧的折磨，想必他们也不敢为所欲为。

是将这一小队日本兵的信心完全击溃的时候了，他的体力已经不容他再耗下去，吴越紧紧捏住了手中的步枪。

身后是一条狭长的弄堂，吴越朝身后望了一眼，他的眼神里有一种不顾一切的疯狂，既然他不能再拖下去，就只能孤注一掷。

吴越决定以最快速度再解决一个日本兵，趁他们因为恐惧而没有反应过来的短暂时间里，奔向更深处的弄堂。

他贴紧墙体，靠耳朵去分辨敌人的动静。忽然，一阵急促的脚步声响起来，吴越丝毫没有迟疑，迅速举枪瞄准射击，整个动作连贯自如，一气呵成，一点也看不出他受伤了。

枪声响了起来，那个想换一个掩体而进一步逼近他的日本兵被击毙了。

吴越做完这一整套动作后，立即蹲了下来捂着嘴巴喘气。他是在迷惑日本兵，让他们认为他很矫健，让他们不敢轻举妄动。

其实，击毙这一个日本兵后，吴越更加虚弱了，汗水早已经浸湿了他的全身，失血过多使他的双手几乎麻木了，用不上一点力气。

日本人那边没有一点儿动静，他们将自己深深地埋藏在了掩体里，不敢发出一点儿声音。他们原本是一群恶魔，可是在死神的面前，恶魔也被吓破了胆。

吴越也不敢发出一点儿声音，他要用这种寂静来震慑对方，也需要用这种寂静来掩护自己逃离。

吴越深深地吸了一口气，然后异常小心地放下了枪，不让枪撞击地面发出一丁点儿声音，他已经没有力气背着这支沉重的枪离开，尽管枪膛里还剩下一颗子弹。摆放枪的时候，他将枪口稍稍露出一点儿，让日本兵以为他依然躲在墙角。

吴越悄悄地离开了，离这个十字路口越来越远，日本人却还以为他躲在不远的墙角下面而不敢轻举妄动。

几分钟之后，几名日本人终于摸到了吴越躲藏的墙角后面，这才发现留在那里的只有一把枪，他们的对手早已经不见了踪影。

一名年轻的日本兵眼睛燃烧起一片愤怒的火焰，他捡起地上的那杆枪狠狠地砸在墙上，摔成了两截，随即招呼着他的队友朝前方追过去。

吴越悄悄地走出一段距离后，估计日本人已经听不到他的脚步声，便狂奔起来。只要有拐弯的地方，吴越就跑进去。上海弄堂是足够复杂的，对不熟悉弄堂的人来说，这里就如同一个巨大的迷宫。因此，日本兵要想在如此复杂的弄堂里找到他，也并不是一件容易的事。

也不知道跑了多久，吴越的体力已经完全透支，他的脚步踉踉跄跄，头脑晕眩，眼前一片模糊。

他的体力已经透支到了极限，他真的需要好好休息，最好痛痛快快地睡上一觉。可是他不能停下来，只要一停下来，后面的日本人将很快抓住他。

望着这条死寂的弄堂，吴越的心里忽然有一种凄凉的感觉。他知道每一栋房子里面都有好几双眼睛在注视着他，但是没有一个同胞愿意跑出来帮他一把，没有人愿意惹祸上身。

然而这种凄凉的感觉只在他的心里停留了几秒钟而已，如果换成是他，也许也会选择袖手旁观，在这个时代里能够自保已是不容易，更不用提救人了。

更何况他是一名杀手，杀手从来不需要任何人的怜悯。

吴越咬紧牙关，他不能让自己就这么倒下去，可是血实在流得太多了，脑袋越来越沉重，眼睛看到的一切似乎都不再是真实的了。然而他的听觉似乎却变得更加敏锐，他仿佛听到日本军靴踩在地上沉闷的声音。

日本人就在后面，也许就要追上自己了，吴越挣扎着继续往前跑着。

忽然，一扇木门吱呀着打开了，一位身穿长衫、戴着一副厚厚眼镜的年轻人探出半个身子，急切地向他招手。从年轻人紧张的表情上，吴越判断出他是可以信任的，心里顿时涌起一股久违了的暖流。

吴越再一次凝聚起全身的力气，跌跌撞撞地向前走去。眼看就要到门口了，他突然双眼一黑，重重地倒了下去，脑袋撞击坚硬的石板发出一声闷响，点点鲜血从额角渗了出来。

他的世界顿时一片漆黑，一片安静。

当吴越慢慢睁开眼睛的时候，他看到一张脸从模糊到清晰，逐渐地展露在他的眼前。她是一位二十岁左右的姑娘，有一张圆圆的脸，剪着一头齐耳短发。

吴越刚刚攥起的蓄势待发的拳头，慢慢地松弛了下来，面前只是一个姑娘，应该无法对自己造成威胁。

姑娘见吴越醒来，脸上立即露出了略带羞涩而又天真烂漫的笑容。吴越的心肠早已经坚硬如铁，可是眼前这位姑娘纯真的笑容，还是让他心头一动。

“哥哥，他已经醒了，你快过来看。”姑娘转过身激动地叫道。

吴越坐了起来，一眼就看到了自己中枪的手臂，上面包扎着洁白的纱布，很显然已经重新做了处理。他的目光从手臂上移开，四下打量着。这是一间普普通通的房间，床前放着一张四方桌，桌上摆着几个罐子，吴越的鼻子已经闻到了罐子里飘出的中药味。靠墙立着的书架上，整整齐齐地摆满了书。

听到姑娘的呼唤声后，一位戴眼镜的年轻人一脸关切地来到了床前，轻声说道：“你终于醒过来了，现在感觉怎么样?”

吴越轻轻移动着左手臂，感觉到子弹依然留在肌肉当中，他明白如果不及早处理，手臂会发炎，甚至有致残的危险。

他指了指自己的手臂说：“我的伤口需要及时处理。”

年轻人在床前踱了几步，有些遗憾地说：“我有一位朋友在美国人开的医院里工作，但是现在外面都戒严了，要想进入美租界并不容易。”

吴越扯掉绑在左手臂上的纱布绷带，下床坐到桌子边的小凳子上说：“如果能准备一盏酒精灯，一把锋利的小刀，你就可以帮助我解决这个问题。”

年轻人也来到桌子边，看了看他的手臂后说：“你这是要我给你刮骨疗伤? 你是关羽，我是华佗?”

吴越心中游起一丝警惕，不免觉得他的话里有试探之意，虽然是他救了自己，但还是小心为妙。于是他惨淡一笑说：“我的运气不佳，在街上走着无缘无故中了流弹，已经万分倒霉，怎么好拿关二爷自比?”

年轻人哈哈一笑，不再继续这个话题，只是说道：“你大可以放心，我在国外学过几天医术，虽然没有等到毕业就回国了，但处理你的伤口应该没有问题。”

说话间，姑娘已经将酒精灯取来，在她哥哥的示意下点燃。年轻人接过刀子，放在灯上炙烤着。

吴越盯着酒精灯蓝色的火焰，忽然觉得这个浑身书生气的年轻人有些与众不同，一种强烈的好奇心催促他问道：“你们是我的救命恩人，还不知道两位尊姓大名?”

姑娘抢着回答道：“我哥叫楚天文，我叫楚天秀，那你叫什么?”

吴越微微一怔，名字是越少人知道越安全，不过杀手的名字其实并没有多大的意义，只要自己愿意，他可以有许多不同的名字，因此他毫不犹豫地说出了自己的名字：“我叫吴越，吴是吴国的吴，越是越国的越。”

“好名字。”楚天文一边称赞着，一边提起已经被烧得通红的小刀挨近吴越的左手臂，然后对他妹妹说，“拿块毛巾给他堵上嘴巴。”

楚天秀连忙拿起一块毛巾准备塞到吴越的嘴巴里，但是吴越却用手挡住了。

楚天文一愣道：“你能承受这种痛苦?”

吴越看了一眼通红的小刀，淡淡地说：“你尽管来吧。”

楚天秀犹豫地拿着毛巾转过身去，显然她明白即将发生什么事，她可不愿意看见等下就要发生的可怕一幕。

被火烤得通红的小刀切入了吴越的肌肉，发出了“嗞嗞嗞”的声音，伤口上升腾起一阵白烟。吴越额头上的青筋都暴了出来，豆大的汗珠叭嗒叭嗒地掉在桌子上，他的牙齿咬得紧紧的，牙龈都渗出了血迹。

巨大的疼痛折磨着他的伤口，折磨着他整只手臂，折磨着他的灵魂。高声大喊可以减轻一个人的痛苦，可是他却一声不吭，甚至还盯着伤口看。

子弹头掉落在地上发出清脆的声音，宣告了这个粗暴手术的结束，吴越如同虚脱了一般，而楚天文的额头上也渗出了细密的汗珠。

子弹头取了出来，楚天文又重新替他包扎了伤口，吴越顿时感觉轻松了许多。他看着眼前这位看似文弱书生模样的人，心里有一种无法言说的味道。这样的人，如果不是真正的朋友，那么将会是可怕的敌人，而杀手是不需要朋友的。

休息片刻之后，吴越站起来向楚天文告别："非常感谢你搭手相救，若有机会，我定当报答。"

楚天文也站了起来，笑呵呵地说："兄弟言重了，只是你此时出去并不容易，四个日本兵被杀，汉奸正带着日本兵到处搜查，街上连个人影都没有。你现在带着伤出去，一旦被他们发现就麻烦了。"

吴越沉思了一会儿，楚天文的话不无道理，但他必须回去向老秦复命，这是一名杀手应该具有的职业操守。于是他笑了笑说："楚兄费心了，正如你说的情况，如果有人进来搜查而发现我手上带伤，倒霉的就不是我一人了，你们对我有恩，我可不能连累你们。"

"吴兄弟说笑了，虽然我楚某人只是一介书生，却绝非贪生怕死之辈。"楚天文的眼睛里闪着别样的光彩，不过转瞬即逝，他叹了一口气继续说，"既然兄弟不愿养好伤再走，想必还有重要的事情，我也不好强留了。"

吴越抱了抱拳说："后会有期。"

"后会有期。"楚天文也抱了抱拳。

吴越的目光也在楚天秀的脸上停留了一会儿，虽然她一直没有说话，但是脸上却一直挂着一种关切之情，这让吴越的心里涌上来一种久违的感动，他觉得自己的心也并不是自己想象的那么冷。于是他也朝楚天秀笑着道别："再见。"

楚天秀笑着说："吴大哥再见。"

吴越微微点了点头，一头钻进了外面的黑暗中。夜晚的风有些冷，吴越紧了紧衣服继续往前走。他原本非常喜欢黑夜，黑夜是他进行暗杀活动最好的掩护。可是，他突然觉得此时的黑夜有那么一丝诡异，让他非常不舒服。这个时间，原本是上海夜生活刚刚开始的时候，到处莺歌燕舞，处处灯红酒绿，而此刻竟然见不到灯光，上海显出一片死寂。

淞沪会战结束后，上海除了中区和西区，其余的都在日本军队的控制之下。如果说在美国、英国还有意大利控制下的中区和西区还可以被称作天堂的话，那么此刻吴越所在的地方就是地狱。天堂紧紧挨着地狱，对于当下的中国来说，真是一个绝妙的讽刺。

忽然，远处亮起电筒光，随即传来一阵脚步声，吴越立刻往墙角躲了进去。脚步声越来越近，灯光也越来越亮，躲在暗处的吴越已经可以看清楚每个人的脸了——竟然又是一队日本兵。

在这一队日本兵的末尾，吴越居然看到了两个熟悉的面孔——方盖天和宋明。

他们两人的脸绷得紧紧的，看得出他们非常紧张。吴越忽然意识到，如今白老大依然能够在黄浦江上如鱼得水，要知道那里可是日本军舰游弋之处，看来白老大和日本人之间存在着某种不为人知的秘密。

第三章 暴露身份

吴越感觉到自己的身后有一双眼睛始终注视着自己。这种被注视的感觉破坏了他此时的欢愉，他的心里泛起了一阵厌恶。

老秦的真名是什么，吴越并不知道，也许他根本就不姓秦，“老秦”只是他的一个代号。他是一名中年男人，个子并不太高，身体也并不强壮，脸色有些黑，嘴唇上两撇浓浓的八字胡犹为显眼。

吴越坐在老秦的面前，桌上摆着一壶滚烫的上好龙井茶，还有厚厚一叠佣金。吴越一边喝着茶，一边认真地看着对面这个男人。老秦对他来说，真是一位熟悉的陌生人，让人看不透。

吴越已经拒绝了这笔佣金，因为白老大并不是他杀的。可是老秦微微一笑又把钱推了过来，说道：“人已经死了，这个钱你不收谁收?”

吴越面前有一份摊开的《申报》，社会纪实版头条竟然详细地记录了白老大被一名青年大汉击毙的新闻。这个结果本来是他想要的，但是他现在看到这则新闻，更觉得是对自己的一种讽刺。

“我根本没有完成这个任务，是别人枪杀了他，这钱我不能要。”

“这钱你收也得收，不收也得收，此事经过报纸一宣传，动静弄大了，不管是黑道还是白道，都可能会来找你麻烦，这笔钱你必须留着。”说着，老秦将钱拿起来，郑重地放在吴越的手中。

“为什么还有其他人去杀他？也是你派出去的吗？”吴越知道以老秦的性格，说什么都没有用，还不如谈点其他的事情。

老秦的目光久久地盯在吴越的脸上，吴越也没有躲开。过了一会儿，老秦忽然笑了起来：“干我们这一行，有个最重要的准则，想必你没有忘记吧？”

“只追求结果，不问原因。”吴越冷冷地说。

“知道就好。”老秦正色道，“追问原因，会让你送命。”

老秦的话很重，其实这个道理吴越何尝不明白，他之所以能成为一名优秀的杀手，可以从老秦这里拿最高一级的佣金，就是因为他完全遵循杀手的行为准则，对所有任务认真执行，从来没有追问过原因。可是，这次行动发生了意外，白老大是死在别人手里的，而他的两个徒弟却在深更半夜和日本兵在一起，这些事情让吴越的心理产生了一些微妙的变化。

他不再言语，沉默的表情像是坚硬的岩石。

该说的已经说完，老秦没有客套，起身直言道：“今天就到这里吧，如果有新的任务，我会再来找你。”

这是老秦要送客了，吴越站起身来，走到外间。这是一间书店，一排排书架上摆满了各种各样的书，其中以外国的译著为多。当下的中国仍处在向西方学习的时期，年轻人如饥似渴地吸取着来自西方的知识，追求着救国救民的真理。书店的生意不错，很多人正挑选着书籍。老秦对一个伙计说：“这位先生要一本《飞鸟集》和《呐喊》，赶紧去找来包好。”

吴越微笑着从伙计手里接过书，随后礼节性地和老秦告别。

在书店伙计的眼里，他已经从一名经常来书店买书的老主顾变成书店老板的朋友了。拿了已经包好的书，吴越慢悠悠地走出了这间“行知书店”。

街上商铺林立，热闹而繁忙。

吴越在街上漫无目的地闲逛了一圈后，终于决定去赌场豪赌一把，花掉这一笔佣金。他拿的钱不是他应得的，既然如此还是让钱输在赌场里来得痛快。

这也正是杀手生活的另一面，有任务时，他们把脑袋绑在裤腰带上，过着刀锋喋血的生活；没有任务时往往放浪形骸，手里攥着用命换来的钱去体验不同的生活，似乎如果今天不把钱花了，明天就没有机会享受生活了。

吴越叫了一辆人力车，往福煦路 181 号的“富生赌场”而去。这家赌场原本由杜月笙开设，曾被称为“远东第一赌场”。赌场的主体是一座三层高的洋房，气派宽敞，里面的赌博名目应有尽有，麻将、牌九、花会、十二位、天九、三军、十三张、三十六门转盘等等，任何一个人都可以在此找到自己需要的项目，因此这个赌场中的赌徒也最多。

赌场门外车水马龙，停着最新潮的汽车，当然更多的还是人力车。赌场门口赌徒进进出出，从他们欣喜若狂或者悲痛欲绝的表情里可以很容易判断出这个人是输钱还是赢钱，而那些被穿着黑衣的保镖架出来丢到街上的，一般来说已经和这个赌场永远失去了联系，赌场只要榨干了赌徒最后的一滴血，原先笑眯眯的脸瞬间就会翻脸不认人。

吴越微笑着跨进赌场的大门，此刻他穿着一套时髦的黑色毛料大衣，头上戴着一顶黑色的礼帽，一派风度翩翩的模样，门口的侍者见他进来，赶紧给他鞠躬放行。

站在门口的侍者眼光毒辣，他们可以从穿着打扮准确地辨认出哪些是有钱人，应该笑脸相迎，哪些是穷人，应该拒之门外。

赌场大厅里人头攒动，每个赌徒都聚精会神地投入自己的博弈游戏。吴越瞥了这群狂热的赌徒一眼，继续往里面走。

穿过几道门之后，一片宽阔的绿茵出现在他的面前，这是赌马的场子。吴越坐在椅子上，接过侍者递过来的一杯红酒，拿起一本小册子，专心致志地研究起下一场即将参与比赛的马匹来。

看了一会儿各匹马的介绍之后，吴越把目光锁定在一匹黑色的赛马上面，因为这匹马的名字叫“幸运之神”。

“幸运之神”的历史战绩似乎并不出色，但是吴越觉得这个名字不错，杀手除了要有过硬的杀人技巧之外，还需要一点点运气，才可以完美地完成任务。

因为这个名字，吴越觉得值得为它投注了，于是他叫来一位侍者，让他替自己把所有的佣金都押到“幸运之神”的身上。

下完注，吴越悠闲地坐着，慢慢地品着红酒，完全忽略了周围各种各样的嘈杂声。

放松之余，吴越感觉到自己的身后有一双眼睛始终注视着自己。赌马是他完全释放压力的时刻，而这种被注视的感觉破坏了他此时的欢愉，他的心里泛起了一阵厌恶。

比赛即将开始了，赛马早已按捺不住，当号令响起，赛马一跃而出，撒开四蹄飞奔起来，一瞬间场地上尘土四溅，好不壮观。看台上的观众情绪激动，鼓足了劲为自己下了注的马加油喝彩。

吴越喝完了酒杯里最后一滴酒后站了起来，杀手如果被人跟踪，是极其危险的一件事情，他必须迅速地消失。

马匹依然快速地向前奔跑着，终点已经不远了，观众全都站了起来，一边呼喊一边等待着比赛的结果。

在一片呼喊声中，吴越冷静地想着摆脱跟踪的方法。他慢慢地站起身来，一个闪身就钻到了人群最密集之处，打算利用这些人掩护自己离开赛马场。

不一会儿，一阵排山倒海的咒骂声响了起来。看台上空，一张张下注的凭据雪片一样飘飘扬扬。吴越知道比赛结束了。

广播里报出了本场比赛的结果，“幸运之神”竟获得了胜利。听到这个结果，吴越觉得有些难以置信，可随后摇了摇头笑了笑。这匹马果然是幸运之神，不仅让他赢得了奖金，还让他第一次有了被人跟踪的经历。

幸运和倒霉同时降临在他的头上，让他喜忧参半。

离开了赌场后，吴越压低帽子，迅速融入人群，然后转过几个弄堂企图将身后的尾巴甩掉。可是，吴越发觉要甩掉身后的人并没有想象的那么容易，身后的人一直不远不近地跟着，宛如一块狗皮膏药一样粘上了自己，这令他很恼火。

既然有人想对他不利，吴越是绝对不会坐以待毙的。吴越慢慢地离开人多的闹市，向人少的弄堂走去，必要的时候他会毫不犹豫地出手。

弄堂越来越深，两边的居民楼也越来越破旧，黑色的墙面留下了岁月斑斑的痕迹，楼上的木窗大多已经腐烂，有的挂着几根烂木头一副摇摇欲坠的样子。屋檐下偶尔会看到一群人围在一起下象棋，时不时有挑着杂货走街串巷的小商贩从他的身边擦身而过，一边摇着小鼓一边吆喝着：“薄荷糕、绿豆糕、千层油糕、太白拉糕了……”

然而更多的时候，弄堂里一个人影也看不见。

吴越终于来到一条足够僻静的弄堂，停住脚步在一个拐弯处的墙角静静地等待着后面的尾随者跟上来。

脚步声越来越清晰，也越来越急促，跟踪他的人已经离他很近了。

吴越猛地蹿了出来，冷冷地注视着他。对方显然没有想到自己追踪的人会突然站出来，顿时大惊失色，连忙往后退去，慌乱中他一脚踩在一块突起的青石板上，身体后仰，险些摔倒。

吴越终于看清楚了面前这个人，他二十多岁的样子，白白净净的脸上嵌着一双不是很大但是非常有神采的眼睛。

吴越的突然出现让他的眼里闪过了一丝惊慌，可是很快就恢复了镇定的神色，静静地看着吴越。

吴越神情冷淡，不满地问道："你跟着我干什么？"

年轻人立即从衬衣口袋里掏出一本证件，递到吴越手上说："我是《申报》记者陈一飞，我根本没有跟踪你，如果你认为我跟踪了你这完全是一个误会。"

吴越瞟了一眼他的证件，又看了他一眼，看情形他并没有说谎。但一听到《申报》这两个字，他很快联想到报纸上那篇白老大被杀的报道，心里不由得有些厌恶。

"记者跟踪人的本事还真是无人能及呀。你说没有跟踪我，那你自己算算看已经在我身后跟了多长时间了，难道真的这么巧，你一直和我同一条路？"吴越调侃了一番后，突然加重了语气说道。他可不想和记者纠缠到一块，和他们纠缠到一块就等于暴露自己的身份，这不是自寻死路？

"你最好离我远点，不然我对你不客气了！"吴越丢下这句话就准备离开。

陈一飞咬了咬嘴唇，似乎下了很大决心，说："是这样的，白老大被杀的文章是我写的……"

他没有继续说下去，吴越很快就会意：既然文章是他写的，也就是说他当时也目睹了整个事情的经过，他看到了吴越在船舱里的所作所为，也就意味着自己已经暴露了身份。

对于杀手来说，暴露身份是致命的危险。吴越停住正要抬起来的脚盯着他看，心中顿生杀意。

"这么说来你在船舱里已经看到了我？"吴越需要确认一番，虽然他是杀手，但是除了接受任务和自己生命受到威胁之时，他不轻易地杀人。

陈一飞点了点头，他确实看到了船舱里所发生的一切。

"那你今天是自己要往地狱里闯！"吴越的眼里闪现出了杀机，他的手中突然出现了一把匕首，正闪过一抹寒光。只要他脑子里的意念一动，他手中的匕首就可以迅速地割破对方的喉管。

“等一等!”陈一飞憋足了劲大声地喊了一声，连脖子都涨红了。

吴越没有立即动手，杀面前的男人轻而易举，不用急在一时。他忽然有了点兴趣，决定听他说完再动手，毕竟到现在他还不知道是什么原因让这名记者可以不顾自身的安危跟踪自己，更重要的是，他是如何找到自己的?

于是吴越捏着手中的匕首，饶有兴趣地看着他涨红的脖子。他相信手中这把锋利的匕首能够让他说实话，于是不再催促，一边把玩着匕首，一边静静地等待。

陈一飞说:“我承认今天是无意中看到你并且尾随在你后面，事实上我很想当面采访你。撇开记者的身份不谈，我个人对你杀死白老大的行为非常敬仰。”

吴越挥了挥手，打断他的话提醒道:“如果你对自己看到的一切保持沉默，你还可以留着这条命，可你居然跑到我面前来谈这件事情，你完全是自寻死路。”说这些话的时候，吴越面无表情，整个人冷得像一块冰，全身上下散发出一股可怕的气息。

陈一飞感受到了吴越身上散发出来的冷酷气息，不禁往后退了一步，却继续观察着吴越的表情。可是他的嘴巴却依然没有闲着，他微笑道:“你不会杀我的，能够杀死白老大的人就是好人，没有这个判断我不会跟踪你。”

吴越听了他的话后倒是愣住了，他第一次见到这样的人，居然能用自己的热情来化解自身的危险处境。

见吴越没有进一步的动作，陈一飞更加滔滔不绝起来:“白老大罪行累累，他贩卖毒品、开设赌场、走私军火、拐卖妇女，可以说是十恶不赦，罪大恶极。可是法律对他没有丝毫用处，这样的恶棍就需要像你这样的侠士来惩罚。然而更令人震惊的是，他居然勾结日本人，正策划一场阴谋，你说这种恶棍、汉奸该不该杀?”

望着眼前这一名热血沸腾的年轻记者，吴越一时竟说不出话来。

他曾经也有一颗年轻的爱国之心，可是他那颗心早已经在黑暗的现实面前死掉了。他原本是一名热血沸腾的爱国军人，可在一次一次的作战当中，目睹了军队的腐败和无能，亲眼看到自己尊敬的长官叛国投敌，他的雄心壮志慢慢地被磨灭了，于是他选择了苟且于乱世，不问国事。

爱国青年总是前赴后继的，吴越在心里叹息了一声，然后沉着脸说道:

“今天算你运气好，因为我赌马赢了钱不想杀你。但是我要奉劝你一句，以后不要在我面前出现，也不要跟任何人提起见过我，不然你很快就会从这个世界消失。”

说完，吴越就匆匆地离开了。可是没有走几步，他就听到身后传来一阵声嘶力竭又略带愤怒的呼喊声：“难道你仅仅是一名冷血杀手吗?”

吴越停住了，心里突然堵得慌。明明自己就是一名杀手，可是此刻“冷血杀手”几个字落到耳朵里却有种刺耳的感觉，让人非常不舒服。

可是他转过身来的时候，却盯着陈一飞的眼睛说：“这一次你说对了，我就是一名冷血杀手，所以你要向上天祈祷不要再遇见我!”

他的话显然使陈一飞感到很震惊，他许久都没有反应过来。过了好一会儿，陈一飞最终还是摇了摇头笑了。

吴越既猜不透他笑容里的含义，也不知道他有没有相信自己的话。吴越忽然期待着陈一飞能再说点什么，尽管他清楚地知道现在让别人了解自己越多，自己的处境将会越危险，可他还是禁不住这样想着。也许是他的内心封闭太久的缘故，他需要一些交流。

杀手是一种非常孤独的职业，无法向别人谈起自己的工作，更无法向人倾诉自己的感情。而此时吴越不经意间挑明了自己真实的身份，居然有种轻松的感觉。

吴越决定要走了，既然他已经决定放过眼前这位青年，就没有必要继续待在这里。临走前，吴越丢下一句话：“不要再试图跟踪我，不然你真的会丢命。”

他快步向前走去，还没有走出几步路，就看见迎面走过来三名手持短棍的巡捕。吴越压低了帽沿靠路边走过去，不想引起他们的注意，多一事不如少一事。

“香香那个婊子还真不错，冲哥你今天可要好好地玩一玩。”一阵猥琐的笑声肆无忌惮地传了过来。

吴越厌恶地皱了皱眉头，这些巡捕房的人总是令人作呕，很多时候他们的所作所为已经比一些地痞流氓还要龌龊无耻，不同的是他们披着一身象征着法律和正义的制服。

也许吴越微微皱起的眉头引起了三位巡捕的注意，带头的巡捕在他面前站住了，上上下下地打量了他几眼。吴越懒得搭理他们，侧了侧身子就要走过去。

“站住!”一名巡捕吼道，“你是干什么的?”

吴越面无表情地回答了一句：“过路的。”

“过路?”领头的身材粗壮，脸上露出一副怀疑的表情来，“你们两个上去搜搜看，看看他身上有什么危险物品没有。”

吴越当然知道他们的伎俩，巡捕会以搜查危险物品为借口，掠夺他身上的财物。

吴越的拳头早已经攥紧，只要那一位巡捕敢触摸他的身体，他的拳头就会毫不犹豫地招呼过去。

这样僻静的弄堂，不要说教训他们几下，就是干脆要了他们的命，那些只会搜刮百姓钱财的警察也无从查起。

另两名巡捕听到指示后，准备着上前对吴越进行搜查，忽然身后一个愤怒的声音响起：“强盗，你们真是一群强盗!”

陈一飞的这一声大叫让三名巡捕感到非常恼火，平日里他们威风八面，作威作福，哪里有人敢对他们说一个“不”字，现在居然有人敢挑战他们的权威，他们手上的棍子可不是一种摆设。

一名身材瘦小的巡捕三步并作两步来到了陈一飞的面前，举起短棍就朝他脸上砸了下去，一边打一边说：“你再敢说一声强盗，就叫你的小命玩完。”

棍子飞来，陈一飞下意识地用左手一挡，棍子结结实实地砸在了他的手臂上，剧烈的疼痛让他脸上的肌肉不断地抽搐着。

巡捕丝毫没有要停手的样子，一连抡了六七棍，打得陈一飞连连向后退。这还不算完，巡捕趁他后退的时候，又一脚踹在他的肚子上，陈一飞一个站立不稳摔倒在地。巡捕仍不痛快，又朝他身上补了几棍子，直到累得喘气才停下来。

“这就是妨碍老子执行公务的下场。”打完人后，巡捕恶狠狠地丢下了这句话。

“冲哥，来抽支烟。”另一名巡捕一脸谄媚地陪着他们的长官看着眼前的一切。

被称做“冲哥”的巡捕半闭着眼睛吐出一个烟圈说道：“刘三，剩下的那个人就留给你了，你也好好照顾他一顿。”

“遵命，冲哥!”刘三笑眯眯地说，当他回过头来看着吴越的时候，眼神竟然已经变得非常狠毒了。

吴越冷冷地看着眼前的一切，像这样的景象已经让他麻木，这些本该为百姓服务的人全都成了大爷，稍稍不顺他们的意，便会“享受”拳脚相加的待遇，他们敲诈勒索，比起黑社会有过之而无不及，许多人都被他们搞得家破人亡。只是，今天他们选错了对象。

吴越看了一眼从地上挣扎着爬起来的陈一飞，他居然没有一点屈服的样子，一双眼睛依然喷射着愤怒的火焰。

“你们真是一群强盗，我是《申报》记者，我要揭露你们这种无耻的行为！”

“记者算个屁。”陈一飞的不满换来的是一阵嘲笑和即将到来的一顿毒打。

没等棍子落下来，陈一飞又大声地喊道：“国家都要亡了，你们甘心当洋人的走狗也就算了，可你们睁开眼睛好好看看自己，你们也是中国人……”

没等他把话说完，两名巡捕的棍子已经砸中他的身体。这一次他们砸得更狠了，陈一飞的嘴角渗出了血迹。

吴越有些看不下去了，如果纯粹从杀手的角度来考虑，此刻借着几名巡捕的手要了陈一飞的性命对他来说反而是一件好事，陈一飞活着对他而言更是一颗定时炸弹，随时都会暴露他的身份。

可是吴越终究见不惯这一群恶霸似的巡捕在他的眼皮底下施暴，还有更重要的一点，他觉得陈一飞和曾经的自己很像，尽管那些已经成为非常遥远和模糊的记忆了，远得他差不多无法记起，也不愿意记起。

“住手！”吴越一声冷喝。

话虽然很简短，却非常有震慑力，两名施暴的巡捕马上停手了，一起转过身子望着他。陈一飞躺在地上喘着粗气，不停地咳嗽，这一顿暴打够他受的了。

“没想到自己倒送上来找打了，兄弟们给我上。”带头的巡捕见吴越只是动了动嘴皮，并没有特别的举动，就吩咐两名手下上去教训吴越。

两人挥着棍子冲了上来，可是还没有看清楚是怎么一回事，只听“扑通、扑通”两声，两名巡捕已经摔出一米多远，抱头捂肚地在地上来回翻滚着大声地呻吟。手上的棍子早已脱手，落在地上滚出一段距离，沾满了尘土。

那名叫冲哥的巡捕见状大惊失色，这才意识到自己遇上难对付的角色了，本能的反应就是要逃跑。吴越自然不肯放他走，跨上一步已经捉住了他的手臂，往后面用力一扭，立刻痛得他哇哇直叫，连连求饶道："大哥饶命，小弟有眼不识泰山冲撞了大哥，大哥大人有大量，放过小弟这一次吧。"

"多可怜的声音，"吴越心里想，"但是他们在施暴的时候，却根本没有想到别人遭受的痛苦，这种人最可恨。"想到这里，吴越的手上又加了一把劲，只听"喀嚓"一声，那人的手已经脱臼了。

他张着嘴巴惨叫一声，叫声沿着曲折的弄堂传出去很远。

另外两名巡捕看呆了，立即跪在地上请求吴越饶过他们。

吴越一声怒喝道："滚！"

三名巡捕如获大赦，顾不得浑身的伤痛，连他们的武器——棍子也来不及捡，便飞似地跑了。

陈一飞摇晃着爬了起来，拍拍身上的尘土。吴越看着他此刻冰冷的面孔，内心涌上一丝悲哀，生活在这个时代，耳闻目睹着种种黑暗和不公平，也许用不了多久，他身上的一腔热血也会冷却。

两人相视无言，各怀心事，吴越认为自己该提醒警告的话已经说了，不愿再说一遍，就走开了。

陈一飞黯淡的眼神却亮了起来，他对着吴越的背影说："如果你是杀手，那么我就可以出钱让你杀人?"

吴越一怔，没有预料到一位文质彬彬的记者会提这个要求。短暂的思索之后，他回答说："只要你有足够的钱，我可以为你杀人，但是你要遵守我的规矩，不然下一个目标就是你。"

吴越故意加重了语气，提醒陈一飞雇佣杀人也要小心谨慎，不然可能会付出生命的代价。

"很好。"陈一飞拍了拍手说，"既然你愿意和我做这一笔交易，我们就找一个地方详谈。"

临江酒楼是一座非常有名的苏菜楼，这里的苏菜特别正宗，其中"清汤火方"、"鸭包鱼翅"、"松鼠桂鱼"等苏菜更是享誉整个上海滩。

吴越跟在陈一飞后面上了楼，选了一个临窗的位置坐了下来，这里视野非常开阔，可以俯瞰半条虹口路。

酒菜上来以后，吴越默默地吃着。陈一飞也一反常态，并没有立即说出他要吴越去执行什么任务。

吴越有足够的耐心，他要做的事情就是收了钱去完成一个任务，至于对方是谁根本不重要，所以他并不急于知道。

“方盖天和宋明。”三杯酒过后，陈一飞终于压低了声音吐出了两个名字。

正常情况下，接任务时吴越需要雇主提供刺杀目标的基本情况，包括年龄、性别、职业、居住地址等等，情况越详细越好，这样便于策划暗杀计划和展开行动。可当他听到陈一飞嘴里吐出这两个名字后，就没有继续提问了，为了刺杀白老大，方盖天和宋明的情况他已经掌握得一清二楚。

既然已经明确了目标，两人之间已经没有什么好聊了，吴越仰脖喝完酒杯里的酒，拿起帽子戴在头上，准备离开。

陈一飞并没有站起来，只是问道：“你难道不想知道为什么吗?”

“我只追求结果，不问原因。”吴越干脆地说。

他的回答似乎让陈一飞有些失望，陈一飞又喝了一口酒，然后说：“我有个要求，你行动的时候我也要在场。”

“不行!”吴越直接否定了，没有任何商量的余地。

“我可以给你加费用。”陈一飞没有放弃。

“绝对不行。”吴越丝毫不为所动。

临桌的一位卖唱姑娘正抱着一把琵琶一边弹一边唱着。隔壁一桌一边听一边喝，兴致非常高。

许是吴越突然发出的过于硬朗的声音惊扰了卖唱姑娘，她的嗓音忽然抖动了一下。姑娘望了吴越一眼，又低下头继续唱，这次竟然没有唱出来。

喝酒听曲的人自然不高兴了，用力地拍打着桌子叫道：“你倒是快给老子接着唱下去啊。”

姑娘慌忙接着往下唱：

只见她，
笑脸迎，
谁知她内心苦闷？

由于情绪被突然打断，她再一次停了下来，无法继续下去了。一名喝酒喝得满脸通红的大汉勃然大怒，将酒碗往桌子上重重一摔，伸手就抽了姑娘一巴掌。姑娘的脸上顿时印上一只红红的大手印，眼里淌下了一滴又一滴的眼泪，但是她没有哭出声音来，用力地抿了一下嘴唇又继续唱道：

谁知她内心苦闷？
夜生活，
都为了，
衣食住行。

看着姑娘流着眼泪继续唱了下去，大汉的内心似乎得到了极大的满足，端起酒碗和同桌的人哈哈一笑，仰起脖子将酒一饮而下。

陈一飞目睹了刚刚发生的一切，捏紧拳头用力地砸在桌子上，发出“砰”的一声响，惊得卖唱姑娘按在琵琶弦上的手突然颤抖了一下，惊讶地看着他。

陈一飞又猛地站了起来，冲着那一桌子的人吼道：“出手打一个弱不禁风的女人，你还算是男人吗?”

陈一飞激动的言语吸引了许多食客的注意，离得远的纷纷站了起来，伸着脖子向这边张望，期待接下去会发生一些精彩的事情。

大汉放下酒碗，站起来挽着袖子，露出了粗壮的手臂，然后大声骂道：“你个小瘪三，活得不耐烦了?”

陈一飞没有理会，径直走到酒楼的中间空地，继续用激动的语气说道：“我们中国东北丢了，华北丢了，上海只剩下了半个，中国就要亡了！卢沟桥的枪炮声还没有远去，南京上空还笼罩着一层阴云，难道我们还有时间去欺负一个女人？难道我们还要将矛头对准自己的同胞吗？你们脚下踩着的还是中国的土地，你们的胸膛里装着的还是一颗中国心，你们的身体里流淌的依然是炎黄子孙的血液，让我们这些苟活在摇摇欲坠的孤岛里的人都团结起来，一致对外而不是针对我们中国人自己!”

吴越的心里一酸，他随着军队从东北退到华北，从华北退到上海，在淞沪会战的时候，他的长官毫不犹豫地背叛了他们，他失去了所有的兄弟，同时失去的，还有对国家的信任。

大汉把酒碗往地上一砸，刺耳的碎裂声让在场的人都吓了一跳，纷纷往后退去。他红着眼睛抡起拳头就朝陈一飞砸了过来。眼看着那巨大的拳头就要挥到陈一飞的脸上了，众人发出一阵惊呼，卖唱的姑娘也惊叫一声闭上了眼睛。

突然，吴越伸出右脚轻轻一勾，只听一声闷响，大汉整个身子摔倒在地。这一下摔得够重，加上又喝了许多酒，大汉在他朋友的帮助下费了好大劲才爬了起来，鼻子和下巴磕得鲜血淋漓。

大汉正想要发作，可是端坐着的吴越冰冷的眼神让他心里一颤，嘴里哼了一声说："有种你就给我等着！"

吴越冷笑一声说："那我就等着。"

刚刚发生的这一幕只是电光石火之间，等大汉下楼后，围观者才缓过神来，纷纷拍手叫好，还有人慷慨解囊把一些钱递到卖唱姑娘的手中。

过了一会儿，各位食客回到了自己的座位继续享用他们的美食，姑娘还没有离去，怔怔地站着。陈一飞就招呼她坐下，姑娘显得有几分腼腆，不敢落坐。

吴越随口说了一句："他让你坐下你就坐下吧。"

姑娘听了他的话，这才坐了下来。

陈一飞半是认真半是玩笑地说："看来是你这副冷冰冰的表情吓到了她，她是怕你才不敢坐下的。"

姑娘一听这话，脸都红了，轻声辩解道："不是这样的，你们都是好人。"

吴越却听出了陈一飞的言外之意，他是指责自己冷血。他叹息了一声，冷血本不是他的本性，这是冷酷现实教给他的法则，可是又有几个人能够理解他，既然没有人理解，他也用不着解释。

"你叫什么名字？父母呢？"陈一飞关切地询问道。

"我叫林雪儿。"姑娘轻声答道，但是对后面一个问题她保持了沉默。

吴越和陈一飞对视了一眼，已经明白了沉默背后的含义，也许她的父母早已经不在人世。

"你家住在哪里？"陈一飞继续问道。

"我从南京逃难而来……"刚说了一半，姑娘的眼泪就止不住哗哗地往下流。

南京，曾经是一个国家的心脏，可是如今已经变成一个充满了血泪史的城市，一个让中国人不敢面对的地方。

南京，像一个巨大的阴影，浓浓地覆盖在吴越的心头，让他有种窒息的感觉。

沉默了好一会儿，吴越给自己倒了一杯酒，也给陈一飞倒了一杯，然后端起酒杯说道：“为了所有死去的中国人，来，干了这一杯。”

陈一飞也端起了酒杯，补充道：“为了所有活着的有良心的中国人，干了这一杯。”

卖唱姑娘似乎没有了原来的羞涩，竟然也拿起了酒杯，给自己倒了一杯，然后端起来看着眼前这两个陌生的男人。

两个人望着卖唱姑娘，三只酒杯相撞发出清脆的声音，三人仰起脖子一饮而尽。酒，是苦的；心情，也是苦的。

喝完酒后，陈一飞说道：“这次行动我要和你一起去。”

吴越毫不犹豫地回答：“我再强调一次，绝对不行！”

“为什么？”陈一飞瞪着他。

吴越沉默着，不愿为此多费口舌。

陈一飞发火了，用力地敲了一下桌子吼道：“你倒是说说看这是为什么？”

“带上你会使行动的危险成倍增加，万一我顾不上你，你就会死。”吴越冷冷地说。

陈一飞笑道：“既然我敢去，我就不怕死。”

“不怕死并不能解决任何问题，我见过太多的人流血甚至献出生命，可是又能改变什么？”吴越直视着陈一飞，表情凝重。

陈一飞有些失望了，曾经他用笔杆和演讲说服了许多人和他站到同一条战线上，甚至可以不夸张地说，他陈一飞振臂一呼也会从者云集，然而面对这个人，却丝毫无法撼动他强硬的内心。

此刻，他真正体会到了“宁为百夫长，胜作一书生”的悲哀，恰恰因为自己是一名文人而没有能力对付白老大，也没有能力对他的所作所为进行深入的调查，如果他有这样的能力，又何必苦苦哀求一名杀手？

吴越读懂了陈一飞眉宇间透露出来的痛苦，那是年轻人必须经历的过程，特别是在这样的时代。即使他非常清楚这名年轻记者的痛苦来自哪里，但作为一名杀手他也无能为力，他不可能在刺杀的时候带上个不相干的人。

“我看你更需要一名心理医生，我根本帮不了你。”吴越说道。

“什么意思？”陈一飞没明白。

“你以为参加一次行动就可以减轻自己的痛苦吗？这个时代有太多这样的人，难道你都要亲眼看到他们死去？你的想法太幼稚了。”吴越毫不客气地说道。

陈一飞愣住了，半天没说出话来，吴越觉得没有再谈下去的必要，起身准备走。

突然，吴越瞥到了林雪儿，她一脸不知所措，似乎被他们的谈话吓到了。吴越瞬间改变了主意。

“以后不要卖唱了，这个世道太乱，你一个姑娘家的太危险。”吴越对她说。

林雪儿低着头没有吭声，吴越接着说：“如果你愿意，我可以推荐你到一家书店去当学徒，这总比在外面受人欺负好。”

林雪儿这才抬起头，眼角依然闪着泪光，一边用洁白的手帕擦拭着眼睛，一边有些欣喜地问道：“我可以去吗?”

“当然可以。”吴越明白她心里的渴望，“我现在就可以带你去。”

林雪儿轻轻地点了点头，很快便收拾好了自己的东西，站了起来跟在吴越的身后，准备跟他一起离开酒楼。

“原来你的心并不像你说的那样冰冷一片。”陈一飞看到两人准备离开，突然笑着说。

吴越没有理会他，要救这位姑娘的决定来得如此突然，就连他自己也觉得不可思议。卖唱姑娘是很可怜，可她的可怜与他又有什么相干？再说在这个动乱的年代，到处都是可怜人，他哪里管得过来?

陈一飞的话让吴越忽然对自己感到很不满意，杀手需要冷酷无情，恻隐之心正是杀手的大忌。他对自己过于冲动的行为感到后悔了，可是林雪儿已经打算跟着他走了，说出去的话如泼出去的水，他已经不能改口了。于是吴越打定主意，等把林雪儿托付到老秦的书店后，自己不管也就是了。

酒楼分手之后，吴越带着林雪儿径直来到行知书店。

一进门，老秦正在柜台上翻阅着账本，突然见到吴越带着一位年轻的姑娘走进来，便有些惊讶地迎了过去。

吴越对林雪儿说：“你先在外面等一会，我和掌柜的谈点事。”

听他这么一说，老秦做了一个“请”的手势，吴越就跟着他进了内屋。屋子非常安静，两人坐定后，老秦指了指外面问道：“今天你带着一个姑娘来做什么?”

“那是我妹子，我想请你收留她在这里打打杂什么的。”吴越直接说明了他的来意。

“不行。”老秦连忙摆手表示反对，“既然她是你妹子，放在我这里你会放心？你可别忘了这是什么地方。”

“正是因为我知道这是什么地方，才放心把妹子放在这里，你认为上海还有绝对安全的地方吗？”

“可是我并不能保证她的安全。”

“我的确不应该带她来这里，但是我实在想不出应该让她去哪里，就算我欠你一个人情，你可以让我做任何事情。”

老秦一怔，抬起头仔细地看着吴越，似乎眼前的人并不是他认识的吴越。

好一会儿，老秦提醒他说：“欠人情是杀手的大忌，你就不后悔？”

“我从来不知道‘后悔’两个字怎么写。”吴越斩钉截铁地说。

“那我就答应你。”老秦思索了一会儿说。

商量完毕，两人一起走出了里屋，林雪儿见他们出来赶紧走上前来，只是她依旧低着头没有说话。老秦上下打量了她一番，面带微笑地问：“在书店里打杂，会不会委屈了你？”

林雪儿赶紧摇着头说：“我能碰上吴大哥和秦掌柜这样的好人，感激都来不及，怎么会感到委屈呢？”

老秦捏了捏嘴唇上的胡须，继续问道：“你都会干些什么活？”

“我什么活都会干。”林雪儿赶紧回答道，“如果掌柜感觉到累，我还可以给您唱个小曲。”

“还真是一个机灵的丫头。”老秦情不自禁地笑了起来，“那你就留在店里打打杂，整理整理书籍什么的吧。”

听到自己可以留在店里了，林雪儿一下子就高兴起来了，笑得脸蛋都红了。吴越看着她兴奋的样子，此刻又觉得今天这个突然的决定也并不是那么糟糕。

他杀过许多人，但是从未因为杀人而获得真正的快乐，而今天帮助了一个人却使他收获了真正的快乐。

当吴越准备离开书店的时候，林雪儿又恢复了原先腼腆的样子，竟然说不出一句话来，可吴越分明从她的眼里看出了一种依依不舍。

他想办法从那张很少笑的脸上挤出一个笑容对她说：“我有事要走了，你在店里好好地干，好好地学，有机会我会来看你的。”

林雪儿用力地点了点头，望着吴越转身离去的背影，眼里闪动着晶莹的泪光。

第四章
冤家路窄

"啊！是你——"

吴越大惊，她这一声不亚于一个摆放在自己面前的定时炸弹，不好好处理，这颗定时炸弹就会爆炸，让自己粉身碎骨。

连续几天的追查，吴越依然没有发现方盖天和宋明的行踪，两人就像突然从上海消失了一般。完不成任务就是砸了自己的招牌，这不是吴越愿意看到的结果。他必须找到陈一飞，向他要来两人最新的资料。

当然了，只要他继续追查，必定能够发现两人的行踪，可是他不愿意这样做，效率也是一名杀手的生存之道，他可不愿意在这样的小事情上浪费太多的时间。

这一天，吴越穿着一件灰色风衣，戴着墨镜，突然出现在陈一飞办公室里。陈一飞惊讶地张着嘴巴却蹦不出半个字来，根本没有料到吴越竟然大摇大摆地出现在报社大楼里。

报社大楼里面鱼龙混杂，什么样的人都有，自然不是谈事情的地方，于是陈一飞向总编请了个假。两人出了报馆就来到一间法国人开的咖啡馆。

这家咖啡馆位置僻静，整个房子都处于一片浓荫之下，树上鸟鸣声声，幽雅可人。中午时分，咖啡馆里面客人廖廖可数，空气中弥漫着一股咖啡特有的香味。

两人挑了一个靠窗的位置坐下，侍者为两人端上了咖啡后，吴越望着窗外的绿荫向陈一飞说明了来意。陈一飞听了之后，高兴得几乎手舞足蹈起来。

“只要你同意我参与行动，我立即告诉你他们两人身在何处。”陈一飞兴奋地说。

吴越自然不会同意，杀手前去执行任务，还要带着一个累赘，他闻所未闻。完不成任务是小事，怕就怕被没有经验的陈一飞弄巧成拙，自己反倒成了猎物，他绝对不会做这样的蠢事。

陈一飞轻轻地搅拌着眼前的咖啡，不紧不慢地说道：“没有我你绝对见不到他们两人。”

“请你说明白一点。”吴越不解地看着他。

“我现在就可以告诉你方盖天和宋明待在什么地方，可是你要单枪匹马去杀了他们根本不可能，必须让我带你才可能进得去。”

吴越喝了一口咖啡，有些不相信陈一飞，只是把头转向窗外，看着一片树叶轻轻地从树上缓缓地飘落。等收回目光的时候，他特意看了看陈一飞有些得意的脸。他没有开口询问的意思，因为陈一飞很快就会告诉他答案了。

“如果我猜得不错，他们此刻正在日军驻上海警备司令部。”陈一飞果然告诉了他答案。

吴越突然想起了那天晚上，一队日本兵的后面跟着的正是方盖天和宋明两人。而这几天的追查也并没有发现两人任何的行踪，综合分析可见陈一飞所言不虚。

“谢谢。”吴越拿起桌子上的帽子，准备起身离开。

“日本兵守卫向来非常严密，可以称得上滴水不漏，而方盖天和宋明躲在司令部哪一处却无从知晓，想要杀掉两人，简直比登天还难，你难道不想听一听我有什么想法?”陈一飞按住了吴越的帽子。

吴越收回了手，盯着陈一飞的脸看了一会儿，然后笑着问：“你希望以采访的名义进入日军警备司令部?”

陈一飞放下了刚刚端起的杯子，怔怔地望着对面这个男人，想不到对方居然能够如此迅速地洞悉自己的内心，犀利得让他难以置信。

吴越饶有兴趣地看着陈一飞的表情变化，继续分析道：“也许这算是一个主意，只要能够进入日本人的地界，然后伺机探查清楚方盖天和宋明的藏身之处，刺杀两人就不是一件难事，问题是他们凭什么允许你去采访?”

听到吴越这么问，陈一飞反而不慌不忙地喝起咖啡来了。吴越见他故作神秘，就继续说："恐怕你也没有办法吧？那还是我自己想办法。"

陈一飞放下杯子，慢慢地说："日本人希望中国人为他们所谓的大东亚共荣圈造势不是一天两天的事情了，有中国记者采访，对他们来说是求之不得的好事情，只要联系上我的那位日本同学，进入日军警备司令部采访不是一件难事。"

听完陈一飞的话，吴越有些佩服起面前这位年轻记者的睿智和勇气。这种疯狂的念头不是一般人能想出来的，虽然充满了危险，但是不入虎穴焉得虎子，这正是吴越喜欢的挑战。

不过吴越考虑的还要更多，如果陈一飞并不是一个可靠的人，那么这样做的后果无异于飞蛾扑火、自投罗网，因此吴越绝对不能轻易答应陈一飞。

"你这样做是想让我羊入虎口吧？"吴越轻蔑一笑道。

吴越的话让陈一飞先是一愣，接着竟大笑道："我还以为你是个天不怕地不怕的汉子，原来也是一提到日本人就要吓得腿脚发软的狗熊。"

吴越根本没有把他的话放在心上，继续问道："你和他们两人有什么深仇大恨？值得你冒这样的危险？"

"因为他们是汉奸。"陈一飞回答得斩钉截铁。

"天下的汉奸多得去了，你就和他们两人过不去？"吴越觉得另有原因。

"你真的想知道？"陈一飞问。

看到吴越点头后，陈一飞又补充道："因为他们正在策划一场阴谋。"

"这好像并不是你一个记者应该管的事情，更不是我一个杀手应该管的事情。"吴越毫不客气地提出了自己的想法。

"难道你没有听过一句话叫做'天下兴亡，匹夫有责'吗？"陈一飞显得有些激动。

吴越明白，如果再对他的出发点提出任何质疑的话，陈一飞也许就要站起来对他进行长篇大论的说教了，这当然不是他喜欢听的话，于是他摆了摆手示意陈一飞不用再说下去了。

虽然两人的出发点不完全一样，自己是为了完成任务，陈一飞是出于爱国之情，但这也算是求同存异了吧。吴越默许了陈一飞的提议。

早在几天前，陈一飞就联系上他在日本留学期间的同学小村一郎，现在他已经是一名中佐军官。小村一郎盛情邀请陈一飞参加几天后的一场由军部举行的舞会，时间是晚上七点，并且承诺陈一飞可以在舞会上进行一些采访。这虽然与吴陈二人的原计划有出入，但舞会由军部举办，想必方盖天和宋明也一定会参加。比起唐突进入军部采访，这次舞会更是绝好的机会。

为了这次行动，吴越乔装成一名记者。他穿上了一件黑色的中山装，上衣口袋里插着一支钢笔，头发也梳得整整齐齐、油光发亮，显得精神饱满、神采奕奕。他在嘴唇上方粘上了胡须，显得成熟稳重，一看就是一名资深的记者。为了增添几分文人气质，他还在鼻梁上架上了一副厚厚的黑边眼镜。

其实对于一名杀手而言，化装是必修课，逼真巧妙的化装不仅能够让杀手更顺利地完成任务，有的时候还能救命。

舞会在南京路的“丽阳大酒店”举行，吴越和陈一飞到达之时，小村一郎已经站在门口等候了。

见到陈一飞小村一郎显得很高兴，又是握手又是拥抱，两人好好寒暄了一番后，小村一郎才把他们带到两名卫兵跟前，进行了严格的搜查。他们连吴越那支派克牌钢笔都非常仔细地拧开了笔套查验一番，以确保那是一支真正的钢笔。

吴越很配合地进行了搜查，但是陈一飞一边被搜查，一边对小村一郎抱怨着：“我们可是被你邀请来参加舞会的客人，如此检查好像没有必要吧?”

吴越呵呵一笑道：“帝国军人做事向来谨慎细致，这也是他们在东亚战场无往而不胜的原因所在。”

小村一郎赞赏地看了吴越一眼，然后用比较标准的中国话说：“你们中国人做事就是太随意，往往做到差不多就行了，可是我们日本人做任何事情都要做到一丝不苟。”

经过这一番严密的搜查，两人才得以进入舞会现场。舞会热闹非凡，带着日本民族特色的舞曲悠扬舒缓，霓光灯照射下的舞池中央，早已经有十几对男女翩翩起舞。

小村一郎显然很高兴，带着两人边走边说：“来到中国后我一直盼望和一飞君好好聊聊，奈何我军务在身多有不便，还望同学多多包涵，幸好今天终于见面了。”

陈一飞笑着说：“今天你邀请我参加这个舞会，说明你没有忘记我这位中国老同学，我应该感谢你呢。”

两人一边说一边笑，吴越站在陈一飞的旁边，用眼角的余光观察着这个名叫小村一郎的日本军官。他的年纪不会超过三十岁，脸上始终挂着日本人特有的骄傲之情。只是他的目光阴冷而犀利，让人有一种被针扎的感觉，浑身都不舒服。

陈一飞把吴越介绍给小村一郎："我的同事吴越君，一名非常优秀的记者，他对日本的历史文化有很深的研究。"

吴越向小村一郎伸出了手，小村一郎握住吴越的手摇了几下后笑着说："吴越君的手可真不像是一只握笔的手呀，更像是一只握枪的手。"

小村一郎说这句话的时候有意提高了音量，吸引了好几名日本军官的注意，他们纷纷把狐疑的目光转移到了吴越身上。

小村一郎的话如同一块石头丢进了水里，让吴越的心里荡起了一阵涟漪。由于长年累月和武器打交道，他手上早已经磨出了厚厚的老茧，整只手掌坚硬得像是一块石头。

没想到小村一郎这么快就发现了这一点，于是他轻轻地摸着自己的手，镇定地笑着说："我来上海前一直待在乡下，过着和日本北海道农民差不多的生活，每天不是翻地就是锄草，没想到这么多年过去了，依然无法消除我是乡下人的印记。小村君果然厉害，一眼就看出了我这双手不是一双拿笔的手，看来让我重新回家种地去就不委屈这双手了。"

陈一飞首先笑了起来，小村一郎也笑道："看来你对日本真的很了解，知道北海道都是农民。"

三人哈哈一笑，小村一郎的目光从吴越的手上移开，和陈一飞聊起了一起在日本求学期间的往事，两人相谈甚欢。

吴越悄悄松了一口气，总算是躲过了危险。他在心里告诫自己，这里处处危险，只要一不小心，就有可能丧命于此，他不得不小心来应付。

吴越观察着四周，目光扫到了一个女人的身影，完全被这个身影吸引住了。

这一位穿着粉红色旗袍的时髦女性，正被一名日军大佐搂着细腰在舞池中间翩翩起舞。她一边扭动着浑圆的屁股，一边发出咯咯的笑声，显得有些肆无忌惮。

毫无疑问，艳丽的衣服，迷人的身段，醉人的笑容，轻盈的舞步，让她成了舞会上的焦点。

是她！虽然吴越曾经只看到了她模糊的身影，但是杀手敏锐的直觉和惊人的判断力使吴越认定，她就是那一位把勃朗宁手枪塞到他手里的女人。正是她的栽赃嫁祸让他没有完成任务，丧失了一名杀手应该有的尊严。

当然此刻并不是找她算账的时候，既然她今天又出现在日本人这里，自己还是小心为妙。想到这里，吴越侧过脸移开自己的视线，避免被她发现自己的存在，如果她站出来指认自己的身份，恐怕今晚休想活着离开此地。此时此刻出现在此处的中国人，除了陈一飞以外，都有可能是自己的敌人。

舞曲终了，跳舞的人从舞池中间散开，回到了各自的座位上去。吴越找了一个偏僻的座位坐了下来，幽暗的灯光成为极好的掩护，不容易让别人注意到他的存在。热闹之中的孤独，往往容易让人遗忘他的存在，这正是一名杀手所追求的氛围。

确信没有人会注意他之后，吴越还是忍不住多看了她几眼。他觉得有些迷惑，除了在船上之外，他似乎还在别的地方见过她。

吴越在脑中搜索了一番，却没有任何头绪，只好把头扭开，端着一杯香槟观察着四周，眼前人影晃动，耳边声音嘈杂，令他有种疲倦的感觉。忽然他看到了另一个熟悉的身影，只见那人正端着酒杯一脸谦卑地挨个儿给日本军官敬酒。

吴越立即把头转向了陈一飞，只见陈一飞对他使了一个眼色，可见他也注意到了。他们这几天来搜索的目标——宋明终于出现了！

目标已经出现在眼前，吴越却没有贸然出手。两人前往舞会的途中，陈一飞告诉他此行真正的目的，并不是真的要宋明的命，而是从宋明口中得到他想知道的秘密。到那时，吴越才明白为什么他非要跟着自己，而现在他能做的就是配合陈一飞。

吴越起身走到还在与小村一郎聊天的陈一飞身边指了指宋明说：“他的师傅白老大和两名兄弟被人所杀，整个上海都为之轰动，不如让他谈谈他师傅和兄弟被杀之后的想法和打算?”

陈一飞立刻会意，点了点头，可是小村一郎却不屑地说：“一个黑道人物，有什么值得你陈大记者采访的?”

陈一飞疑惑地注视着小村一郎说：“他今天出现在这里，想必就是你们的朋友，难道你不欢迎他?”

小村一郎拍了拍陈一飞的肩膀，然后瞥了一眼不远处满脸堆笑的宋明说：

“你和吴越君这样的知识分子做我们的朋友，我们非常欢迎。而这群黑道人物，如果不是他们对维护上海的治安有点用处，我们的舞会绝不欢迎他们。”

听完小村一郎的话，吴越嘴角露出一个笑容，和小村一郎碰了杯后，他又看了一眼宋明，宋明似乎沉浸在舞会的美妙之中，完全没有注意到有人正观察着他。

吴越觉得他很可怜，很明显他只是日本人手中的一颗棋子，现在需要他才把他放在棋盘上，当日本人不需要他的时候，会毫不犹豫地将他从棋盘上扔出去，这就是日本人的实用主义哲学。

陈一飞想知道的事情，就是日本人把宋明摆放在一个什么样的位置上，他这一颗棋子到底有什么样的作用。

吴越呵呵一笑道：“据说白老大可是为日军效力而付出了生命，小村君的话似乎对他们有点太无情了吧?”

“吴越君的信息还真是灵通呀。”小村一郎的语气瞬间冰冷了起来，目光毫无顾忌地盯着吴越，简直想要穿透他的大脑一样，“说说看你还知道一些什么?”

吴越的心里有那么一丝紧张，然而他并没有避开小村一郎犀利的眼神，而是勇敢地和他对视了一两秒钟，然后把目光投射到宋明的身上，脸上露出一副毫不在意的表情说：“不然他怎么会出现在你们的舞会上? 现在我们是你的朋友，小村君难道不愿意对我们开诚布公?”

小村一郎听了吴越的话后，哈哈笑着说：“你们记者不简单呀，观察力和判断力都很敏锐，简直比我们的情报机关还要厉害，我愿意交你这样的朋友，只要你肯为我们做事情。”

陈一飞陪着笑道：“放眼整个上海，恐怕再也难找到吴越君这么优秀的记者了。”

“如此优秀的记者，正好可以介绍给山本大佐。”说着，小村一郎就要带两人向一位身材魁梧的日本军官走过去。

吴越头皮发麻，心里隐隐有些不安，因为山本大佐就是刚刚和穿旗袍的女人跳舞的那位。

山本是一位中年军官，如果说他整张脸是一座凹凸不平的山，那么肥厚的嘴唇上面，浓密漆黑的胡子就是一片茂密的森林，成为他脸上最显著的特征。然而最可怕的还是他的眼睛，那是一双像野狼一样锐利的眼睛，任何时候都放射出一种冷淡而又锐利的光，仿佛任何秘密都会被一眼看穿。

看他的相貌，年龄绝对不会超过四十岁，在这个年纪就当上了大佐，距离将军的位置只有一步之遥，可见他的能力非常强。

小村一郎向他介绍了吴越和陈一飞后，他一直没有说话，望着两个人的眼神满是警惕与不屑。而小村一郎也完全以一种服从长官的姿态站在他的面前，没等到山本开口说话，他也只能静静地站在一边。

吴越知道，这种尴尬而又沉闷的气氛是一场心理较量，任何慌张情绪的表露都有可能暴露自己的身份，把自己推向危险的境地。于是他也不说话，静静地等待着。

“啊！是你——”忽然，穿旗袍的女子惊呼着从几步外迎了过来。

吴越大惊，她这一声不亚于一个摆放在自己面前的定时炸弹，不好好处理，这颗定时炸弹就会爆炸，让自己粉身碎骨。

吴越的脸上露出了一副非常吃惊的表情：“小姐您认识我?”

女人拿起一块手帕捂住嘴巴弯着腰咯咯地笑个不停，好长一段时间才止住笑声，然后直起身子来，满脸妩媚地对吴越说道：“吴大记者哟，你可真是贵人多忘事呐。”

吴越闻着从她身上传来的淡淡的香水味，紧张的神经已经松弛了下来。看来她暂时不会揭露他真实的身份，当然对方是敌是友还需要再试探一番。

明白这一点后，吴越一边和她碰杯，一边摆出一副努力回忆的表情，最后才皱着眉摇着头说：“你如此美丽动人，如果我真的见过，是绝对不可能忘记的，为什么现在我对你一点印象都没有呢?”

女人听了吴越的奉承话后，笑得更加妩媚，她的纤纤玉指轻轻地抚过吴越的脸庞，然后说：“吴大记者恐怕最近忙着什么重大的事情，哪里还能把我这样一个小女子记在心上啊?”

“原来是苏小姐，今天能见到你真是荣幸。”陈一飞和吴越并排站着，然后向苏晓芸介绍道，“吴记者刚刚加入我们报社，以后还请苏小姐多加关照，多提供点独家消息。”

苏晓芸莞尔一笑，看着吴越说：“看来你还称不上是一名优秀的记者。”

吴越压住心中的疑问，只是回以一笑。陈一飞主动和她说话，目的很明显，就是要替自己解围。越是危险的情况下，他越是要小心沉着，不能因说话不慎而露出破绽。

陈一飞向吴越介绍道："她就是上海……"

然而，她的注意力很快就转移了，没等陈一飞说完就向不远处的宋明招了招手，示意他过来，陈一飞只好把剩下的话咽了回去。

吴越的心头又一紧，他不明白这个女人葫芦里到底卖着什么药。山本和小村一郎两人一直用日语轻声地交谈着，但是眼睛却一直没有离开过吴越，现在看见女人招呼宋明过来，便停止了谈话，饶有兴趣地看着。

宋明端着一杯红酒过来了，点头哈腰地向山本和小村一郎举杯敬酒，可是两个人傲慢得连眼皮都没有抬一下，更不用说举起他们手中的酒杯了。然而这并没有影响宋明的情绪，他依然满面笑容，一饮而尽。

喝完酒后，宋明才笑着对女人说："晓芸姐，您招呼我过来有什么吩咐啊?"

女人嗔怒道："什么姐啊姐的? 谁是你的姐? 你是嫌我还不够老吗?"

宋明用手轻轻地拍着自己的脸连忙道歉："您看我这张嘴，就是狗嘴里吐不出象牙来，其实您比谁都年轻漂亮，您不让我叫姐，那我以后不叫就是了。"

她这才放过了他，然后指着吴越问道："你可认识眼前这个人?"

看来这个叫晓芸的女人早已经认出了他，只要宋明也认出他来，他便插翅难飞。还好此时的他经过了一番化装，而在船舱里的时候，宋明也是在一个相对比较远的位置看到过他，想必一时半会还无法将他指认出来。

吴越给陈一飞使了一个眼色，提醒他此刻的危险。陈一飞的眼睛里隐隐有了一些焦急，他当然明白只要宋明认出吴越，他们两人就无法离开。

山本和小村一郎也很有兴趣地盯着宋明，看看他是否会认出眼前的人。时间在这几秒凝固，宋明认真地打量了几眼，最终却有些尴尬地摇了摇头。

没想到那女人依然不罢休，继续启发道："白老大五十大寿那天，你仔细想想。"

宋明的脸上忽然多了一份悲伤，很快这份悲伤被一丝愤恨所代替，他紧紧地握起了拳头。与之同时变化的还有吴越，他的手轻轻地抖动了一下，再不动手，他将成为别人案板上的肉，任人宰割，这不是他的风格。

陈一飞的脸色瞬间苍白了，这一刹那的变化让山本和小村一郎的目光齐刷刷地聚集到他的脸上。

然而，舞会现场出现的一阵骚动吸引了众人的注意力，山本和小村一郎两人的目光也随即从陈一飞的脸上转移开。

等到山本和小村一郎两人看清楚来人的时候，他们立即挺直胸膛，用最标准的军姿欢迎刚刚进来的这一个人。

吴越观察了一番，只见在场的所有日本人都和他们两人一样，脸上表现出一种特别恭敬的神情来。

毫无疑问，来人一定是一位大人物。趁着众人的注意力完全被吸引过去的间隙，吴越轻轻地拍了拍陈一飞的肩膀，提醒他注意自己的情绪。陈一飞深深吸了一口气，脸色逐渐恢复了正常。

不一会儿，一名年近六旬的削瘦老人在一队警卫的重重保护之下，慢慢地走了过来，他一边走一边向欢呼的人群挥手致意。当陈一飞看到这位老人时，原本已经归于平静的神情再一次掀起了波澜，甚至身体都微微颤抖起来，两只眼睛红得几乎要喷出血来。

任何人见到陈一飞此刻的模样，绝对会看出他内心无与伦比的仇恨，幸好此刻所有人的注意力都集中在那位老人的身上，没有人注意到他的反常。

吴越迅速站到陈一飞的身前，用身体挡住了陈一飞的面孔，让别人无法看见陈一飞的表情，并再一次向陈一飞打手势让他注意。

老人没有在大厅里停留，而是直接上了二楼。他从一名军官手中接过一杯酒，用日语说了一句话后，高高地举起了酒杯。楼下的日本军官也和他一样举起酒杯，然后仰着脖子，兴奋异常地把酒喝了下去。

喝完这杯酒后，老人示意大家安静，然后用日语发表了一番讲话。

吴越自然听不懂，他转过身对陈一飞说："你来给我翻译。"

陈一飞用力地咬着嘴唇，几乎要咬出血来，过了好长一段时间他才低声翻译道："在征服东亚的战场上，我们取得了伟大的胜利，我们征服了南京，不断地把战线向中国内陆地区推进。我们大日本帝国，征服整个中国，征服整个亚洲已经不远了，为了我们将要到来的胜利再次干杯。"

又是一片欢呼声和酒杯相撞的声音，这位老人的出现把舞会的气氛推向了最高潮，让这一天成为在场所有日本人最难忘的记忆。

这是一位在 1904 年就因为日俄战争而进入中国的老军人，一位率领日军占领南京的人。在日本军人的眼里他是一名英雄，而在中国人的眼里，他是一只恶魔。

吴越想起了林雪儿，南京的沦陷让她失去了父母，成了一名可怜的卖唱女。林雪儿还活着，而更多无辜的人却在饱受践踏之后毫无尊严地死去。吴越的心里也涌上了一腔怒火，要是现在手上有一把枪，他也许会瞄准那只恶魔的头颅，送他下地狱。可是此刻，没有人会往他的手上塞一把精准的勃朗宁手枪。他瞥了一眼站在边上的女人，她的嘴角竟然也挂着一丝惨淡，不过她的脸上很快又绽放起笑容，让吴越不由得有些怀疑刚刚看到的只是自己的一个幻觉。

这位老人离开之后，日本人的情绪更是空前的高涨，频频碰杯庆贺。小村一郎和山本喝了一杯酒后，对陈一飞说："如果我是你．此刻我的心里肯定也不会舒服，自己的国家已经不再是一个国家的样子，幸好你识时务，站在我们这一边，为了我们的友谊干了这一杯酒。"

小村一郎完全用一种胜利者的居高临下面对着他曾经的同学，而陈一飞只能用沉默来应对，此刻他说什么都是多余的。他一言未发，闷头喝下杯中的酒。

就在这一刻，吴越的心脏忽然像是被针扎了一样疼痛，一个民族和国家的耻辱好像完全压在他们两个人的身上似的，深埋在心底的仇恨似乎被瞬间点燃了。他感觉到自己不再是一个保持理性的合格杀手，因为他的情绪开始左右他的行动了。

山本慢悠悠地转着酒杯里剩余的酒，忽然问道："刚才你的脸突然变得那么苍白，有什么可怕的事情发生吗?"

喜悦并没有让山本昏了头脑，他依然记得陈一飞刚才失控的情绪，这真是一位可怕的敌人。吴越小心翼翼地侧过身子，如果被识破身份，那么他会毫不犹豫地对山本发动突然袭击，尽管这样并不能改变他和陈一飞死亡的命运，但是能拉上一个日军大佐垫背，总比白白送死要强。

"那天晚上真是太可怕了，我只是一名记者。"陈一飞的嗓音都有些颤抖起来，停顿了几秒钟后他继续描述着，"那天子弹乱飞，有人死了，血都溅到我的脸上……"

陈一飞的声音嘎然而止，仿佛依然停留在当时危险恐怖的情景之中。吴越暗暗松了一口气，陈一飞的表演无疑是成功的。

小村一郎拍着陈一飞的肩头哈哈笑了起来，山本大佐的嘴角轻蔑地上挑了一下，抿了一口酒说："中国人真是一群绵羊，一群懦夫。"

吴越的心里再次起了杀机，他并不是一只绵羊，也不是一名懦夫，这个日本人的傲慢污辱了一名优秀的中国杀手。

宋明的目光却始终停留在吴越的脸上，吴越明白如此下去必然会被他瞧出些端倪。与其这样，还不如主动出击。于是他转过脸来惊讶地对女人说道：“难道这位小姐当时也在白老大的船上？那一天子弹乱飞你肯定受惊了吧？”

女人咯咯一笑道：“什么小姐小姐的，叫我苏晓芸。不过那天的场面真是太吓人了，白老大也真是的，他手下的人是怎么搜查的，杀手竟然可以带进这么大一把枪！”

说后面几句话时，她花容失色，双手还不忘夸张地比划出一把超大的枪来，仿佛回到了那天恐怖的情景。吴越已经听明白她话里面的意思，她分明是批评白老大搜查工作没到位才导致自己被杀。那一天对来客的检查工作是由宋明负责，由于当时白老大被杀，宋明和方盖天都沉浸在仇恨当中，没有仔细梳理整件事，此时苏晓芸提起此事，显然用意是把责任往宋明身上推。

果然不是个简单的女人，吴越知道接下来可有好戏看了。

苏晓芸说话时，方盖天不知道从哪里冒了出来。听了苏晓芸的话后他很快就把目光转移到宋明的身上，等待宋明给他一个解释。

宋明在方盖天的注视下，神情有些不自然了，带着一点委屈低声说道：“我的人负责搜查工作绝对是没问题的。”

此时，苏晓芸悄悄地对吴越眨了眨眼睛，吴越立即洞悉了苏晓芸的用意，立即替宋明作了一个旁证：“那天的检查的确非常严格，今天参加皇军的舞会我还能带进一支采访的钢笔，那一天连支钢笔都带不进。”

“绝对是一支钢笔都带不进。”宋明的脸上有了喜色。

吴越很想笑，却装出一副思考的样子。

“奇怪就奇怪在这里了。”苏晓芸不等众人说话，皱了皱眉头立即分析道，“既然连支钢笔都带不进去，枪也绝不可能被带进去，可是那支杀死白老大的枪是怎么来的呢？除非……”

所有的目光都聚焦到她的脸上，包括山本和小村一郎都想听听她的分析。可是她竟然脸色一红，露出点羞涩样，不肯往下说了。

“除非负责搜查的人故意让人把枪带进了船舱。”吴越恍然大悟般说道。

众人先是一愣，接着纷纷表示同意。再看宋明，脸色刹那间就白了，细密的汗珠从额头渗出来，他看看苏晓芸，又看看吴越，这才明白自己掉进了两人布置的陷阱。

"我我我……"他结结巴巴，什么也说不出来，不住地用手去抹额头上涌出来的汗水。

所有人都不动声色地看着他，方盖天上前一步扇了宋明一巴掌，然后逼问道："你倒是把事情给说明白了。"

看方盖天暴怒的样子，相信如果他手上有枪的话，一定会毫不犹豫地朝宋明的脑袋开上几枪，但是他没有枪，于是第二巴掌又扇了过去，同时一脚就将宋明踹倒在地。

"大哥，我没有呀。"宋明擦了擦嘴角殷红的鲜血，一把抱住了方盖天的腿哭诉道，"师傅待我不薄，我怎么会害师傅呢？师傅决定替日军办公共租界的事，我也是第一个响应支持的。"

这天大的秘密脱口而出，连宋明自己都愣住了，等反应过来后，猛地跪倒在山本大佐的面前朝自己的脸上抡着巴掌，一个劲儿地道歉说："我该死，我该死，我该死……"

突然，吴越的眼前闪过一道白光，一把雪亮的日本武士刀已经插入了宋明的胸口，一股血腥的气息逐渐在空气中弥漫开来。宋明挣扎着挥舞双手，两只睁得滚圆的眼睛死死地盯着山本。

吴越杀过很多人，可是此时的情景却让他的心里有些难受，毕竟此时是一个中国人死在了日本人的手里。他看了一眼一手导演了这场死亡游戏的女人，她被突然的杀戮吓得不轻，花容失色地退到了别人的后面，不敢往这里看一眼。

事情发生得太快太突然，方盖天没有料到山本会突然拔出军刀刺穿宋明的心脏，准确得不差分毫。他轻轻地抚摸着宋明的脸庞，帮他合上了睁得圆圆的眼睛。虽然方才方盖天狠不得将宋明大卸八块，但此刻他的眼里有了一丝悲伤，毕竟他们曾经兄弟一场，曾经一同出生入死。

"你不该背叛师傅，不该背叛皇军啊。"方盖天慢慢地站了起来，转身对山本说，"我是真心实意地替皇军效力，请大佐明察。"

山本抽出了插在宋明胸口的军刀，然后掏出一块白色的手帕微笑着拭去刀刃上的血迹，等刀刃再现寒光的时候，他缓缓地把军刀重新插入刀鞘，冷冷地说："泄漏了皇军的秘密，的确该死。"

吴越明白了，宋明之所以会被山本杀死，并不是因为他有协助凶手杀害白老大的嫌疑，而是因为情急之下差点泄漏日本人的机密。他和陈一飞对视了一下，忽然有一种心灵相通的感觉：要想知道秘密，只剩下方盖天一人了。

小村一郎看着地上的尸体说道："大佐您又给我上了一课，搞情报工作不仅要有效地收集各种信息，更要注意情报不能泄露。"

山本呵呵一笑说："看来他死得还算有价值。"

小村一郎笑着望了一眼地上的尸体，转过脸来对吴越和陈一飞说道："两位都是很优秀的记者，报社又是在美租界，如果能替我们搜集情报，我们绝对不会亏待二位，二位意下如何?"

吴越在心里冷笑一声，为他们卖命的人说杀就杀，宋明的尸体还未冷却，他竟然厚颜无耻地说出这种话来，实在是令人作呕。

不过吴越也明白他这番话的用意远不止那么简单，这是一种试探，更是一种逼迫。他是笑里藏刀，如果在应答的时候稍有不慎，恐怕今天也休想活着出去了。可如果答应了他，自己就成了名副其实的汉奸。

他看了一眼陈一飞，他紧抿着嘴巴，似乎那张嘴巴不张则已，一张就会说出惊天动地的话来。

山本那双锐利的眼睛几乎把人逼到了绝境，吴越感觉气氛很压抑。答应还是不答应，关乎到了两人的生死。吴越再一次做出了动手的准备，就是死他也不能背负汉奸的恶名，他的血再怎么冷也分得清大是大非。

这时陈一飞淡淡一笑道："山本君既然在华从事情报工作多年，自然知道《申报》的前任总经理史量才先生。"

山本点了点头，陈一飞继续说道："当年蒋委员长希望《申报》能成为国民党的喉舌，营造有利的舆论氛围，结果被史先生一口回绝。蒋委员长继续对史先生威逼利诱，然而史先生始终坚持自己的办报理念，追求新闻的客观公正，结果史先生被人刺杀。我虽然只是一名小记者，但依然坚持史先生的遗志，绝不有失一位记者的职业道德。"

如果不是环境的限制，吴越简直要鼓起掌来。陈一飞所说的每一句话都铿锵有力地拒绝了山本。"民不畏死，奈何以死惧之。"虽然他是一名文人，但是这一番话里面包含着慷慨赴死的决心。吴越不禁对陈一飞刮目相看，此刻是面临生死抉择的时候，他仍然有着这样一份胆色，足以让吴越敬佩。

果然，山本沉下了脸来说："你想做史量才第二，我倒可以成全了你。"

他的手按在刀柄上，慢慢地拔出了军刀。陈一飞不动声色地站在山本面前，表情平静如水。吴越则在一旁蓄势待发，只要山本真地砍下来，他会毫不犹豫地夺过军刀架到山本的脖子上。

奇怪的是过了许久山本依然没有动手，明晃晃的刀身上映出陈一飞那张年轻而执拗的脸。

在一个杀人无数的屠夫眼里，对面不过是一只毫无招架之力的绵羊。他没有立即结束这只绵羊的性命，是想玩一个游戏，看看这只绵羊在死神面前到底能够撑多久。

然而这个游戏并没有继续下去，小村一郎握住了山本举着军刀的手，劝说道："一飞君是我的同学，他对我们日本文化很有好感，虽然现在不愿意替我们收集情报，但我相信总有一天他会这么做的，松井司令刚刚说过要建立东亚共荣圈，如果我们肆意杀人，特别是杀记者，恐怕在宣传上对我们不利。"

山本脸上闪过一丝不悦，良久，握着军刀的手还是垂了下来，愤愤地冲陈一飞说道："若不是看在小村一郎的份上，你已经死了。"说完，山本将军刀重新插进刀鞘，转身走开了。小村一郎对陈一飞抱歉地笑了笑说："让你受惊了。"

陈一飞反而一脸轻松地说："我作为一名中国人，受的惊已经够多了，今天的微不足道。"

他的话让小村一郎一愣，回过神来时不免提醒这位昔日同窗："你作为一个中国人有自己的荣誉感，我能够理解，但是既然你今天来参加这个舞会，就应该注意自己的立场，在这里的中国人都应该站在我们皇军一边，如果你不是我的同学，你已经死在了山本大佐的刀下了。"

吴越明白陈一飞能躲过一劫已经是万幸，于是也提醒道："今天是来采访的，还是向小村一郎请教一些关于采访的问题吧。"

陈一飞自然是心领神会，接过话头对小村一郎说："我想采访一下方盖天方先生，让他发表一下对白老大被杀事件的看法，不知道可不可以?"

小村一郎正想说些什么，苏晓芸正巧从舞池中间回来，抢着说："你要采访方先生，莫不是想害他? 你没见到宋明只是说出几个字，就白白送了性命吗? 皇军不想让人知道的事情，我奉劝两位大记者还是不要知道的好，否则会给你们招来杀身之祸。"

苏晓芸一脸妩媚地对着吴越，一边说一边抛媚眼。吴越听明白了，她表面上告诫两人不要去采访方盖天，而言下之意正是告诉他们方盖天和日本人之间有不可告人的秘密。

想到这里，吴越微微一笑道："苏小姐你这是说哪里的话，我们记者可要不了方先生的命。"

苏晓芸咯咯一笑靠了过来，丰满的身材在旗袍的勾勒下显出完美的曲线，丝绸包裹下的双乳随着她的笑声有节奏地颤动着。吴越却往后退了一步，面前是一个非常有诱惑力的女人，但是她更是一个危险的女人。吴越绝对不会因为她迷人的身体而让自己身处危险的境地。

苏晓芸见吴越躲开了，马上收起了笑容嘟起小嘴，似乎受了很大委屈似的，摆出一副楚楚可怜的模样来。

方盖天见两人的话题始终围绕着自己，于是大声地宣布："我方盖天既然为皇军卖命了，自然是上刀山、下火海，在所不辞。"

闻言，陈一飞讽刺道："豪情满怀，真不愧是个人物。"

方盖天当然没有领悟到陈一飞语气中的讽刺，反而以为是大记者的赞赏而咧开嘴满意地笑起来。吴越和苏晓芸对视了一眼也笑了，显然两人都从对方的眼里读懂了各自的心事。

方盖天已经喝了不少的酒，脸红得厉害，特别是听到了赞赏，越发激动兴奋起来，硬是要敬陈一飞一杯，陈一飞以不胜酒力为由拦住了他的敬酒，方盖天自讨没趣，只好独自一饮而尽。

"酒喝多了，失陪一下，我去趟洗手间。"方盖天说道。

吴越把酒杯放下，接话道："正巧我也要去洗手间，让我扶着方先生去吧。"

方盖天接受了吴越的好意，倒不是他真的喝得连路都走不动了，只是他的确需要有一个人替他遮掩一下刚才的尴尬，于是就任由吴越扶着他的右手臂准备往卫生间走去。

就在此时，苏晓芸的脚往前迈了一步，忽然"哎哟"一声叫了起来，整个身子一歪，差点倒了下去。吴越见状立即抓住了她的手臂，苏晓芸顺势就往吴越身上倒，吴越只好放开方盖天，双手支撑着她，而苏晓芸的身子一软竟然倒在了吴越的怀里。

"头好晕呐。"她双眼迷离地望着吴越。

吴越心里清楚，她一定又想搞什么名堂。正想着，她的身体又软了一下，吴越只好放低了身子轻轻地抱住了她。没想到她却趁吴越弯下身子的时候，用一只手勾住吴越的脖子，柔软的胸部撞击着吴越厚实的胸膛，嘴唇几乎是贴到了吴越的脸。

她柔软而又充满弹性的胸部让吴越心里一阵躁动，而这种情绪很快被极为细微的声音冷却下来："拿着。"

苏晓芸贴着他耳朵说出的这两个字让他意识到一件冰凉的东西已碰触到他的左手。不过这一次不是一把枪，而是非常小的刀。

吴越迅速将小刀夹到指缝中，然后直起身子来，抱着苏晓芸往最近的一张椅子走过去。苏晓芸在吴越的怀里一直咯咯地笑个不停，吴越厌恶地看了一眼苏晓芸那张艳丽的脸，迅速地把她不断摩蹭着他大腿的浑圆的屁股丢在了椅子上，然后转过身重新扶住了站在边上摇摇晃晃的方盖天。

吴越扶着方盖天进了洗手间后，方盖天找到了小便池先去方便。吴越打开了水龙头，水哗哗地流了出来，他将自己的手放在水龙头下面慢慢地冲洗。洗手池上方悬挂的一块明晃晃的镜子，映出了吴越那张冷峻的脸庞。

"替日本人办事难啊。"方盖天一边撒尿一边抱怨。

吴越关上了水龙头，悄悄地从上衣口袋取下了钢笔，然后问："此话怎讲?"

方盖天一边提着裤子一边往洗手池这边走过来，解释道："刚才你也看到了，他就是多说了一句话而已，就被山本大佐给杀了。"

"那不是你们自找的吗?"吴越反问。

"现在中国只剩下半个，不跟着日本人哪里还能吃得上饭?"方盖天说着就低下头去洗脸。

趁方盖天低头的时候，吴越迅速站到他的身后，将钢笔抵在方盖天的后腰上。

方盖天的身体顿时僵住了，吴越从镜子里饶有兴趣地看着他脸上惊恐的神色。

"你想怎么样?"方盖天紧张地问。

"白老大和日本人秘密策划着什么事?"吴越正色问道。

"这个和你们当记者的有什么关系?"方盖天没有回答这个问题。

吴越的嘴角露出了一丝微笑，拿着钢笔的手稍稍加大了力道，然后说："这些事情正是我们当记者的最想知道的，怎么会和我没有关系呢?"

"如果你开枪，你也休想离开这里。"方盖天威胁道。

“那可未必，你仔细看看我是谁?”吴越的脸色一沉，这里随时可能有日本人进来，他不想再和方盖天兜圈子了。

方盖天盯着镜子里吴越的脸仔细地看着，大约十几秒后，他的脸忽然抽动了一下，张着嘴巴想说什么，却一个字也没有吐出来，因为吴越的钢笔更加用力地顶在他的脊柱上。

“只要你说出来，这支无声手枪绝对要不了你的命，否则你就会无声无息地死在这里。”

洗手间里充斥着一股死亡的气息，方盖天鼻尖上的一颗汗珠越聚越大，最后顺着鼻翼滚落了下来，留下了一道长长的痕迹。他想伸出手擦去脸上的汗水，却听到吴越提醒道：“现在你只能动口，不要试图动手。”

方盖天刚刚抬起的手又慢慢地放了下来，他用商量的口气说道：“我三弟宋明只是提了一下，山本大佐就要了他的命，如果我说了我也逃不过这一劫。”

吴越冷笑一声：“可是你不说，现在也一样要死！说了你还有机会逃命。”

时间像突然停止了似的，狭小的洗手间充满着压抑和紧张的气氛。这是一场生与死的较量，本质上更像是一场赌博，吴越赌方盖天会说出自己想知道的秘密。然而他的手心也渗出了细密的汗水，只要面前这位身材魁梧的男人稍微有一点儿骨气，那么即使吴越手上拿的是一把真正的手枪，恐怕也是无济于事。

甘心替日本人卖命的人不会是硬汉子，这是吴越敢于铤而走险赌一把的原因。现在他要做的就是稳定自己的情绪，耐心地等待。

自来水哗哗地流着，声音似乎被放大了无数倍，而紧紧关闭着的洗手间的门，随时都可能被日本人推开，每一秒钟都让两个人感到惊心动魄。

对吴越来说，赌赢了他可以完成这次任务，赌输了他却要丢掉自己的性命。而胜负却捏在方盖天的手里。

吴越心里暗暗担扰，脸上却始终保持着冷峻的神情，这给方盖天制造出一股无形的压力。吴越清楚，他必须沉得住气。

时间一秒一秒地流逝着，方盖天的额头暴起了青筋。吴越丝毫不敢懈怠，说还是不说，即将见分晓。

当吴越手上的钢笔再一次发力时，吴越感觉到方盖天原先紧绷着的劲道消失了，他垂下了脑袋，像一只斗败了的公鸡。

“我们的任务是绑架或暗杀主张抗日的上海知名人物。”

“这个事情具体是由谁负责?”吴越追问道。

“山本大佐。”方盖天垂头丧气地说。

吴越还想知道更多一点，可是他听到日本军靴的声音越来越近，便猛地举起右手朝方盖天的脖子劈了下去，方盖天一声闷哼就晕了过去，吴越又俯下身子扶住他，防止他跌倒发生太大的响声。

突然，门被一股强大的力量撞开了，一名喝得醉熏熏的日本军官闯了进来。这个时候吴越已经把方盖天放到了地上，他见日本军官进来，赶紧上前一步扶住了摇摇晃晃的日本军官。日本军官睁着血红的眼睛，看了看躺在地上的方盖天，又看了看着吴越。

吴越摇摇头，遗憾地说：“他醉倒了。”

日本军官过来踢了方盖天几脚，见其没有任何反应，便对着吴越叽里呱啦地说了一阵。吴越不明白他说什么，猜测对方可能是问方盖天为什么会躺在地下，于是就做了一个连续喝酒，然后歪歪扭扭地倒下去的动作。

日兵军官于是咧开了一张大嘴疯狂地笑了一阵，又踹了方盖天几脚后，走到一边撒尿去了。

等日本军官走了以后，吴越站起来对着镜子重新插好钢笔，整理好衣服，拉开门走出了洗手间。此时舞会已经临近结束，到处都是东倒西歪的人，一个个醉眼朦胧，时不时地从各个角落传出一阵阵肆无忌惮的笑声。

陈一飞见吴越已经出来，于是拉着小村一郎的手说：“同学一场却是今日得见，甚是高兴，酒也喝多了，采访也结束了，保证明天将有一篇好文章见报。”

小村一郎拍着陈一飞的肩膀说：“请君自便，当然还希望一飞君能够考虑山本大佐的话，让我们一起创造荣耀。”

陈一飞向小村一郎告辞后，便与吴越一起往门口走去。忽然，背后传来女人的声音：“等一等。”

吴越一听是苏晓芸的声音，不禁皱起了眉头，他可不想过多地和她牵扯上关系，否则极有可能给自己惹上麻烦。更何况方盖天现在还倒在洗手间里，此地不是久留之地，得赶紧离开。

苏晓芸对转过身来的吴越嫣然一笑道：“不知吴大记者可否赏个脸送我回家?”

吴越看着这张妩媚的笑脸，心里涌上一阵不舒服的感觉。虽然今天算是初次见面，但吴越深知，她这个人太复杂，还是少接触为妙。

吴越刚一沉思，苏晓芸嗲嗲的声音又传进了吴越的耳朵："好不好嘛？吴大记者。"

"走吧。"吴越可不想节外生枝，现在他只想快点离开这里，只好答应了她。

可是苏晓芸并没有立即离开，而是迈着袅袅婷婷的步子向山本走过去，在他面前捂着嘴巴痴痴地笑着，然后用手指着吴越。顺着她的手指，山本阴沉的目光随之也向吴越投来。

吴越望着她的身影，心里不禁有些发毛。

苏晓芸终于结束了和山本的谈话，一边往大门外边走，一边向屋子里的日本军人送着飞吻。

吴越冷冷地提醒道："如果苏小姐还想继续待下去的话，我就不再奉陪了。"

苏晓芸似乎是极不情愿地结束了她的飞吻，一只手已经伸进了吴越的臂弯里。吴越一挣想把她的手甩开，她反倒将身子也靠了上来。

"你！"吴越从没有见过如此不要脸的女人。

"我已经很累了嘛。"苏晓芸小声地辩解道。

"你不怕今天我送你回家，明天日本人就要了你的命?"吴越无计可施，只好给她提个醒。

"我猜明天《申报》一定会有重大内幕披露，也许会让日本人很愤怒?"苏晓芸咯咯一笑道，一边说一边望向陈一飞。

"无可奉告。"陈一飞回绝了她的试探，此时的他对苏晓芸的态度简直判若两人。

对于陈一飞的态度，她一点也不惊讶，自顾自地继续说道："我只是让记者送我回家，即使明天会有对日本人非常不利的消息发布，那也是你们记者的事情，如果要找麻烦他们也绝不会找到一个女人的头上来，倒是你陈大记者恐怕会有麻烦。"

"这些倒用不着你操心啦。"陈一飞的语气有些生硬，完全没有了舞会上见到苏晓芸后的那种激动的神情。

吴越看着此时陈一飞冷冰冰的样子，心里竟有些感动。陈一飞这样的人，肯定讨厌亲近日本人的苏晓芸，他又不善于掩饰自己的感情，可在舞会上，他为了掩护自己竟然对苏晓芸装出一副热情的样子。

当然，仅凭这一点，吴越还不会点破苏晓芸才是杀死白老大的刺客。他会意地看了一眼苏晓芸，只见她的嘴角也挂着诡异的笑容，她当然也不会允许吴越把这个秘密告诉一名什么都敢说的记者。

风吹过三个人的脸，是一种又潮湿又冰冷的感觉。除了日本人还在狂欢，此时的上海沉浸在死一般的寂静当中，在这样的氛围当中，静默是每个人表达自己最好的方式。

看着陈一飞转身离去，吴越掏出苏晓芸递给他的刀说："可惜了这把刀，我今天没有用上。"

苏晓芸好奇地问："没有这把小刀，你是如何对付方盖天的?"

"无可奉告!"吴越依旧是冷冷的语气，此刻他已经不需要逢场作戏了。

苏晓芸并没有生气，反而笑着说："看来那天我还真没有选错人，你果然如我想象的那样实力强劲，并且与众不同。"

吴越自然明白她说的"那天"是什么意思，反讥道："我相信那一天你不那么做也完全可以轻松脱身，整艘船上没人敢搜你吧?"

苏晓芸丝毫不介意吴越话语中的讽刺和不满，笑着说："如果我不那样做，不就发现不了你这样的人才了?"

"谢谢苏小姐的夸奖，今晚我就不奉陪了。"吴越不愿意和她继续纠缠，准备离开了。

苏晓芸递给吴越一张纸条说道："如果有需要就来找我，上面是我的地址，我相信我们能成为朋友。"

说完这句话，苏晓芸头也不回地向前走去，很快就消失在夜幕之下。

第五章 惹祸上身

一束雪亮的灯光忽然移了过来，刺穿了茫茫的黑夜，吴越暗叫“不好”，迅速向左手方向滚了几下，然后重新趴了下来，整套动作下来居然没有发出声响。

这一天，吴越早早地起了床，事实上他每天都是很早就起，按照他自己的说法，他每天都是睁着一只眼睛、竖起一只耳朵睡觉的，只要一有风吹草动，他会立即翻身下床。

天色还没有亮透，远远传来的阵阵嘈杂声令他感到了异常。他穿好衣服，来到了街上。由于后半夜下了一场雨，空气有些潮湿。他望了一眼朦朦胧胧的天空，深深地吸了一口清晨的新鲜空气，新的一天又开始了，他的心里有些淡淡的喜悦。

吴越捕捉到了空气中一股躁动的气息，果然，他发现大街上有比平日更多的报童，只见他们的背包里装着的、腋下夹着的、手里捧着的，全是一叠又一叠厚厚的报纸。他们赤着双脚在大街上来回走着，见到衣着穿戴整齐一点的就一起挤过去，希望对方可以从自己这里买一份报纸。

“号外号外，日本人雇佣黑帮人士刺杀抗日爱国人士……”

“特大新闻，《申报》独家揭露正在公共租界发生的阴谋……”

报童的叫卖声格外响亮，许多人掏出铜板涌到报童面前，吴越也买了一份。原来这《申报》的头条揭露了日本人雇佣黑帮刺杀抗日爱国人士的阴谋，在这一篇文章的最后，作者呼吁大家团结起来，不能成为案板上的肉，任日本人宰割。

这篇极煽情的文章很明显是出自陈一飞之手。肯定是当天晚上陈一飞回到报馆连夜撰写的。

吴越的心里对陈一飞又生出了一份敬意，同时又不免担心起他来。他敢写这样的文章，意味着他可能成为日本人暗杀的目标，虽然此时两人已经没有了合作的关系，但是作为此事的参与者，他还是觉得有必要提醒陈一飞注意自身安全。

整个公共租界都被这份报纸引爆了，读者的反应很强烈。有的情绪激动地把消息读给不识字的人听，有的愤怒地把报纸撕成碎片，还有的人甚至卷起袖子开始了演讲。

然而，吴越还是有一点想不明白，事实上日本人已经杀了那么多的中国人，如今整个公共租界都在他们的包围之下，却从未见过普通百姓的情绪会像今天这样激动，这究竟是什么原因?

一位演讲的年轻人高亢的声音吸引了吴越的注意：“中国人不能当亡国奴，中国人更不能当汉奸走狗!”

听到这句话，吴越心中忽然有了答案，比起日本人令人发指的暴行，他们更仇恨汉奸的无耻，更何况他们准备绑架或者暗杀的都是上海滩有名望的爱国人士。

整条街道上，到处充斥着愤怒的声音。渐渐地，人们喊起了口号，并在几个人的引导下，迅速汇聚成一条长龙，堵塞了整条街道。

所有人的怒气凝聚成一股可怕的力量，他们看见日本人的商店，就一起冲进去把所有的东西都砸掉，日本人见到这阵势也立即躲了起来，也有一些来不及逃跑的日本商人，被他们打得鼻青脸肿、满口鲜血。

为了防止事态进一步扩大，公共租界当局派出了大批巡警阻止这一场突如其来的骚乱。但是仅凭他们手上的警棍，是难以阻挡愤怒的民众的。

吴越被队伍裹挟着不由自主地往前走，越走越觉得不对劲，整个队伍竟然是往日本人控制的势力范围而去。如果不赶紧让这支队伍停下来，队伍前面的人很有可能会被后面的人挤进日本人的占领范围，那么后果将不堪设想。

然而所有的人都疯狂了，似乎并没有任何人意识到即将发生危险。

汗水浸湿了吴越的衣服，衣衫紧紧贴着他的脊背，耳边是一浪高过一浪吵吵嚷嚷的声音，再加上异常沉闷的空气，吴越感觉整个人似乎要崩溃了一般。他艰难地抬起头来向天上望去，渴望着此时能痛痛快快地下一阵暴雨，让他的头脑清醒清醒，也好让这一群人冷静冷静。

渐渐地，吴越感觉人群前进的速度越来越慢了，最后甚至停滞不前。这样一来，闷热、拥挤再加上声音嘈杂，让他有种想要呕吐的感觉。

队伍后面的人都在疑惑为什么要停下来，但很快他们就有了答案，因为前面响起了一阵阵咒骂声，吴越知道是前面有人拦住了队伍。

"汉奸！"

"走狗！"

"胆小鬼！"

"打死他！"

吴越艰难地寻找着人群中的缝隙往前挤，如同一条鱼一样逆流而上。终于，他看到一位男青年伸展开双臂，正在阻止人群继续前进。他的脸已经被打肿了，头发也被抓得凌乱异常，粗布长衫上面还印着几只横七竖八的脚印。

可是，他的声音依然是那么的响亮有力："日本人已经在街头架好了机枪，只要大家跨过租界，他们会毫不犹豫地开枪，难道你们愿意自己的鲜血就这样白白地流淌吗?"

年轻人声嘶力竭地大声喊着，但是没有人听他的话，大家的情绪反而更加激动，一直朝前涌。年轻人被推得踉踉跄跄。也不知道从哪里伸出来的一只并不强壮的拳头，趁着混乱竟将他的眼镜打落了。

年轻人整理着凌乱得遮住了眼睛的头发，顾不上去管掉在地上的眼镜，继续大声说道："血要流得有价值，流得让日本人害怕，而不是这样白白送死！"

"怕死就滚一边去！"

"小瘪三！"

人群继续向前推进，没有一个人愿意听年轻人的话。中国人的血性似乎在这一天苏醒了过来，他们表现出了一种莫大的勇气，对眼前这位挡拦他们的中国人给予了最大的蔑视。

年轻人被推得东倒西歪，他微薄的力量终究无法阻拦滚滚前进的人流，很快就淹没在人群之中。

吴越同情地看着他，当所有人都疯狂的时候，当所有人还没有搞清楚自己正要去做一件什么事的时候，当所有人盲目跟从的时候，保持清醒头脑的人反而成了异类，这真是一种悲哀。

他挤了过去，拍了拍年轻人的肩膀："楚天文。"

"是你?"年轻人正是那天搭救吴越的楚天文。

吴越微微点了点头，帮他从地上捡起几乎被踩烂了的眼镜然后说："赶紧离开这里。"

楚天文默默地摇了摇头，望着越来越拥挤的人群，脸上写满了悲哀。

天气似乎更闷了，天空也渐渐变了颜色。在深秋的季节，这样的天气似乎有些反常。

忽然，枪声响了起来，起先由于人声鼎沸，并没有多少人听到枪声，紧接着又是一连串"嗒嗒嗒"的扫射声，人们这才意识到了死亡的威胁。

人群里爆发出一阵接着一阵的惊叫声，街上很快就乱成了一锅粥，冲在最前面的人开始往后退却，许多人被挤倒在地，挣扎着想要爬起来，却被更多的脚踩得爬不起来。

枪声还在继续，空气里弥漫的血腥味越来越浓，街道上一片混乱。楚天文听到第一声枪响的时候，他的身体明显地颤抖了一下，然后立即往枪声响起的地方冲过去。

吴越一把拉住了他说："不要往前面去。"

楚天文用力挣扎着，却无法挣脱吴越强有力的手臂，不禁怒气冲冲地对吴越吼道："前面的中国人正在流血!"

"难道你忘记了自己刚刚说过的话?你很清楚到前面去很危险!"吴越丝毫不退让。

"可到前面去也许还能救几个人!"楚天文依然不放弃自己的想法。

"你救不到一个人的，反而会陪上自己的性命。"吴越摇晃着他的手臂，希望他能够清醒一些。

雨，"哗"的一声从天而降，硕大的雨点打在吴越的脸上，生疼生疼。雨声迅速掩盖了枪声，掩盖了人群骚动的声音。一个个狼狈的身影在厚厚的雨帘中奔跑，张开一张张无声的嘴巴，似乎世界末日正在降临。

楚天文全身上下都被雨水打湿了，头发紧紧地贴着额头，此刻的他仍然没有放弃向前面冲去的努力。吴越只好松开了他的手，也一起向前跑去。

日本人已经停止了射击，曾经鲜活的生命就这样稀里糊涂地葬送在本人的枪下，就这样悄无声息地倒在了泥水之中。雨一直下着，他们的血液已经和水融合在一起，浑浊不堪地流进了下水道。

这是拿着精良武器的侵略者，对手无寸铁的无辜百姓的一次屠杀。

这是战场的胜利者，对失败者毫无人性的武力威胁。

这是一个民族因为落后而遭到的惨无人道的杀戮。

楚天文无声地流下了眼泪，静静地站在雨中。吴越不知道楚天文在想些什么，他甚至不知道自己心里想些什么，整个脑子一片混沌。

曾经的生活中，他见过太多的枪炮声，太多的屠杀，太多的死亡，太多的无助，太多的无奈，可今天他依然无法面对此番场景。

“我要去延安。”楚天文不知什么时候已经转过了身子看着吴越。

吴越避开了他坚定的目光，这是楚天文的选择，并不是自己的选择。他虽然知道延安那个地方，但不甚了解。他只知道那个地方很远，那里有一群组织纪律严明、不畏牺牲的人。

楚天文见吴越避开了自己的目光，于是说：“我妹妹拜托你照顾了。”

吴越没有拒绝他，他只是不明白自己的心为什么会在这一刻突然变得如此的柔软，柔软到他无法拒绝这样一个对杀手而言最不能答应的请求。或许是为了报答楚天文的救命之恩，或许是因为心底最深处那份他自己都捋不清的情愫，他竟然默许了，而这个承诺让他感到些许轻松，因为他终于和楚天文扯平了。

除了行知书店，吴越想不出任何可以安顿楚天秀的地方，看来他又要再一次麻烦秦掌柜了。

楚天文离开上海的那一天，吴越替他的妹妹楚天秀去送他。出入上海的通道都控制在日本人的手中，楚天文可不想妹妹因为送他有什么闪失。

吴越并不想去送他，他已经不欠楚天文什么了。可是如果他不去，楚天秀就要去，说服她留在上海已经够伤脑筋的了，无奈之下吴越只好替她去送楚天文。

这是一个天气明朗的好日子，一支马车队在午后时分缓慢地前行着。楚天文穿着破破烂烂的衣服，戴着一顶压得低低的破毡帽，看上去就像一位赶马车的车夫。

马车队来到了一座桥前，过了这座桥就可以离开上海。可是要过去并不容易，把守此处的日军对过往的中国人盘查得非常严。

桥头中央处摆放着木头做成的障碍物，两边堆垒着沙包，上面还架着两挺泛着黑色光泽的马克沁重型机枪，如果有人要硬闯，机枪会毫不犹豫地响起来，吞噬生命。

马车队被拦了下来，车队的老板是个五十几岁瘦瘦黑黑的老头，多少年来风里来雨里去地带着马车队艰难地讨生活。见日本兵守着路口，他赶紧跑过去又是点头又是哈腰，一个劲儿地陪笑脸，还往日本兵的手里塞着银元，希望日本兵能给车队放行。可是日本兵一点也不理会他的殷勤，一把推开了他，径直走到马车队前面准备搜查。

日本兵仔细地观察着每一位车夫，用锋利的刺刀划破了马背上的袋子，检查袋子里面的毛料和皮子。老板心疼得赶紧上前去乞求那名越刺越开心的日本兵，希望他手下留情。

日本兵反而发怒了，一把将老板推倒在地，直刺向一匹马的脊背，一股鲜血瞬间喷涌而出，只听见马匹一声痛苦的嘶叫，拉着一车货撒开四蹄发疯似地向外冲去。

丧尽天良的日本兵竟哈哈大笑，老板则心疼得直拍大腿，试图去追赶逃跑的马匹。这一车货要是没了，那这一趟生意算是白跑了，马车队赚来的每一文钱可都是辛苦钱呀。

可是日本兵把手中的三八大盖往老板胸前一指，不允许他去追，老板只好给日本兵跪了下来，一边把头磕得咚咚直响，一边向日本人诉苦。

这样的情景让五六个日本兵感到非常有意思，他们哈哈地笑了一阵，然后用手指着老板，叽里呱啦地说了一段话后，又指了指老板身后的七八个马车夫，看样子是要他们学着老板的样子一起跪下来。

三个马车夫顺从地跪了下去，吴越看到楚天文的手都开始颤抖了，他知道楚天文一定十分气愤。可是又有什么意义？如果他们不顺从于这群强盗，恐怕失去的将不仅仅是一匹马，而会是他们的生命。

日本人已经习惯了手无寸铁的中国百姓对他们的恐惧，此刻如果有人敢出来挑战他们的权威，他们手上雪亮的刺刀会毫不犹豫地刺穿这一个人的心脏。

此刻他们面临着死亡的威胁，他们家里上有老下有小，如果失去了生命，在这样的乱世里，他们的家人又该怎么办呢？

作为一名杀手，吴越其实更加懂得生命的含义，每一个人都有权对自己的生命负责，因此他并不怪跪倒在地的这些中国人。

又有几名车夫跪了下去，现在只有吴越和楚天文两人孤零零地站着，就像风中两棵光秃秃的树。

所有日本兵的目光都集中到了吴越和楚天文两个人的身上。楚天文苦笑着对吴越说："现在你应该明白我为什么要去那边了吧?"

吴越轻轻摇了摇头，他的眼睛没有离开过日本人，他要防备这几名日本兵可能采取的手段。

只听见楚天文带着悲哀的语气继续说："因为我不想再看到这样懦弱与丑陋的中国人。"

吴越的心颤动了一下，延安那边的人不怕死，打起日本人敢拼命，这他早有耳闻，然而真实情况是怎么样他也不是很清楚，但是看到眼前准备投奔延安的楚天文，他相信了，延安那边每一个人都应该是硬汉子。

几名日本兵端着枪盯着他们两个人，一步一步地逼过来，枪上的刺刀闪着冷冷的光芒。

车队老板低沉而又焦急的声音响了起来："快点跪下，快点跪下……"

吴越和楚天文对视了一眼，两人的表情都非常凝重。站在死亡的边缘，他们该何去何从?

当日本兵的刺刀抵在他们胸口的时候，两人挺拔的身躯依然纹丝不动。

为了维护一名中国人的尊严，楚天文绝对不会下跪。

为了维护一名杀手的尊严，吴越也绝对不会下跪。

两人就这样和日本兵对峙着，眼睛里没有一丝的恐惧和慌乱。此情此景倒是让日本兵怔住了，他们仔细地打量着这两名奇怪的中国人，不敢轻举妄动。

终于，一名日本兵被他们这种傲慢激怒了，端着刺刀向吴越的胸膛猛刺过来。车队老板发出了一声惊呼，这样近的距离想要躲过刺刀几乎不可能。

只见吴越晃了晃身子，竟牢牢地抓住了枪管。日本兵用力地往回抽，枪管竟然纹丝不动。他嘴里不知道骂了一句什么，同时扣动了扳机。

只听"砰"的一声枪响，子弹斜飞着冲上了天空，根本不可能对吴越造成任何伤害。其他七八个日本兵见到自己的队友开枪了，也一齐围了上来，黑洞洞的枪口全都对准了吴越。

吴越看了一眼站在他面前比他矮了半头的日本兵，那一颗颗的青春痘分明表露了他只是个半大的孩子而已。高大的吴越给他带来很大的压力，端着枪的手也不由自主地抖了一下，内心的紧张一下被吴越看穿。

一名日本中尉军官被这声枪响吸引了过来，吴越松手放开枪管，然后对这名日本军官说道："这批东西是专门给前线的皇军送去的，如果被你们几位耽误了，恐怕你们无法在山本大佐面前交差吧?"

此刻虽然情况紧急，但是吴越却并不心慌。他在心里琢磨着，中国人害怕当官的，而日本人也是一样，搬出几个当官的来吓唬吓唬他们恐怕不会错，如果这一招不行的话，再想别的办法。

只见日本军官一挥手，不知道从哪个角落里跑出一个三十多岁、油头粉面的男人，看他的打扮就知道他是日军的翻译。

日本军官叽里呱啦地说了一阵，翻译则一直弯着腰陪笑听着。

听完之后，他直起腰来，大模大样地走到吴越面前，趾高气扬地问道："这位太君问你，别人都跪下了，你们俩为什么不跪下? 是不是活得不耐烦了?"

吴越冷笑一声："就凭你也有资格和我说话?"

"你!"男人正想发作，可一瞅吴越那张冷峻的脸，自己的气就先泄了三分。

吴越也不想再纠缠下去，竟然转过身背对着他说："告诉这个日本人，如果耽误山本大佐的事，他一个小小的中尉担待得起吗?"

男人显然被吴越盛气凌人的话吓呆了，好一会儿才缓过劲来，从口袋里掏出一块白手帕慌慌张张地擦掉脸上的汗水，然后又急急忙忙地把他的话翻译给日本军官。

日本军官对翻译说了一段话后，翻译转述给吴越："太君说山本大佐是他在日本国防大学读书时教授情报学的教官，如果你能拿出证据证明自己和山本大佐的关系，他就放你过去。"

吴越看了一眼那位日本军官疑惑的眼神，知道自己的话已经起了效果，于是他提高了声音故作神秘地说道："如果他是山本大佐的学生，就应该知道山本大佐从事极度秘密的工作，不认识的话我能说出他的名字来吗? 难道一定要我回去把山本大佐请到这里来?"

翻译赶紧把吴越的话一字不漏地翻译给日本军官听，军官听了以后，脸上立刻露出不悦的神情，恐怕到目前为止，还没有一个中国人敢这样对他说话。于是，他把自己的不悦变成了一个扇在翻译脸上的巴掌。

这一个巴掌扇得可不轻，翻译的脸立刻就红肿起来，可是他依然捂着脸陪着笑，点头哈腰地跟日本军官赔罪。

日本军官没有理会翻译的卑躬屈膝，反而给吴越鞠了一躬。吴越暗暗舒了一口气，这一把他赌对了，看得出来这是一名尊敬山本的日本军官，而且他相信自己的话了。

只见日本军官朝日本兵挥了挥手，围住车队的几个日本兵迅速收起了枪退到两边，给吴越和车队让出一条路来。

吴越让跪在地上的人起来，等他们把东西快速整理好之后，马队便重新出发。

本来吴越是不需要出城的，但现在他必须跟着车队出去，这样才能显示出他刚刚说过的每一句话都是真话。

吴越还没有走几步，那名中国翻译就跟了上来说："我叫钱明奇，以后能否跟着您混?"

"你好自为之，走错了路谁也救不了你。"吴越压抑着自己想要骂人的冲动，从牙缝里挤出了这一句话。

他冷冰冰的表情还是把钱明奇吓得不轻，呆呆地站在路旁望着车队走过扬起的尘土，久久回不过神来。

送走了楚天文，夜色已至。伸手不见五指的黑夜，风夹带着草丛里蛐蛐的叫声，轻柔地掠过吴越的耳旁。远处那座桥上的灯光，照得周围如同白昼一般明亮。吴越咽下一口唾沫，悄悄地往那边靠去。

一束雪亮的灯光忽然移了过来，刺穿了茫茫的黑夜，吴越暗叫"不好"，迅速向左手方向滚了几下，然后重新趴了下来，整套动作下来居然没有发出声响。

灯光从吴越的身上移了过去，转向了另一边，吴越继续缓缓地往前移动着。中午通过这座桥的时候，他已经记住了每一位日本兵的位置，迅速观察并记住敌人的位置，对他来说已经成为一种本能，即使此刻漆黑一片，他也能分毫不差地找到他们。

楚天文只是一个书生，可是当他看到发生在租界里的惨案，也会毅然决定去千里之外的延安寻找抗日救国的真理。而自己曾经是一名抗日战场上的军人，却再也没有为抗日作一点儿贡献，沉睡在心底的那种耻辱的感觉，这一次涌上了他的心头。

他忘不了和楚天文告别的时候，楚天文曾经对他说过的话："国家需要像你这样的人！"

吴越当时没有回应他，出神地望着楚天文渐渐地走远了，直到最后看不见身影的时候，他的心里忽然感觉到一阵痛楚。

他重复着楚天文的话："国家需要你这样的人……"

空旷的四周一片死寂，没有人能回应他。不过不管怎样，他决定在回来的路上顺手干掉几个日本兵。

他猫着腰继续往前走，距离两个背对而立的日本兵大约还有一百米。悄无声息地越过这一百米的距离，然后迅速将两名日本兵干掉，对许多人来说是很困难的。但是吴越是一名优秀的杀手，在他眼里两名日本兵已经是死人了。

他静悄悄地潜伏在黑暗中，抬头看了看天空，只见天上的星星变得有些朦朦胧胧，他等待的时机就要来临了。

不一会儿刮起了微风，夜色更加迷离，已经起雾了。两名日本兵始终背对背警戒着。

趁着雾气越来越浓的时候，吴越又向日本兵那边靠近了一点，现在已经可以看到其中一个日本兵的脸了。经过目测，距离日本兵还有三十米，但是再往前的话，因为灯光的原因，他极容易被日本兵发现。

吴越的手中已经摸出了一把匕首，作为一名杀手，狙击枪、步枪、手枪、刀等武器，他掌握得炉火纯青。通常情况下，他会选择狙击枪对敌人进行远距离狙杀，干脆利落也容易脱身。而此刻，他选择了手中的这柄匕首。

一名杀手的高下优劣，往往不在于各种枪械的熟练运用，而是看你能不能将一把匕首使用得得心应手。枪械虽然威力大，可是不像匕首可以随身携带。因此，吴越使用率最高的武器，竟然是一把普普通通的匕首。

吴越准备动手了，就在他即将跃起的时刻，一道雪亮刺眼的灯光亮了起来，吴越赶紧趴下身子。

一辆黑色的轿车"嘎"的一声停了下来，车上走下来一名日本军官——竟然是小村一郎。吴越惊讶不已，不过让他吃惊的还在后头。两名日本兵从车上押下一个被绑着双手的人，他全身的衣服已经被鞭子抽得破破烂烂，血迹沾满了他的全身，他的脸上也留下了几条深深的鞭痕，头发乱成一团，身体虚弱得几乎要瘫软下去。吴越的心头一紧，此人正是陈一飞。

小村一郎戴着一双白手套，拍了拍陈一飞的脸叫道："陈一飞，陈一飞！"

陈一飞没有任何反应，小村一郎对着他的脸凝视了几秒钟后说："今天我送昔日同窗好友上路，给你留一个全尸吧。"

只见陈一飞一直垂着的脑袋慢慢地抬了起来，伤痕累累的脸上带着不屑的神情说道："你侵略我的祖国，还有脸说是我的同窗好友吗？"

小村一郎叹了一口气说："我是一名军人，虽然我也热爱中国的文化，但是军人以服从命令为天职。"

陈一飞冷笑道："你们注定是要失败的。"

小村一郎摇了摇头说："山本大佐很生气，让我来亲手杀了你，但是念在同学一场的份上，只要你说出我想知道的东西，我就可以放你从这里离开上海。"

"我写那篇文章是因为我的血脉里还流淌着中国人的血，我说不出还有谁和日本人作对，那是因为只要是中国人都会和你们斗争到底！"

陈一飞最后几句话几乎是喊出来的，接着仰天长笑。小村一郎默默地盯着他的脸，慢慢地脱去手上的那双白手套，然后他的手朝不远处一指，就背剪双手转过身去。

两名日本兵立刻会意，将陈一飞往不远处的小土坡拖去。

吴越匍匐着往后退，直到认为日本人无法感觉到黑暗中还潜伏着一个人，才转过身子向另一个方向摸过去。

车灯把两个日本兵和陈一飞的身影照得清清楚楚，而吴越就隐藏在灯光没有照亮的黑暗之处。他小心地提起脚掌，稳稳地落下每一步，不能发出一丁点儿的声音，不然的话不仅救不了陈一飞，反而会搭上自己的性命。

日本兵走出离汽车大约有五十多米远，那里已经是一片荒地，杂草丛生。一个日本兵松开拖着陈一飞的手，从肩上的背包里抽出一把行军铲，就地挖了起来。

另一名日本兵见状，也赶紧掏出工具配合。挖掘泥土的声音和泥土落下来的"沙沙沙"的声音，打破了这个寂静的夜。

这两名日本兵也算是训练有素，很快就挖出了半米多深的坑，为了加快进度，他们索性跳进了土坑中继续挖着。

夜色深沉，雾气也越来越浓，在车灯的照射下就像一块轻纱似地在空气中轻轻地摇摆着，一切都在雾气中若隐若现。除了挖土的声音，两个日本兵之间也没有任何的交流，一切都显得那么安静。

日本人就在眼前，要神不知鬼不觉地救走陈一飞是绝对不可能的，而要强行救人，却是要冒极大风险的。

忽然，汽车喇叭发出了一声接一声的长鸣，显然车里的人已经等得不耐烦了，正催促他们加快动作。听到喇叭声后，两名日本兵挖掘的速度更快，泥土不断地从土坑里抛出来。

吴越观察着陈一飞，只见此时他侧卧在土坑边，身上已经覆盖了许多泥土，一条腿轻轻地抽搐着，看情形他已经坚持不了多久了。

如果等到日本人把他扔进坑里埋上土再去救他，挖出来的一定是一具尸体。因此要让陈一飞活着，绝对不能等日本人将他扔进土坑里。

这时候，日本兵已经停止了挖掘并试图从土坑里爬出来，很快他们就会把陈一飞扔进去的。

救人和杀人有着本质的区别，吴越擅长杀人而不是救人，两人要活着离开此地，难度不小。只要他一动手，极可能暴露在汽车的灯光之下，那时他不仅救不了陈一飞，还会搭上自己的命。

两名日本兵都爬出了土坑，已经动手抬陈一飞的身体了，要救陈一飞，只能是在此刻，吴越深深地吸了一口气后下定了决心。

趁着浓雾，还是可以赌一把的，虽然说一个杀手去救人显得不可思议，但是他的心中有个声音告诉他，如果不这么做，他一定会感到后悔。

忽然，一只乌鸦恐怖的叫声让两位日本兵手上的动作缓了一下，当他们好奇地四处张望时，吴越像影子一样从黑暗中跳了起来，无声无息。

吴越的身子拦住了朦胧的灯光，地面上出现了一个巨大而又模糊的诡异的身影。在斑驳的光影之中，一把小小的匕首闪着白光准确无误地划过了一名日本兵的喉咙，鲜血瞬间喷涌而出溅满了吴越的脸。

吴越的手没有迟疑，顺势又刺向了另一名日本兵。这一名日本兵早已被突然出现的人影和鲜血吓呆了，他微张着嘴巴，圆睁着眼睛，看着雪亮的匕首直直地插入自己的咽喉。

雾气越来越浓，空气中的湿气越来越重，不远处汽车的灯光显得影影绰绰，吴越将两名日本兵的尸体稳稳地放倒在地，然后蹲下身子，准备背起陈一飞，可是陈一飞已经奄奄一息，丝毫不能动弹，根本不可能自己爬上吴越的背了。

“嘀嘀嘀——”汽车的喇叭声又一次急促地响起来，汽车里的日本兵又开始催促了。

听着刺耳的汽车喇叭声，吴越有一种心脏突然下沉的感觉，他迅速往汽车那边扫了一眼，已经能看到模模糊糊走动的人影。动作必须要快，也许过不了几秒钟，那边就会有人走过来。

吴越轻轻地抱起陈一飞，稳稳地将他的身体放到自己的肩膀上，又用单手扶住陈一飞的身体，然后移动脚步消无声息地往最黑的地方走过去。

吴越深深地吸了一口气，然后一直屏住自己的呼吸，这样就不会因为有喘息声而被人发现。

足足走出有三十多米远，当他已经完全见不到亮光，感觉到胸口非常难受的时候，才放松下来大口大口地吸气，缓解肺部极度缺氧的状态。如果不是每天进行肺活量的训练，他早就因为长时间憋气导致缺氧而头晕脑胀、四肢无力了。

远处传来的一阵嘈杂声让吴越加紧了步伐，看来日本人已经发现情况了。吴越不敢耽搁，凭借着多年黑夜行军的经验寻找道路向前奔去。可是他的身后一束束雪亮的探照灯亮了起来，强烈的灯光穿透了黑夜，几乎连浓雾也被灯光融化了，一时间整个天地亮如白昼。

吴越的脚步更紧了，他发现自己的前方是一片狭长低地，探照灯无法照射到，便毫不犹豫地跳了下去。同时他也明白，在这片低地里，如果日本人追上来的话，他将无处可逃，因此他必须迅速越过这里，才能确保自身的安全。

枪声突然响了起来，仿佛就在身后。吴越的速度反而慢了下来，他明白这是日本人的试探，如果因为枪声而不顾一切地拼命逃跑，凌乱的脚步声反而会暴露自己，日本人更容易寻觅到自己的踪迹。

果然，几声枪声过后，再也听不到枪声了，可是日本军靴踩在地上独有的声音却更密集了，也更近了，而一束束手电筒的光亮也不断地将不远处的夜幕撕开一道道明晃晃的口子。

当吴越来到低地边缘的时候，他才发现要想离开这片低地需要翻过一个一人多高的陡坡，背着陈一飞他是绝对翻不上去的。而此刻返回去无疑是自投罗网，继续沿着低地往前走，最终结果也一定是被日本兵追上。翻过这个垂直陡坡，是他躲避日本人唯一的办法了。

他的目光在黑暗中迅速搜寻着陡坡相对较低的位置，不能浪费时间了，他猛地使出全身的力气将陈一飞的身体举过头顶后推上了陡坡，接着他自己抓住一棵小树翻身上坡。

就在此时，一束手电筒的光从另一边照了过来。吴越赶紧趴在地上一动也不动，电筒的光芒几乎是贴着他的头发移过来又移过去，冷汗忽地就从他的额头上冒了出来。

还好电筒的光亮很快就移到了另一边，他隐约看到三个日本兵也走下了坡地，顺着这一块狭长的洼地向前搜索。

吴越悬着的心终于放了下来，他重新背起陈一飞往黑暗的更深处跑去。

陈一飞早已气息微弱，经不起任何折腾了，再不找一个安全的地方进行治疗，恐怕他是活不成了。

眼前一片黑暗，吴越背着陈一飞不知道走了多久，忽然一股潮湿的气息扑面而来，不远处一盏渔火正忽明忽暗地闪烁着。

前面居然是一条河，吴越欣喜若狂，背着陈一飞赶紧向渔火那边奔去。船与岸之间的木板还在，吴越立即踩着木板上了船。

渔火朦胧的甲板上，一位五十多岁的黑瘦老头正在修补着一张破鱼网，猛然见到一位脸上沾满血迹的人背着一个全身血迹斑斑的人上船，顿时吓得说不出话来，只是用眼睛直勾勾地盯着吴越。

吴越将陈一飞轻轻地放到一边，喘着粗气说："有水吗？给倒一碗。"

老汉转过身从木桶里舀起一瓢水递了过去，吴越仰起头咕咚咕咚地将水一饮而尽，然后又舀了一瓢水，往脸上一泼，洗去了沾在脸上的血迹。

喝完水，洗完脸，吴越带着歉意对老人笑了笑。

笑容融化了紧张的气氛，老汉眼里的恐惧已经减少了很多。老汉看了看躺在船舱里的陈一飞，也舀了一瓢水放到了陈一飞的嘴边，陈一飞的嘴巴动了动，然后轻轻地啜着。

"你的朋友伤的不轻，我这里有些治伤的药，你先给他涂上吧。"

吴越接过老汉递过来的药，抹在陈一飞的背部，一边抹一边说："赶紧把船开走，日本人就要追上来了。"

老汉一听有日本人要追来，又一次慌张了起来，连忙问："这些伤口都是日本人打的?"

吴越点了点头，老汉嗫嚅着说："如果让日本人知道我的船上有他们要找的人……"

吴越明白他的意思，可是这只小船是他逃过日本兵追杀的唯一办法了，此刻他是绝对不会下船的。于是他从口袋里掏出一小沓钞票塞到老汉的手上，然后毫无商量余地地催促道："赶紧开船。"

老汉怔怔地低头看着手上的钞票，这是他一辈子都不能赚到的钱，但是他知道拿了这个钱却并不一定有命花。

老汉说："我这条命不值钱，可是还有一家老小等着我去养。"

雾渐渐地散去，黑暗中传来了一声紧似一声的犬吠，老汉听着越来越近的声音，整个人都哆嗦起来了。

吴越不再去管他，吹灭了小船上的灯火后，抓起一支船桨用力地挥动起来。船摇摇晃晃地离开了岸边，在水中荡起一圈又一圈的涟漪，可是速度还是很慢。而夜色中已经可以看到一束束晃动着的电筒亮光，日本人已经越来越近，小船如果不能快速驶离此地，恐怕就要成为活靶子了。

吴越拼命划着，但小船却并不听话，反而开始原地打起转来。

"老伯你赶紧开船呀，你现在和我在同一条船上，日本人来了难道你还想活命吗?"吴越不得不提醒一下老汉。

这句话无疑像一个晴天霹雳，狠狠地打在老汉的头上。他怔了一下，突然从吴越的手中夺过船桨，极快而有节奏地挥动着，船立刻箭一般快速地往河中央驶了过去。

水花四溅，落在了吴越的脸上，冰凉冰凉的。船离岸越来越远，渐渐地已经看不到岸了，吴越一直紧绷的心终于稍稍放下了一些。

第六章 秘密交易

苏晓芸没有说话，一双圆圆的大眼睛一直盯着吴越，脸上也始终保持着淡淡的微笑。终于，她收回了目光，一字一句地说：“我要山本大佐的脑袋。”

天色尚早，街上没有几个行人，大多数人还处在睡梦之中。风扫着街道迎面扑来，吴越紧了紧自己的外衣，匆匆地向苏晓芸的家走去。

苏晓芸曾经对他说过，有需要可以找她帮忙，他当时不屑一顾，刻意和她保持距离，可没有想到这么快，他就有事情必须找苏晓芸帮忙了。

陈一飞伤势严重，要把他弄到上海来治疗就必须通过日本人的关卡，这样做无疑是自投罗网，因此只能将他送往后方治疗。而能够将陈一飞安全地送得更远的，除了苏晓芸，他想不出来还有谁有这样的能力。

吴越对苏晓芸的了解并不多，但是可以肯定她绝对不是替日本人卖力的，知道这一点就足够了。至于那一天她会出现在日本人的舞会上，很明显她也是有目的而去的。

按照苏晓芸给的地址，吴越找到了她的房子。房子的大门是两扇红色木漆门，上面绘着半圆的图案，整栋房子带着鲜明的西洋风格。吴越在门前警惕地向四周张望了一番，确定没有人注意他后才伸出手掌拍响了大门。

不一会儿，木门开了一道仅容一人进出的缝。吴越还没有看清开门人的样子，就被一只纤细白净的手拽了进去，之后门又迅速地关上了。

眼前的苏晓芸竟然只穿了一件真丝睡衣，一条修长的玉腿露在了外面。吴越连忙走到窗前，透过窗子向外四处张望着，再次确认自己没有被人跟踪。当然他这样做也是为了掩饰自己的尴尬，因为他从来没有面对过一个穿着睡衣且极具诱惑力的女人。

趁着吴越张望的工夫，苏晓芸已经拿过来一瓶红酒和两个酒杯。她动作娴熟地开了红酒并倒上酒后，把其中一杯递给吴越，嫣然一笑道："吴大记者今天来我家有何贵干?"

吴越不禁在心里暗暗骂道，她明明知道自己的身份不是记者，说起话来仍然拐弯抹角，真搞不懂她的葫芦里到底装着什么药。

吴越接过酒怀，一口气将杯里的酒一饮而尽。经过一夜的奔波，他疲惫异常，既然有酒正好可以解渴，他才顾不上斯文和礼貌，即使面前有这样一位既漂亮又具有魅力的女人。

苏晓芸咯咯一笑说："从没见过你这般喝红酒的。"

吴越笑了笑回道："在我眼里，红酒、白酒、啤酒没有本质上的区别，它们都是酒。"

"果然一针见血，和你的枪法一样准确无误。"苏晓芸饱含深意地说道。

吴越并不在意她说什么，一屁股坐到了沙发上，环视着客厅的布置。吴越发现包括沙发在内的各式各样的家具，都透露出西洋的风格来，这是当时上海上流社会的一种时尚。

不知道什么时候苏晓芸打开了客厅里的留声机，一个略带着感伤的女声在客厅里弥漫开来。

这首曲子让吴越想起了自己第一次和林雪儿见面时，她所唱的那一首忧伤的歌，不知道此刻她和楚天秀在一起怎么样了。耳边的旋律，竟然让他有一些恍惚。

"你到我这儿来，不会是来发呆的吧?"苏晓芸又是咯咯一笑道。

吴越赶紧回过神来，问道："你还记得《申报》记者陈一飞吗?"

"陈大记者?"苏晓芸淡淡地说，"他难道还活着?"

吴越的心头一惊："你怎么知道?"

苏晓芸从桌子上拿起一支细长的女式香烟点上，猛吸一口之后吐出了几个洁白的烟圈。

"他在报纸上揭露了日本特务和上海黑帮勾结的机密，你想想看日本人会放过他吗?”苏晓芸微笑着反问道。

吴越点了点头，看来苏晓芸早就预见到了这个后果，既然如此他也就不再隐瞒事实的真相，索性把陈一飞受了重伤，现在躲在渔夫家里养伤，需要及时获得治疗的情况全盘托出。最后，吴越特别强调了一点，日本人正在到处搜查，不及时转移会极度危险。

苏晓芸丝毫没有感到惊讶，优雅地翘起兰花指，笑盈盈地注视着吴越说："你今天来找我就是想让我帮助陈一飞?"

"正是为此事而来。"

"难道你就不怕我把陈一飞当作礼物送给日本人?"苏晓芸说。

"如果你会这样做，我肯定不会找你。"吴越丝毫没有紧张。

"你太自信了吧?"苏晓芸对吴越的回答有些不屑。

"没有这样一点判断力，我不知道已经死了多少回了。"

"难道你没有看出来我和日本情报机关的山本大佐非常熟悉吗?"

"你擅长制造假象。"吴越冷笑一声道。

苏晓芸听了吴越的话又是咯咯一笑，随后紧挨着吴越坐了下来："看来你对发生在白老大船上的事情还是念念不忘呀。"

说着苏晓芸的手就搂住了吴越的脖子，脸色绯红，似醉非醉。如果是别人，恐怕早已经受不住她的诱惑。可是吴越很清楚地知道一点，女人，特别是漂亮的女人，往往是一名杀手最应该小心提防的。

吴越将苏晓芸的手从自己的脖子上移开，他可不想和她玩这种暧昧的游戏。

苏晓芸见吴越对她似乎并不感兴趣，只好收起了脸上的媚态。

"要我帮陈一飞的确没有问题，毕竟他也为我办了一件大事。"苏晓芸终于回到吴越和她讨论的主题上来了，沉思了一会儿她接着说，"不过没有好处的事情我是不会做的。"

"你想要什么?"吴越自然清楚和她这样的女人打交道，必须要付出一定的代价，他早已经有了这种心理准备。

苏晓芸笑着说："陈一飞他爹陈其深是沪上富商，向他要钱的话也没有什么意思，何况我也不缺钱。既然是你替他向我寻求帮助，我就必须向你要件东西。"

"只要我给得起的，你直说就是。"吴越站起身来直视苏晓芸的眼睛，他可不希望磨磨蹭蹭、拐弯抹角。

苏晓芸说："不要着急嘛，我要的你很容易就可以办到。"

正当吴越想继续听下去的时候，她却停住了。吴越并不是一个性急的人，但此事不比其他的事情，如果日本人展开更大范围的搜索，陈一飞又没有被转移到一个更加安全的地方，被发现的话只有死路一条，事态非常紧迫。

不过他还是稳住了自己的情绪，尽量保持镇定沉着。

而苏晓芸也没有说话，一双圆圆的大眼睛一直盯着吴越，脸上也始终保持着淡淡的微笑。

终于，苏晓芸收回了目光，一字一句地说："我要山本大佐的脑袋。"

吴越心里一惊，忙问道："为什么?"

"你应该比我更懂道上的规矩。"

吴越淡淡一笑，他确实不应该问这个问题。可是吴越认为苏晓芸更有机会接近山本，而且从白老大被射杀的情形来看，她的枪法也非常精准。于是他提醒她说："你应该比我更加合适。"

"这是唯一的条件，你不答应我是绝对不会帮助陈一飞的。"苏晓芸的话里已经没有丝毫商量的余地。

吴越早就知道今天根本由不得他讨价还价，为了救活陈一飞，不管她开出什么条件来他也必须要接受。但是吴越总觉得心里有那么一点憋屈，很不是滋味。他是一名杀手，过着收钱杀人的日子，可是现在的自己到底是什么身份? 他自己都有些迷糊了。

苏晓芸接着说："至于刺杀的时间和地点，等时机成熟我会通知你，你只要在我的安排下肯定可以完成这个任务，只要你答应了，我会立即安排人把陈一飞送到安全的地方。"

"安全的地方在哪里?"吴越想了一会儿问道。

"重庆还未沦陷，我会派人秘密送他到那儿养伤，他养好伤以后的事情，我概不负责。"

吴越点点头，话已经说到这个份上了，再说什么也没有用了，今天他并不是掌控局面的人。

苏晓芸重新拿起桌上的酒杯，和吴越碰了碰杯说："为我们首次合作干杯，也为今后的合作干杯。"

吴越并不买她的账，冷冷地说道："一次合作足够了。"

"是吗?"苏晓芸风情万种地媚笑道。

"完成这个交易后你走你的阳关道，我过我的独木桥。"

"你害怕与我合作?"苏晓芸轻轻地转动着手上的酒杯，嘴角流露出一丝挑衅。

"我们两个是道不同不相为谋。"吴越简洁地进行了反击。

苏晓芸重复了吴越的话说："好一个道不同不相为谋。"

她的眼里闪过一丝落寞，但是很快就调整了自己短暂的失态，提高了音量说："要不我们打一个赌，如果我们之间有第二次合作，就算你输怎么样?"

吴越淡淡一笑表示同意，苏晓芸继续说道："如果你输了，就要替我做一件事情。至于让你做什么事情，到时候我会告诉你的。"苏晓芸面带微笑，似乎她已经胜券在握了。

吴越也不再表示异议。既然事情都已经商量得差不多了，他也没有理由继续在这里待下去了，于是他站起身来向她告别。

"等等。"苏晓芸叫住了他。

吴越疑惑地看着她，只听苏晓芸嫣然一笑道："后天晚上来上海剧院看演出。"

"看什么演出?"吴越疑惑地望着她，他对这类事情已经丧失了兴趣。

苏晓芸笑得更加妩媚了，反问道："难道你不知道我是上海小姐?"

吴越这才把在街头匆匆瞥过几眼的剧院海报和苏晓芸联系起来，难怪从第一眼看见她就有种熟悉的感觉。

虽然吴越很震惊，可是他还是准备拒绝她，因为那些热闹的场合并不适合他。可是苏晓芸似乎看透了吴越的心思，立即补充道："这是任务的一部分。"

既然和任务有关，吴越虽然心里有很多疑问，却也不好拒绝，只能点头表示同意。

第七章 街头艺人

这时一个黑衣大汉冲到了老汉面前，举起棍子猛地往老汉的脑袋上挥去。老汉手里虽然有一根扁担，但已不知道如何应对。他身后的姑娘“啊”的一声惊叫了起来。

中午时分，公共租界的大马路上人来人往，人声鼎沸。吴越正准备去行知书店，忽然听到不远处的一片空地上传来“哐、哐、哐”的敲锣声。

循声望去，只见一位头戴破毡帽、下巴上留着蓬乱的大胡子、面色黝黑的老汉正提着一面铜锣使劲地敲，同时引导着观众站成一个大圈。嘴里还一遍又一遍地喊着，声音苍劲而洪亮：“各位老少爷们！有钱的来捧个钱场，没钱的来捧个人场。”

接着又是一阵“哐、哐、哐”敲锣的声音，江湖卖艺吴越可见多了，没有什么兴趣。谁知身后涌过来一群年轻人，硬是把他给裹到前面去了。

很快表演场地边上就站了好多人，老汉拿出一把胡琴，拉起小曲儿来。接着他又对一位年轻俊俏的姑娘说：“来！你给老少爷们唱上一段小曲！”

老汉说着，手上拉胡琴的动作却丝毫没有停下来，他的琴声如泣如诉，听上去好不凄凉。

姑娘应声唱道：“高粱叶子青又青，九月十八来了日本兵。先占火药库，后占北大营。杀人放火真是凶，杀人放火真是凶！中国的军队，有好几十万。恭恭敬敬让出了沈阳城！”

唱着唱着，姑娘剧烈地咳嗽起来，上气不接下气，一下子唱不下去了。老人抱拳向四面观众哀求道："这姑娘是我亲生女儿！我们是在东北沦陷后，逃亡到关内来的。没饭吃呀！她是饿的啊。"

围观人群中传来一阵阵叹息，大家纷纷掏出些零钱往场中心掷过去，表示同情和支援。吴越从衣袋里掏出一个银元扔了过去，这位姑娘的遭遇和林雪儿有那么多的相似之处，他不由得心生同情。

老人打躬作揖连连道谢后，又接着拉起了胡琴，并要求小姑娘继续唱下去。

可是姑娘才唱了几句，又咳了起来，竟然一句也唱不出来了，人群中有人发出了不满的声音。老人一边向观众道歉，一边呵斥着姑娘，可是姑娘却咳嗽得越发厉害了。

老汉大怒，突然从道具箱上拿起一根长长的鞭子，嘴里高声喊着："看你唱不唱，唱不唱！"

鞭子一下又一下狠狠地抽打在姑娘的身上，姑娘却紧紧咬着嘴唇忍住疼痛不肯哭出声音来。过了一会儿，姑娘终于因为体力不支而躺倒在了地上，但是老汉手上的鞭子却并没有停下来的意思。

吴越的心里涌起一股愤怒之情，即使那是老汉的亲闺女，也不能这样毒打啊！

他上前一步，一把握住老汉高高举起的鞭子怒声喝道："住手！放下你的鞭子！"

随着吴越的一声怒吼，观众当中也有几个年轻人齐声吼道："放下你的鞭子！"

还有几个年轻人也冲向场内，一把夺下老汉的鞭子，然后用身体护住倒在地上的姑娘。全场的观众一下子都安静了下来，谁也没有预料到会发生这样的事情，吴越也没有想到自己竟然冲了上去。

姑娘被几个年轻人扶着站了起来，眼泪却刷刷地流了下来。她走到老汉身边，挡在老汉身前，哭诉道："我们来自东北，我们东北被鬼子占领之后，可凄惨呐！没法生活了，只有流浪、逃亡，从东北流亡到上海，现在上海又被鬼子占去了一半。我们真的是无处安身，没有饭吃呀。"

听着姑娘的诉说，一时间全场人的情绪就像开了锅一样，群情激奋，激荡不已。不知道哪个人高呼了一声："我们不当亡国奴！"

接着又有人呼应道："打回老家去，收复失地！"

"打倒日本帝国主义！"

一时间口号声、怒吼声，撼动了整条街道，声音在天空中回荡，在每一个人的心中回荡。听着这些声音，看着一张张热血沸腾的年轻的脸，吴越也被感染了，默默地念起了这些口号。

正此时，十多辆人力车迅速往这里驶过来。车队在人圈外悉数停下，车上下来十几个人，全都是黑衣装扮，每个人手上都握着一根短棍，一个个凶神恶煞，只要有人挡在他们面前，他们举起棍子就打，丝毫不手软。

吴越一看就明白了，这是黑帮人物来砸场子了，大概这个戏班子在这儿表演没有经过他们的同意，也没有向他们上交保护费。如果真是这样的话，黑帮人物今天肯定要给他们一点颜色看看，通过这种方式来告诫其他人遵守他们的规矩。

只见一位黑衣人冲围观者大声地说道："想要活命的赶紧离开这里，不要妨碍大爷我办事。"

众人一听，纷纷散到一边，让出一条道，不过并没有走开。

吴越看了老汉一眼，只见他将姑娘推到了身后，然后又顺手从工具箱上拿起一根杉木扁担。他似乎与身边的几位年轻人认识，低声说了几句话后，一脸警惕地注视着这群气势汹汹的黑衣人。

黑衣人挥着棍子将老汉、吴越几个在场中间的围了起来。几位年轻人见状只能冲了上去和黑衣人扭打起来，但是他们赤手空拳，根本不是这群亡命之徒的对手，不一会儿一个个就被打得倒在地上挣扎呻吟，惨不忍睹。

这时一个黑衣大汉冲到了老汉面前，举起棍子猛地往老汉的脑袋挥去。老汉手里虽然有一根扁担，但已不知道如何应对。他身后的姑娘被这情景吓坏了，"啊"的一声惊叫了起来。

说时迟，那时快，吴越迅速上前一步抓住了黑衣人的手腕，然后用力一扭，黑衣大汉痛得哇哇直叫，短棍已经从他的手中滑落。吴越用右脚一勾，短棍居然飞了上来，吴越的左手接起短棍，顺势抽在了黑衣人的脸上。这一棍可不轻，黑衣人摔倒在地，再也起不来了。

吴越突然出手，让其他黑衣人的注意力完全转移到了他的身上，五六个人过来将吴越团团围住，警惕地注视着他却也不敢贸然上前。

正在双方对峙之时，一个身材粗壮的大汉慢慢地从人力车上走下来，他看着吴越说："没有和我们打招呼就敢在这块场地表演，你们是不是嫌自己的命太长了点?"

吴越冷哼一声，问道："敢问这里是谁的地盘呀?"

"说出来还不把你吓得屁滚尿流。"大汉轻蔑一笑道。

吴越冷笑着说："不就是一个张啸林嘛，山中无老虎，猴子倒称上了大王。"

当时上海黑帮势力主要有三个人：黄金荣、杜月笙还有张啸林。黄金荣最先起家，杜月笙次之，张啸林最晚加入，三人被称为"上海三大亨"。淞沪会战后，上海沦为孤岛，黄金荣闭门谢客拒不见日本人，杜月笙公开发表声明拒绝和日本人合作，已经去了香港。只有张啸林趁机大肆扩张地盘，为此心甘情愿地为日本人办事，不仅一手策划了对著名爱国人士的暗杀，就连宣传抗日的表演节目也要出面干预。

"看来你真的不想活了。"汉子大喝了一声道，"给我打断他的骨头，往死里打。"

随着他一声令下，已经有三人挥舞着短棍冲了上来。吴越不慌不忙，各个击破，上来一个打一个，不一会儿工夫就将冲上来的三个人打得鼻青脸肿，躺在地上呻吟起来。

这一下子他们都知道吴越的厉害了，围着吴越不敢轻举妄动。

方才那几个被打得头破血流的年轻人大声地叫着好，纷纷鼓起掌来。吴越倒是有些哭笑不得，他本不该管这一档子闲事，趁乱悄悄地走掉就是，但是老汉和姑娘已经如此可怜，千里迢迢逃亡到上海，如今又有这么一群黑道人物不肯放过他们，他实在有些看不过去。

老汉大声替吴越叫好，并高声骂道："好一个张啸林，好一个卖国贼，好一条走狗。"

"你个老不死的。"汉子显然被老汉的话激怒了，准备狠狠地收拾老汉，但是因为他的面前挡着一个身手厉害又不知来历的年轻人，他也不敢轻举妄动。

看着吴越和老汉竟旁若无人地谈笑风生起来，汉子气坏了，他出道江湖的年头也不短了，大部分人见着他都要客客气气地叫一声"牛哥"，也许过几年还会被称为"牛爷"，又怎能容忍有人如此不把他放在眼里?

他大声叫道："赶紧去把丁二爷请来。"

吴越听他说要去请帮手，毫不在乎地伸出手做出了一个“请”的姿势，激得“牛哥”七孔冒烟，冲手下大声喊道：“再磨蹭小心我打断你们俩的狗腿！”

两名手下一听立即撒丫子狂奔，不一会儿就消失在人群之中。吴越看也不看两人一眼，在老汉的指点下耍起了各种唱戏的道具。

忽然，吴越发现地上摆着一只水桶粗细的鼓，便走上前去拍了起来，一阵有节奏的“咚咚咚”的鼓声响了起来。

“你的鼓敲得还不错。”老汉赞赏道。

“小时候我老追着戏班子跑，人家追着戏班子学会唱戏，而我最不中用，只学会了敲鼓。”

老汉哈哈大笑说：“以后有机会我再教你。”说完，老汉突然收起了笑容，叹了一口气，摆摆手说：“不过现在国事如此，唉，谁还有什么精神去折腾这些?”

说完这句话，两人陷入了沉默。好一阵子，老汉忽然抬头对吴越说：“你赶紧走吧，像你这样的年轻人不多了，我已经很承你的情了。”

这话传到了“牛哥”的耳朵里，他冷笑一声说道：“想走没有那么容易，打了我的兄弟你哪里都去不了，我要让你十倍偿还。”

“如果我要走凭你们几个也想拦住我？真是笑话！既然你们搬救兵去了，我倒要看看这个丁二爷是一个什么样的货色再走也不迟。”

老汉听了吴越的话后哈哈一笑说：“人人都称刘乘风为刘疯子，没想到兄弟你虽然年纪轻轻却比我更有胆气，也更像一个疯子啊。”

吴越愣住了，不可思议地望着眼前这位落魄的老汉，没想到他就是闻名天下的刘乘风。吴越很早就听说过刘乘风的大名，据说他早年曾在皇宫唱过戏，也是现在国内屈指可数的名角之一。

当然，吴越知道他并不仅仅是因为他的戏唱得好，而是他不为日本人唱戏的事情早已经传得沸沸扬扬。梨园中人有这样一份胆气，着实令人佩服。

吴越立即向他致歉：“我刚才偶有冒犯，还请刘老板多多包涵。”

刘乘风赶紧摆摆手说：“其实我刚刚唱的这一出戏名叫《放下你的鞭子》，正需要有一个人上来配合夺下我的鞭子。那几个年轻人就是我的徒儿，要配合我夺下鞭子。”

听了刘乘风的话之后，吴越转过头看了看他身后的姑娘，只见姑娘羞涩一笑，看来她并未因为刘乘风的鞭打而受伤。而那几个年轻人也冲他点了点头。

吴越在心里感叹道，果然是一幕精心编排过的戏，自己居然没有发现一点儿破绽，可见刘乘风表演艺术的精湛。吴越不免赞叹道："刘老板的表演果真是出神入化，不得不让人佩服呀。"

刘乘风摆了摆手说："我虽然比你年长一些，但我很喜欢你，如果兄弟不嫌弃，可以称呼我刘大哥。唉，如果日本人不在，我可以放开喉咙痛痛快快地唱，可是现在国土沦丧，我也没有心情去唱戏。要我为日本人唱戏更是门都没有，可偏偏处处都要遇上日本人的狗。"

他越说情绪越激动，居然慷慨激昂地唱了起来：

叹中原众父老身遭涂炭，
千里荒野景太惨，
笔笔写的血泪账，
敌不偿还我的心不甘。
男儿壮志气如虹，
收复神州持幽燕，
有朝一日狼烟平，
痛饮黄龙酒不眠。

他的唱腔雄浑苍劲，令人热血沸腾；情感丰富，如泣如诉。吴越听得心潮起伏，觉得自己心中某种已经死去的东西似乎就要活过来了，胸中一腔热血随时都会喷涌而出。

刘乘风继续唱着，他的眼睛里闪动着泪光，仿佛此刻他就是岳飞，面对着满目焦土、破碎山河、百姓流离失所而心痛不已。然而，他的泪光之中还包含着一股勇气，正是这一股勇气，让他放弃了一位名角应有的生活而在街头卖唱。

当他的声音嘎然而止，吴越情不自禁地鼓起掌来，片刻寂静后，一阵响亮的掌声响起来了，接着他身后有年轻人攥着拳头呼喊着令人热血沸腾的口号："打回老家去，收复失地！"

"打倒日本帝国主义！"

“冲上去跟这些走狗拼了!”

甚至有几个黑衣人也被刘乘风的唱段所打动，流露出悲愤的神情来。而站在刘乘风身边的每一位年轻人，擦掉刚刚被打出来的血迹，个个义愤填膺，摩拳擦掌，准备和眼前手持短棍的黑帮打手拼个你死我活。

正此时，几声清脆的掌声忽然响了起来，只听一个沉稳洪亮的声音说道：“刘爷果然是宝刀不老，豪情直冲云霄呐。”

吴越抬头一看，只见眼前站着一位四十多岁的中年大汉。他身材魁梧，体格健壮，一张标准的国字脸，鼻梁笔挺，眼睛虽小，两道剑眉倒是很吸引人。

此人一出场便让吴越感受到了一股气势，看来他不是一个容易对付的人。

“牛哥”连忙满脸赔笑道：“丁二爷，今天麻烦您老大驾，实在是有一个不知死活的人在前面挡道。”

谁知丁二爷看也不看他一眼，冷着脸说道：“刘爷今天有兴趣唱几句小曲，你还来打扰，你这不是自寻死路吗？帮里的兄弟都说牛刚是个人才，我看是个蠢才!”

牛刚听丁二爷如此奚落自己，张着嘴巴一句话也说不出来，他看看手下，又看看丁二爷，再看看刘乘风，茫然无措。

丁二爷也不做解释，双手抱拳径直走到刘乘风面前，向他作了一个揖，满脸笑容地说：“久闻刘爷的大名，丁某三生有幸只听了这么一小段，果然是余音绕梁三日不绝，可以让我回味好多天了。”

刘乘风冷哼了一声道：“你不是来砸我场子的吗?”

“我哪里敢呀。”丁二爷连忙赔笑道，然后转过头对身后的一群打手训斥道，“还不赶紧上来给刘爷道歉?”

牛刚稍稍迟疑了一下，丁二爷立即加重了语气：“你现在向刘爷认错还来得及，等刘爷翻脸生气了，你们几个绝对没有好果子吃。”

牛刚这才极不情愿地用手一招，聚拢他的手下上来给刘乘风道歉。刘乘风却将头扭到了一边，根本不想再看他们一眼。

丁二爷继续笑着说：“听说皇军非常想听您唱的戏，却不知刘爷您放着大戏院不去，反而跑起江湖的买卖来了。”

听了丁二爷的话，吴越这才明白为何丁二爷对刘乘风如此客气，原来是日本人想听刘乘风唱戏，显然刘乘风并没有满足日本人的愿望。

吴越自然明白日本人的险恶用心，自从日军侵华之后，他们采用各种手段威逼利诱，拉拢收买了许多社会名流。戏剧界的知名人物自然也成了日本人的目标。喜欢听刘乘风唱戏只是一个借口，目的是要利用他的声望麻痹国人。

刘乘风哈哈一笑道："我虽然只是一个戏子，但我绝不是被人在后台提着线的木偶！我这一辈子只替中国人唱戏，如果日本人真的想听，那就等到他们回家那一天，我唱戏给他们送行！"

丁二爷的脸微微抽搐了一下，但是很快又恢复了满脸笑容："刘爷您何苦和自己过不去呢?"

刘乘风正色说："国家兴亡，匹夫有责。我刘某人虽然只是一名戏子，却明白这个粗浅道理，你们不用指望我会给日本人唱戏。我已经是一把老骨头了，早已经活够了，把命丢在这里一点也不可惜。"

"刘爷您言重了，言重了。"丁二爷赶紧赔笑道。

牛刚这时不耐烦地叫了起来："丁二爷已经给足了你脸面，他妈的别给脸不要脸，你还真当自己是位爷了?"

牛刚以为自己适时地替丁二爷"出演"了"白脸"，满以为会得到丁二爷赞许的眼神，谁料丁二爷转身就给他了一个巴掌，教训道："怎么跟刘爷说话的? 整天就知道打打杀杀、打打杀杀，什么事都给我动点脑子！"

方才还牛哄哄的牛刚顿时蔫了下来，胸口憋着一口闷气缩到了一边。

刘乘风不再理会他们，转身对吴越说："我们今天见面算是有缘，现在去喝一杯如何?"

吴越明白刘乘风提出来要一起去喝酒，一方面是表达自己的感激之情，另一方面是想尽快摆脱丁二爷的纠缠。虽说他行事处处小心，极不愿意过多与人交往，以免暴露自己的身份，然而刘乘风的言行让吴越钦佩不已，自然不会拒绝他的邀请，于是爽快地回答道："既然刘大哥邀请，小弟恭敬不如从命了。"

刘乘风哈哈一笑，吩咐几位年轻人收拾好东西先回去。这些徒弟迅速乖乖地收拾起表演道具来。

丁二爷见刘乘风和吴越两人准备离开，忙上前一步拦在了刘乘风的面前，伸出一只手说道："还望刘爷止步。"

刘乘风瞥了他一眼说："我要说的已经讲得很清楚了，你也是聪明人，不需要我再重复一遍了吧?”

丁二爷呵呵一笑道:“刘爷您要走,我丁某人自是不敢阻拦,可是这个小子打了我的人,如果轻易就这么走了,传出去我的这张脸还往哪里搁呀?”

吴越听到此话,明白了丁二爷是冲着他来的,于是往前走了两步,站在丁二爷的面前。

丁二爷绕着吴越上上下下、仔仔细细地打量了一番,然后重新站到吴越的眼前,笑而不语。

“如何呀?丁二爷?”吴越挑衅般地看着他。

“兄弟身手不错,如果肯加入我们,今天的一切就既往不咎。”

“二爷,他打了我们的兄弟,就这么算了?”牛刚走上前愤愤地说。

“住嘴!”丁二爷一声怒喝,“你手下的那帮兄弟除了吃喝嫖赌还会干什么?”

牛刚被这句话一噎,顿时不再言语,一声不吭地退到一边去了,看来丁二爷击中了他的要害。

吴越微微一笑,他喜欢这样犀利的人,但是他也不是任人摆布的人,于是他坦然地说道:“丁二爷客气了,我独来独往都习惯了。”

“你是拒绝我?”丁二爷依然是一副笑脸,可语气却明显强硬了许多,“那真是可惜,我虽然喜欢你这个人,但也不能坏了帮里面的规矩。”

吴越很清楚,倚着日本人的暗中扶植,现在上海的黑帮势力基本上都被张啸林掌控着。如果和他们结了仇,黑帮要找他的麻烦,那可是令人非常头疼的事情。不过要让他向谁低头,那也是绝对办不到的事情。

“那只能随你的便了。”吴越淡淡地说道。

“既然如此,就不要怪我丁某人无情了。”丁二爷的脸沉了下来。

“兄弟们,给我上。”牛刚大声地招呼了一声。

黑衣人手持短棍,又一次把吴越团团围在中央。真是一群狗仗人势、狐假虎威的东西,因为来了一个丁二爷,他们就忘记了自己原先的狼狈模样,一个个变得凶神恶煞、盛气凌人。

当然,吴越根本不把他们放在眼里,他关心的是那位站在圈外的丁二爷。

只见丁二爷把手一挥,生气地说道:“你们还嫌自己不够丢人吗?”

丁二爷刚一说完,黑衣人赶紧退到一边去,原来是丁二爷要亲自上场了。吴越全神贯注地看着他,丁二爷身上有一股霸气,他没有理由不小心应付。

围观的人越聚越多，虽然他们都害怕黑帮，但是好奇心终究战胜了恐惧，再加上人多势众，乌压压的人让圈子越缩越小。

黑帮的人也想借此机会展示一下自己的实力，没有对越聚越多的围观者进行驱赶。此刻吴越和丁二爷已经被围在一个由人墙组成的圈子当中，一场“表演”即将开始。

刘乘风忧虑地看了吴越一眼，此事因他而起，他却无法阻止这一场比斗，除非他答应丁二爷的条件——给日本人唱戏。很显然，他绝对做不到这一点。

吴越却以微笑回应了刘乘风的目光，自信与沉着是一个杀手必备的素质，即使自己不敌对手，而且身处险境，他也绝不能表现出一丝一毫的怯懦。

吴越和丁二爷站在场子中央，全场一下子安静了下来。四目相对的一刹那，一场疾风暴雨即将到来。

时间在两人的对视中一分一秒地过去了，高手的较量往往就是如此，以静制动，以不变应万变，找准对方的弱点，等待最佳时机适时出手，这样才最容易取胜，这样的道理，恐怕没有谁比吴越理解得更为透彻。正如杀手执行刺杀任务，都会做到一击必中，绝对不会让对方有机会逃脱。因为一旦对方逃脱，要再想寻找机会刺杀则会难上加难。

吴越自然不会轻易出手，表面上他一点不把丁二爷放在眼里，实际上他却非常重视这个对手。

虽然今天是他第一次见到丁二爷，可是他对此人早有耳闻。丁二爷如今是张啸林最看重的人，他曾经是沪上数一数二的打手，以出手迅猛有力著称。对付这样的人如果不能看准时机，做到一击而中，那么倒下的可能会是自己。

棋逢对手，两人都不敢放松警惕，吴越正在寻找丁二爷的弱点，显然丁二爷同样也在寻找吴越的弱点。

两人对视的时候，所有的人都屏住了呼吸，目不转睛地盯住两人，生怕一眨眼的工夫就会错过最精彩的搏斗。

吴越在一双双眼睛的注视之下，感觉到了一股巨大的压力，他面对的并不是丁二爷一个人，而是丁二爷背后那个强大的黑帮组织。他心里很清楚，如果丁二爷把他打倒在地，就相当于给了刘乘风一个强有力的警告：在这个地盘上，必须服从他们。

输赢已经不是他一个人的事情了，因此，他绝不能输。

忽然，吴越听到了对方鞋底轻轻摩擦地面的声音，只见丁二爷蓄势准备发力，吴越全神贯注地注视着他的一举一动，分析着对方可能的出招方式。只一瞬间，吴越感到一股强劲有力的风迎面而来，紧接着，一个硕大无比的拳头直逼眼睛而来，速度快得惊人。

丁二爷终于出手了。

吴越没有动，对付丁二爷一定要让他措手不及。拼命，最需要的并不是力量，而是智慧。越是强大的对手，越要沉得住气，越要以最快的速度结束战斗，这是吴越一次次在生死线上摸爬滚打得出来的经验。

随着丁二爷出手，围观者发出一声声惊呼，打破了刚才的沉寂。他们没有料到丁二爷会突然出手，没有料到丁二爷的这一拳如此迅疾有力，所有的人都认为吴越会被打得鼻青脸肿，狼狈不堪。

拳头越来越近，也越来越逼人，除了拳头，吴越的眼里已经看不到其他东西。直到拳头几乎要触到脸的时候，吴越这才将两只手掌迎了上去，这是最后一刻的出击。

丁二爷原以为吴越会躲开自己钢铁般的拳头，已经准备好趁吴越躲他拳头的时候再补上一脚，那时吴越上下不能兼顾，左支右绌，不说立即把吴越打倒，至少局面一定会控制在自己的掌控中。

可是丁二爷想错了，吴越竟然躲也不躲反而用手掌包住了他的拳头，当他想抽回自己的拳头时，却发现吴越已牢牢地抓住了他的手，接着又使出全身的劲道扭住了他的手腕。本来丁二爷的力量并不输于吴越，可是吴越此举完全在他的意料之外，大部分的力量已经转移到了准备发力的脚上，手上竟使不上劲来。而吴越也丝毫不给丁二爷机会，一扭转，一加力，丁二爷的手腕上很快传来一阵疼痛。

丁二爷自然不会甘心受制于吴越，当他企图把脚上的力量转移到手上的时候，吴越迅速曲身上前放开了他的手腕，同时握拳，猛地向丁二爷的脸部挥了过去。

就在这千钧一发之际，吴越的拳头却静静地停在了丁二爷的鼻尖前，围观者都愣住了。

两人交手的过程非常短暂，一切都发生在电光石火之间，大部分人根本没有看清楚是怎么回事，却已经分出了胜负。

丁二爷看着眼前那个充满力量的拳头赞叹道：“好快的速度！好敏捷的身手！好准确的判断力！”

吴越从丁二爷的眼前撤下他的拳头，平静地问道：“现在我可以走了吧?”

丁二爷沉思着没有说话，吴越就不再理会他，招呼了刘乘风，准备离开此地。

刚刚发生的事情，其实让他心有余悸，如果不是自己以最快的速度出其不意地出击，不可能这么快论出输赢。也正因为如此，为了不引起更多的麻烦，他的一拳没有打到丁二爷的脸上，给他留了面子，不然他恼羞成怒，招呼其他人一拥而上，也许还会连累其他人。

“等一等。”背后突然传来丁二爷的声音。

吴越心里一沉，难道丁二爷不服刚才的那场较量，要重新比划比划？这绝对不是吴越愿意看到的事情，最近这一段时间他实在是给自己惹了太多不必要的麻烦，已经违反了太多的杀手行为准则。

吴越深深地吸了一口气后，慢慢地转过身来，却看到眼前的丁二爷满面笑容，似乎并没有在意刚才发生的事情。

吴越深感诧异，也暗暗小心，他明白笑里藏刀永远是这些人的拿手好戏，而且他对丁二爷的往事也有所耳闻，他可是一个不折不扣的狠角色。

丁二爷上来拉住吴越的手，拍着他的肩膀说：“兄弟果然是好身手，如果不嫌弃就跟着我吧，这些人你可以随意地指挥。”

顺着丁二爷的手势，他再一次扫视了站在一边的黑衣人，只见牛刚转过身去非常不满意地冷哼着。

吴越笑着说道：“我这个人自由自在惯了，还望丁二爷明白。”

丁二爷哈哈一笑道：“兄弟真是性情中人，所谓一个篱笆三个桩，一个好汉三个帮，这个年代如果道上没几位朋友，恐怕也是寸步难行吧?”

吴越不愿意和他再啰嗦下去，再次拒绝道：“该说的我都说了，丁二爷如果能够理解，我谢谢你，丁二爷如果理解不了，我也不想多费口舌。”

“不要给脸不要脸，敬酒不吃吃罚酒。”牛刚已经按捺不住了，大声地喊道。

这一次丁二爷却没有制止他，牛刚认为自己的行为得到了默许，胆子更大了，对手下的人吼道：“还不赶紧操起你们手上的家伙，给我冲上去狠狠地打。”

黑衣人又一次逼了上来，吴越只是冷笑了一声说道：“丁二爷在此，还需要你们这群小喽啰帮忙吗？岂不是失了丁二爷的威风。”

吴越已经看出丁二爷不同于眼前的牛刚。牛刚这样的人，做事只追求结果，从来不管自己的手段可以无耻到何种地步。而丁二爷这样的人，也许也很重视结果，但是有人在场的话，他绝对不会表现得太下三滥。

围上来的黑衣人听了吴越的话后，一个个面面相觑，不知道该冲上来还是往后退。

丁二爷自然听出了吴越话中暗含的讽刺之意，于是他轻轻地挥了挥手，围上去的黑衣人只好悻悻地退了下去。

丁二爷遗憾地说："只是可惜了兄弟的一身本领啊。"

"可是有些人身怀一身本领却为日本人做事情，对我来说更是一种悲哀。"所谓道不同不相为谋，吴越直言不讳，以为这样丁二爷就不会再来纠缠他了。

吴越的话倒是让刘乘风很高兴，他拍着吴越的肩膀赞赏道："我没看错人啊，小兄弟果然是一条真汉子。"

不过吴越自知自己虽不会为日本人效力，可也没有为抗日做过一件事情，因此面对刘乘风的赞扬，只有苦笑的份。

吴越原以为丁二爷听了他的话后会勃然大怒，也做好了应付的准备。没想到丁二爷非但没怒反而哈哈一笑道："国家大事，轮不到我这样一个江湖草莽来指手画脚，可是你看看那些身处高位的官员们，又有谁真正为这个国家着想过? 是国家放弃自己的责任，而不是我丁某人甘心当日本人的一条走狗!"

吴越从这笑声中听出了一种无可渲泄的痛苦，他的内心曾经也饱受这种煎熬，曾经也完全丧失了信仰和希望。

"呸!"刘乘风突然开口了，"官员是腐败无能，军队是吃了许多败仗，国家是丢掉了大片的国土，但是中国没有亡，你只不过是给自己的贪生怕死找借口。"

刘乘风的话掷地有声，虽然这话并不是冲吴越说的，可是每一个字似乎都敲打在他的心上。他想起了陈一飞，想起了楚天文，他们都用自己微薄的力量对抗着日本人，而自己曾经是一名军人，军人本应该有着铮铮的铁骨，可他却因为失去希望而沦落成一名杀手，此刻站在刘乘风的面前，他的心里有了一种深深的羞愧。

孰是孰非，吴越自然心知肚明。丁二爷也没有再说话，呆呆地看着因为激动而脸色发红的刘乘风。

“刘大哥，我们走。”吴越看到丁二爷似乎没有阻拦自己的意思后说。

牛刚用目光询问着丁二爷要不要拦住他们，丁二爷摇了摇头说：“让他们走。”

第八章 风雨欲来

吴越大惊，这件事情是极隐密的，除了陈一飞，不会有第二个人知道，为什么老秦会知道？吴越的心里充满了警惕。

自从送走了楚天文，连续发生了好多事情，吴越一直没有机会去行知书店向楚天秀交代她哥哥已经安全离开的事情。他决定去一趟行知书店，一来是道个平安，二来他想让林雪儿离开行知书店，去帮忙照顾身负重伤的陈一飞。

吴越之所以想让林雪儿去照顾陈一飞，也是为了林雪儿的安全考虑。从目前的形势来看，上海随时都有可能沦陷，留下来反而是冒险。

吴越刚进书店，林雪儿立即停下擦桌子的活笑容满面地迎了过来。看到她的笑脸，吴越心情不错。

第一次看到林雪儿，她的忧伤让吴越的心头蒙上了一层阴影，他还是喜欢她高兴的样子。

吴越关切地问："这几天你还好吧？"

"一切都好。"依然是简短的回答，虽然她的高兴溢于言表，可是表达的依然那么羞涩。

两人并肩一齐往店里走去，书店里有几位买书的顾客，几乎都是年轻人。吴越观察一番之后，却没有看到老秦的踪影，于是问道："掌柜不在吗？"

林雪儿一脸纯真地答道："秦掌柜这几天出去进货了，店里的生意都是由我和秀秀两人来打理。"

其实林雪儿并不明白老秦出去进货的真正含义，可吴越心知肚明。老秦每次说出去进货，总会带回来一批新书来掩人耳目，除此之外，他还带回来了刺杀任务。每次进货回来，老秦总是会差人给吴越送去各种新书的广告，让他抽空去选几本。接着吴越就会去书店里买书，老秦就是在这个时候给他布置刺杀的任务。领了任务之后，吴越再买一本新书离开书店。在所有人的眼里，吴越是行知书店的一名老顾客，没有人知道这背后的秘密。

吴越当然不会对林雪儿点破，只是笑着说："幸好我给他找了两个好帮手，不然的话他都脱不了身。"

两人说话间，楚天秀过来了，见到吴越都顾不得放下手中的一叠书，便迫不及待地问道："吴大哥，我哥他现在怎么样了？"

吴越没有回答她的问题，而是用手指了指里屋，示意她到里面去说。

楚天秀这才意识到自己刚才的举动太鲁莽了，赶紧跟随吴越往里屋走去，没有继续追问。

到了里屋，吴越坐在了自己常坐的位置上。林雪儿已沏了一杯热茶端了上来，吴越感激地看了她一眼，此时他还真需要一杯茶来解渴。

楚天秀在吴越的对面坐了下来，一双水汪汪的大眼睛焦急地注视着吴越。吴越淡淡地笑道："你哥已经安全地通过了封锁线，现在应该正往目的地而去呢。"

楚天秀还不放心，继续问道："路上一定很危险吧？"

"这个年头到处兵荒马乱的，危险是一定会有的。"

听了吴越的话后，楚天秀站起身来在屋子里来回走动，一脸紧张担心的模样。

吴越见她放心不下，只好安慰道："放心吧，你哥并不是单独一个人去的，不会有什么事情的。"

听吴越如此一说，楚天秀这才重新坐下来，虽然心中不安，可又无可奈何。

吴越见她稍稍放心了，便转过头来对林雪儿说："报社记者陈一飞你还记得吗？"

见林雪儿点了点头，吴越继续说道："他被日本人打成了重伤，已经奄奄一息了。”

林雪儿几乎叫了出来，睁大了眼睛看着吴越，一脸难以置信的表情。于是吴越就将陈一飞因为报道了日本人和上海黑帮相互勾结的阴谋而遭到日本人报复被打成重伤的事情讲了出来，并特别强调，如果不转移到后方进行治疗，会有生命危险。

吴越隐瞒了另一半事实——日本人企图活埋了陈一飞，是他冒着生命危险救出了他。

听到事情经过之后，林雪儿始终紧紧抿着嘴巴没有说话，而楚天秀居然攥紧了拳头用力地敲击着桌面，愤怒地说道：“日本人简直太狠毒了，幸好他活下来了。”

吴越将手指放在嘴唇边“嘘”了一声，示意她安静。外面有那么多人，这年头到处都有日本人的耳目，被他们听到就麻烦了。

楚天秀的情绪稳定下来后，吴越这才说道：“陈一飞的伤势严重，在上海治疗等于把他第二次送到日本人手里，所以必须安排他转移到后方进行治疗，这就需要一个可靠的人照顾他。”

吴越一边说一边看向林雪儿，她很快就明白了吴越的用意，不由地低下头去，用极轻的声音说道：“如果没有人照顾他的话，就让我去吧。”

这本是吴越所希望的，可此刻听到林雪儿自己说出来，他的心里反而有点愧疚的感觉。从她的声音里可以听出来，似乎照顾陈一飞并不是她的本意，也许是他的目光给了她压力。

于是吴越再次确认道：“你真的愿意去照顾陈一飞?”

林雪儿轻轻地点了点头说：“他帮过我，我去照顾他也是应该的，只是……”

“只是什么?”吴越不由自主地接了上去。

这一回，林雪儿反而大大方方地抬起了头，望着吴越的眼睛说：“只是我这一走不知道要多久，我还能见到吴大哥吗?”

吴越的心如同被针刺了一下，有女人开始牵挂自己了，对他来说这绝对称不上是一件好事情，因为儿女情长对一名杀手来说是大忌。

可是一时间吴越却不知道自己该如何回答她，她离开上海去照顾陈一飞，自己还能有机会再见到她吗? 也许，这也是自己埋藏在心灵最深处的一个疑问。

就在吴越不知道怎么回答的时候，楚天秀替他解了围："我反对雪儿去照顾陈一飞，雪儿已经吃了够多的苦了，你怎么还让她去冒这个险?"

"秀秀。"林雪儿轻轻地叫道，阻止她继续说下去。

楚天秀倒是提醒了吴越。林雪儿家破人亡，无奈之下到酒楼卖唱，这期间遍尝人间的辛酸痛苦，而现在刚刚安顿下来，又要让她去照顾陈一飞，这一走她又将经受多少磨难啊！想到这里，吴越的心里充满了歉意，但是如果她不去照顾陈一飞，又让谁去呢？她待在上海就真的安全吗?

吴越无奈地看着她，欲言又止。林雪儿反而安慰道："没关系的，我不怕。"

虽然她的声音很轻，但是吴越却从这细微的声音中体会出了一股坚决的力量，她不是那种张扬的人，可是她一旦决定，便义无反顾、绝不后退。吴越很清楚，她单薄的身躯里面，跳动着一颗坚强的心。

"难道我就不能去吗?"楚天秀突然提高了音量，"本来我想跟我哥哥一起去干一番事业，却被你们阻止了，正好有这样一个机会让我去照顾他。"

林雪儿连忙阻止道："你不能去，如果你离开了，让吴大哥怎么向你哥交代？况且陈大哥对我有恩，我去照顾他也是天经地义的。"

她竟然时时刻刻为自己着想，吴越的心里涌上了一股暖流，接着又是一股寒流。她对他越是关心，他越应该保持警惕。

楚天秀根本不理会她说的，继续说道："难道让我天天在书店里清点书籍？擦灰尘？收钱找钱？我不愿意，我要像我哥哥那样，为国家贡献自己的一份力量。本来我并不认识陈一飞，可他是为了国家才遭受这样的伤害，我愿意去照顾他，你们不要再阻拦我了。"

"轻声点。"吴越再一次提醒她说，"我既然答应了你哥，就要为你负责。"

"我能够为自己负责。"楚天秀坚持道。她是读过书的人，讲起道理自然是一套又一套的。

吴越不喜欢讲道理，因为道理讲得不管多么好，终究只是空谈，而空谈往往会误事。要打消她的想法还需要别的方法，吴越才不愿意和她斗嘴。

正在商量着，老秦居然回来了。因为天气渐冷，老秦不仅身上多穿了几件，头上还加了一顶帽子。他的神情有些疲惫，一看就知道是出了趟远门。

吴越连忙站起身来寒暄道："秦掌柜你可回来了，我这两个妹子多亏你照顾着。”

林雪儿已经走过去接过了老秦摘下的帽子和手上的棕褐色小皮箱，将两样东西放好之后，又给他泡了一杯他最爱的碧螺春。

老秦笑着说：“多亏了你的两个妹子给我打理书店生意，不然的话我都走不开。”

“想必秦掌柜这一趟出去又进了一批新书吧?”吴越问道。

老秦皱着眉头说：“如今世道太乱，不知道该进什么书。”

短短的几句话其实是吴越和老秦之间的暗语，一问一答之间，吴越已经知道老秦这趟出去并没有接到新的刺杀任务，或者说没有要他去完成的任务。

知道这一点后，吴越的心情轻松了不少，事实上他已经厌倦了这种为钱而杀人的生活。而老秦这里没有任务他就有时间先去完成和苏晓芸之间的那个交易。他可不想和苏晓芸有太多的关联，越早完成她的任务越好。

想到苏晓芸，吴越不得不感叹这个女人不简单，她不仅头戴上海小姐的光环，更是上海当红的女明星，而更多秘密的东西，他根本不知道。如果不是亲眼所见，没有人会相信那么漂亮的女人居然会使枪，而且能那么从容地杀人栽赃。

正当吴越想着苏晓芸的厉害时，老秦的一句话打断了他的思绪：“现在越来越乱，种种迹象表明日军将要强行进入公共租界了，这段时间大家还是小心为妙。”

吴越感激地看了老秦一眼，这分明是在提醒吴越近一段时间要多观察少行动，当下的形势非常微妙，稍稍不慎恐怕连自己是怎么死的都不知道。

吴越不由地想到自己刚刚得罪了投靠了日本人的黑帮，如果公共租界被日本人占领，恐怕他的处境将会更加危险。

吴越叹了一口气说：“最近我的一位朋友准备离开上海，我想让雪儿和秀秀两人一起去，留在上海太危险了。”听了老秦的话后，吴越临时改变了主意，还是让楚天秀和林雪儿一起离开上海更安全，毕竟他答应了楚天文要好好照顾她。如果连最基本的安全都保障不了，何谈好好照顾?

老秦想了想说：“这一点你考虑得比较周到，如果日本人占领了整个上海，她们留在此地确实不安全。”

楚天秀一听，连忙提出异议：“这么快就改变主意了?需要两个人都去吗?”

吴越加重了语气说："难道你没听掌柜说吗？如果日本人来了，那时想走都走不了。"

林雪儿和楚天秀面面相觑，国情如此，他们的决定也不得不变。

吴越继续说："既然秦掌柜同意了，我想让她们两人早点动身。"

老秦默默地点着头说："要走就赶紧收拾，外面的封锁越来越严密了，晚了就出不去了，书店的生意你们也不要担心，我安排得过来。"

"既然上海那么危险，你跟我们一起走吧。"林雪儿望着吴越说。

吴越笑道："我还有一点事情没有办完，办完事情后再来找你们也不迟。"

两位姑娘不再说话了，虽然她们和吴越相处的时间不长，但是很清楚他是一个说一不二的人，只要他决定的事情，没有人能改变。

"你们现在就去收拾东西，天一黑就走。"吴越又补充道。

等两位姑娘退了出去，老秦走到门口朝门外张望了一阵，确信没人偷听之后，才轻轻地关上门，回到吴越的身边。

他轻声地问道："《申报》揭露了日本人与黑帮之间的阴谋，其中有你一份功劳吧?"

吴越大惊，这件事情是极隐密的，除了陈一飞，不会有第二个人知道，为什么老秦会知道?

吴越的心里充满了警惕，他不知道这是老秦的试探还是他确实已经知道了真相。他没有说话，暗暗盘算着如何回答这个问题。思索间，他又有一些不理解，老秦在这条道上也算是老资格了，不会不懂行规，可他为什么又关心起和自己毫无关系的事了呢?

看来老秦并非自己想象的那么简单，吴越不得不仔细考虑考虑了。

老秦见吴越没有说话就又卖了个关子："我这里有一个任务，你知道目标是谁吗?"

吴越心里一震，虽然老秦还没有说出来，但他从老秦的表情上已经猜出了大概。

"不错，目标就是你。"老秦喝了一口茶后，终于说了出来。

吴越站了起来，他不明白为什么老秦要把这个秘密说出来。按照这一行的规矩，老秦应该叫其他的杀手来杀了他。虽然两人一直合作，但是老秦绝对没有必要因为这个就坏了道上的规矩，这可是大忌。吴越猜不透他的葫芦里究竟卖的是什么药。

“为什么你要告诉我?”吴越忍不住问道。

“因为我不想你死。”老秦轻描淡写地说道。

“为什么?”吴越很诧异。

“我不想失去像你这样优秀的杀手。”老秦淡淡地说。

吴越摇了摇头，老秦瞒不了他，他用事实揭穿了老秦的谎言：“你不可能因为欣赏我的优秀而破坏这一行的规矩，这根本不是你处事的风格。”

老秦不紧不慢地说：“《申报》的那篇文章影响广泛，许多社会名流纷纷表达了对日本这一无耻行径的强烈抗议，许多原本打算亲日的人士在强大的舆论压力下选择了和日本人划清界限，这让日本军方大为恼怒，因此他们准备要了你的命。”

这一番话让吴越感到不可思议，没想到一篇文章居然能给日木人造成这么大的麻烦，而更让他大吃一惊的是老秦居然对此事了如指掌。毕竟除了他和陈一飞，知道此事的就只有日本人了。他从未透露过此事，陈一飞此刻也正躺在一个极为隐蔽之处养伤，老秦要了解这件事，途径只有一个——日本人。

老秦到底是什么身份?吴越的心里愈发警惕起来，他绝对不是一个杀手组织的头目这么简单。如此看来，老秦这一个杀手中介人的身份，也如同书店老板的称呼一样，纯粹是一个伪装。

想到这里，吴越又说道：“你不希望我从这个世界上消失?”

老秦点点头说：“我是不想你死，但我希望你从上海消失。”

吴越自然明白这句话的含义，既然有人已经开价要他的命，接到任务的就绝不会只有老秦这一处，要想活命就必须离开上海。他很清楚，现在已经不知道有多少人在黑暗中隐藏着，随时准备要了他的命。

想到可能会有的危险，吴越的嘴角反而露出了一丝笑意。他从未惧怕过任何危险，如果怕被暗杀而灰溜溜地离开上海，简直就是一个笑话，何况苏晓芸的任务还没有完成，失信于一个女人，他绝对不会背负这种耻辱。

“你正好保护两个姑娘一起离开。”老秦又给他的离开寻找了一个非常好的理由。

“我不能离开。”吴越斩钉截铁地回答他。

“为什么?”这回轮到老秦提问了。

“我的命不会那么轻易地丢掉。”吴越表明了自己的态度，低沉的声音里充满了自信。

老秦沉吟了一会儿，一脸严肃地说："站在一个朋友的立场上，我提醒你立即离开上海，今后的日子还长久着呢。"

"朋友?"吴越吃惊地重复着这两个字，然后笑着问，"干我这一行还需要朋友吗?"

老秦久久地看着吴越，然后拍了拍他的肩膀说："有一天你会发现我可以称得上是你的朋友，不过我希望从今天开始，你不要随便出现在书店里，如果我需要你，我会联络你。"

老秦的话里带着霸道的意味，让吴越不得不接受。他默默地走出了房间，老秦将他送到了书店门口。

此时，天色已经不早了，他望着天上无边无际的火烧云，感觉今天充满了诡异的色彩。他的命运一直被牢牢地掌控在自己的手中，可如今他却觉得自己似乎越来越身不由己了。

林雪儿和楚天秀两人的行李已经收拾妥当，此刻正在耐心细致地整理着被顾客翻乱的书籍。女人是怀旧的，对于将要离开的东西，总是会感到依依不舍。

第九章
神秘歌迷

吴越仔细地观察着她的一举一动，他不得不承认，苏晓芸是一个非常特别的女人，一个让人无法捉摸的女人，这样的女人，如果不是朋友，那么就会是最可怕的敌人。

一个多世纪前，英国诗人雪莱有句诗写道：冬天来了，春天还会远吗?可是这个冬天格外的寒冷，似乎让人感受不到春天来临的气息。

这一年，正当公共租界的百姓准备庆祝元旦佳节的时候，一个惊人的消息粉碎了他们的期待与欢乐，汪精卫和日本特务机关签订了《日华新关系调整纲要》，出卖国家的领土来换取日本对他将要建立的政权的支持。

而南方的冬天，比起北方的冬天更加难熬，遇上没有太阳的日子，整个世界就被裹在潮湿阴冷当中。如果说坏天气只是让人产生坏心情，那么坏消息则让人失去希望。

这一天晚上，吴越穿了一件风衣抵御寒冷，匆匆地往上海大剧院而去，苏晓芸正在等着他。

天空正下着一场淅淅沥沥的小雨，雨滴落在脸上，冰凉冰凉的。吴越没有叫车，寒意能够让他的头脑保持清醒。

上海大剧院是在公共租界内的，许多对国家已经失去希望的男人们，他们不会错过今天晚上一睹上海小姐的芳容、听一听上海小姐甜美歌喉的机会。

在当时的形势下，也许错过一次就意味着永远的失去，绝望的人们更懂得及时行乐的美妙。

来到剧院的时候，吴越发现剧院门口早已经停满了汽车和黄包车，他们都是冲着苏晓芸而来的。

吴越不得不感叹这个女人身上强大的魔力，她可以让这么多人甘愿忍受着恶劣的天气以及恶劣的心情来到此地。

两名剧院保安看过了吴越出示的邀请函后，客客气气地让吴越进了剧院。

吴越是第一次来这里，出于职业习惯，他一边走一边仔细地打量着整个剧院。只见整个大厅灯火辉煌，特别是高高的穹顶上面垂挂下来的水晶灯，散发出一道道奢华的光芒。大厅非常宽敞，分为上下两层，第一层布置的从高到低的一排排豪华的西式皮椅无疑是当时中国最新潮的。

大厅里已经挤满了人，吴越看了一眼自己的邀请函，发现自己的位置居然在前排，于是他往前走找到了自己的位置坐了下来，等待着演出的开始。

一块巨大的红幕布遮住了整个舞台，吴越忽然有点好奇，当幕布徐徐拉开的时候，苏晓芸会以什么样的形象出场?

当然，吴越更疑惑的是，复杂多变的身份背后，苏晓芸真实的身份又是什么。

舒缓而流畅的音乐声响了起来，预示着演出就要开始了，所有的人都安静了下来，静静地看着幕布一点一点地往两边分开。

幕布先露出一条缝隙，透过缝隙可以隐隐约约看到一个人影，当缝隙逐渐扩大，一个笑靥如花的女人亭亭玉立地站在舞台上。

她没有一句话，也没有一个动作。然而就是如此，她已经吸引了台下所有男人的目光。

的确美得像一幅画，吴越在心里轻轻地感叹，难怪会有那么多人为她疯狂。

大家都鼓起掌来，掌声里还夹杂着“晓芸晓芸，我爱你”这样有些放肆轻薄的话，可是在这样的场合下，说得再露骨肉麻也没有什么人计较。

听到掌声与呼喊声的苏晓芸浅浅一笑，给了台下观众一个飞吻。这个飞吻又一次让人群激动起来，呼喊声此起彼伏。

她并未被一浪高过一浪的呼喊声所干扰，一只手轻轻地扶着身前的麦克风。观众知道她要献唱一首歌，一下子就安静了下来。

吴越感觉到了苏晓芸的目光完全停在他的脸上，那浅浅的笑意让人有种迷醉的感觉。伴着逐渐响起的伴奏，她的声音轻轻地响了起来：

天涯呀海角
觅呀觅知音
小妹妹唱歌郎奏琴
郎呀咱们俩是一条心
爱呀爱呀
郎呀咱们俩是一条心
家山呀北望
泪呀泪沾襟
小妹妹想郎直到今
郎呀患难之交恩爱深
爱呀爱呀
郎呀患难之交恩爱深
人生呀谁不
惜呀惜青春
小妹妹似线郎似针
郎呀穿在一起不离分
爱呀爱呀
郎呀穿在一起不离分
……

不知不觉，吴越完全沉浸在这首淡淡忧郁的歌中了，直到众人纷纷起身鼓掌的时候，他才意识到第一首歌已经结束了。

吴越居然因为一首歌而分神，这令他对苏晓芸的防备之心更甚了。

听着众人热烈的鼓掌声，苏晓芸深深地鞠了个躬表示她的谢意。她身体弯下去的那一个角度，让在场的每个人心花怒放，因为每个人从自己的角度看过去，都可以把苏晓芸鞠的躬当成对自己一个人的馈赠。

鞠完躬后，苏晓芸笑脸盈盈地说："谢谢各位来宾和朋友对晓芸的支持和爱护，没有你们的捧场就没有我苏晓芸，因此我要请一位朋友上台来和我同唱一首歌表示我的激动。"

她的话一说完，全场更疯狂起来。和上海小姐同台唱歌，那么近距离的接触，对这些迷恋她的男人来说，简直如同做梦一般。

几位富家公子早已经按捺不住，纷纷站起身来朝苏晓芸不断地喊着："晓芸姐姐，你就选我吧。"

苏晓芸见台下观众那么疯狂，忍不住掩着嘴巴咯咯地笑起来，矜持中又带着别样的风情，台下的欢呼也更加起劲了。

等他们有些喊累了，苏晓芸才慢慢地走下台来。只见她走起路来婀娜多姿，如弱柳扶风一般，真是别有一番味道。男人们的眼珠差不多都要掉下来了，她走到哪个位置，眼睛就跟到哪里。

吴越仔细地观察着她的一举一动，他不得不承认，苏晓芸是一个非常特别的女人，一个让人无法捉摸的女人，每次看见她，她都可以展示出完全不一样的形象。这样的女人，如果不是朋友，那么就会是最可怕的敌人。

正当他这样想着的时候，苏晓芸已经走到了他的面前，用一汪秋水似的眼睛微笑着注视着他。吴越想把头转开，却觉得不合时宜。

只听苏晓芸邀请道："这位先生，你能赏个脸和我一起上来唱一首歌吗?"

吴越不能拒绝她，当他听她说要请一个人上台来一起合唱一首歌曲时，就明白了为什么自己的位置会在第一排，这是苏晓芸早已经安排好了的，只是吴越还没猜出来她想玩什么花样。

吴越微笑着配合道："我非常荣幸今天能与苏小姐合唱一首歌，相信台下许多青年才俊此刻对我已经是嫉妒得要命了。"

吴越的一句话令台下的观众哈哈一笑，那些对他心存妒忌的人，也因为他的这一句话而使嫉妒之情烟消云散，因为对在场的人来说，和苏晓芸合唱一首歌，本来就是镜中花水中月，幻想既然已经破灭，还不如付诸一笑。

于是，两人便在众人的掌声中登上了舞台中央。

等吴越站到舞台上之后，苏晓芸笑吟吟地问道："这位先生今天是第一次来上海剧院吗? 现在你站在台上往下看感觉怎么样?"

吴越的目光随即扫视了一下整个大厅，只见黑压压的一片人，后面几排人除了能够隐隐约约分辨出脑袋的轮廓来，基本上都看不清楚他们的脸。只有前面几排的人看得清楚，清楚到每一张脸都非常分明。

吴越观察了一圈后说："此刻我站在舞台上往下看，真觉得有种当明星的感觉，今天我真是太幸运了。"

台下又响起一阵掌声和笑声，看来吴越的这一番话完全迷惑了他们，并没有人看出来他和苏晓芸认识。

“不只是今天，而是每天要和我一起排练，直到我们两人的合作非常完美，这样我才能够报答观众对晓芸的种种厚爱，而且我希望能经常有这样的机会让我和自己的歌迷一起同台献艺，不知道这位先生对我的提议有什么想法?”苏晓芸一口气说完了。

吴越没有想到她居然会这样说，这意味着他必须经常登上这个舞台和苏晓芸唱歌，这真是有点荒唐了。

尽管不知道苏晓芸有什么目的，尽管自己有多么不愿意，吴越当然不能在台上说一个“不”字。舞台上只给自己留下一条路，那就是配合苏晓芸继续表演下去。

吴越装作一副受宠若惊的样子说：“苏小姐对歌迷是真心真意，我代表台下的歌迷们谢谢你了，能够经常和苏小姐一起练习唱歌，我这不是正在做梦吧?”

苏晓芸很满意他的回答，笑盈盈地说：“接下来我就和这位先生一起来给大家献唱一首。”

说完，苏晓芸扶着话筒轻轻地摇摆着身体就唱了起来，她深情地闭着眼睛，观众也迅速安静了下来，一边听她唱歌，一边为她打着节拍。

吴越本来还有一丝尴尬，因为他完全不知道如何唱这首歌，可很快他就发现所有人的眼睛只盯着苏晓芸，他似乎成了空气。

曲终，吴越跟着苏晓芸去后台化妆间休息。只见后台一片忙乱，但是每一位工作人员见到苏晓芸的时候，都会主动停下手中的活，向苏晓芸问好，她也一直面带笑容向他们点头回礼。

苏晓芸有一间独立的化妆间，两人进了化妆间后，吴越低声问道：“让我陪你排练，你今天又是唱的哪出戏啊? 我可没有那么多闲工夫。”

苏晓芸却不以为然，笑着说：“你不会忘记我已经替你把陈一飞和另外两位俊俏的姑娘一起送出去了吧? 所以从今天开始你就要履行自己的承诺，完成你需要做的任务了。”

说到“两位俊俏的姑娘”时，她故意提高了音量，这让吴越的心里有点不舒服，好像他做过什么见不得人的事情似的。

“我让两位妹子去照顾陈一飞，也不必让你如此大惊小怪吧?”吴越皱了皱眉头说。

苏晓芸抿着嘴唇一笑说："我当初只答应你把陈一飞送出去，现在她们两位又一起被送出去了，相当于我已经替你送了三个人，这要让我多费多少劲?"

"人都已经送出去了，你还想怎么样?"吴越有点不耐烦。

苏晓芸给了他一个无声的鄙视，吴越只好转移话题："还是给我一个解释，你今天让我来看演出，又选中我和你一起排练，到底是什么意思?"

"为了完成刺杀的任务。"苏晓芸压低了声音说。

吴越没有说话，只是用眼睛盯着她看。苏晓芸继续说道："山本在怂恿汪精卫投靠日本人这件事情上立了大功，如果不迅速除掉他，恐怕他还会做出更多让人头痛的事情来。"

"你到底是什么人?"吴越突然问道。

"这个你无权过问，而且你也不应该问，我就是看中你懂这一行的规矩。"说着，苏晓芸点燃一支烟抽了起来。

吴越沉默着没有继续问下去。他的确不应该问这个问题，很多时候，知道的越多，反而越危险。

"任务有进展吗?"苏晓芸问道。

吴越摇了摇头，自从吴越那一次见了山本之后，就根本找不到见他的第二次机会。作为一名日军情报机关的负责人，山本平时都有严密的保卫措施，旁人根本不知道他在哪里。即使知道他在哪里办公，也不可能接近他，所以要想刺杀他不是一件容易的事情，这也是吴越杀手生涯中出现的第一根难啃的骨头。

吴越实话实说："刺杀山本没有那么简单。"

苏晓芸笑了笑说："如果刺杀他有那么简单，我也不会让你做。"

这句话似乎是对他的赞赏，可吴越听着却觉得很刺耳，于是他选择了沉默。既然今天是苏晓芸把他请来的，他倒想听听她有什么高见。

果然，苏晓芸不紧不慢地说："也许我有办法给你创造一个行动的机会。"

吴越眼睛一亮，只要有机会就没有他杀不了的人，他苦苦等待的就是这样一个时机。

"时间和地点。"吴越只需要知道这两个。

可是让吴越从兴奋重新跌入郁闷的是苏晓芸的摇头，她缓缓地说道："我说的只是也许，并不代表一定可以。”

吴越叹了一口气说：“想必你也不太有机会见到山本吧?”

苏晓芸沉思了一会儿说道：“他做事小心谨慎，我和他见面都是他约我，他从来不会接受我的邀请。”

“恐怕他对你并不信任吧?”吴越问。

苏晓芸点了点头道：“他这样的人，除了他自己，恐怕谁都不相信。”

“我要他所有的资料，包括你们掌握的绝密资料。”吴越已经猜到苏晓芸不是一个人在战斗。

苏晓芸摁灭了香烟，长吁了一口气说：“等我的消息。”

两人已经达成了共识，吴越觉得轻松了许多，因为有了资料和苏晓芸可能会提供的机会，完成任务就简单了许多。一旦他完成任务，他一定迅速远离苏晓芸这个危险的女人。

正在这时，一阵匆忙的脚步声响了起来，两人立即停止了交流。

不一会儿，一个身材臃肿的男人闯了进来，他见化妆间还有一个年轻男人，先是吃了一惊，只几秒，便将目光转向苏晓芸，焦急地说道：“我的姑奶奶啊，你再不出去，他们可要把我的舞台给拆了。”

苏晓芸妩媚一笑道：“何老板不要着急呀，我这不是正和新搭档商量如何把表演搞得最出色嘛。”

“你在台下找的歌迷就是他呀?”何老板望着吴越，似乎有些失望。

吴越淡淡一笑道：“这段时间还请何老板多多指教，说不定我能沾了苏小姐的光，一炮走红呢。”

何老板一脸不屑地说：“男人想一夜成名? 不要忘了现在是一个什么时代。台下观众的眼里只有女人，哪里容得下一个男人，特别是站在美女边上的男人。”

吴越微微一笑，没再吱声。看来何老板还真相信了。

苏晓芸别有深意地望了一眼吴越，笑吟吟地说：“我这就上台去了，不然他们可真能把舞台给拆了。”

第十章 心生一计

"我不为日本人唱戏，但我给中国人唱戏！我要用自己的行动告诉日本人，中国有骨气的人还没有死绝，他们小日本想灭亡中国那是痴心妄想！"

不知不觉，冬天已过去，春天来了。这段时间，苏晓芸始终没有给吴越创造一个刺杀的机会，这也意味着吴越必须陪着苏晓芸耗时间。

对于这种情况，吴越还是理解的。通过对山本资料的研究，吴越更加意识到要完成这个任务困难重重。

资料显示，日本军方在上海建立特务机构的第一任机关长是中将影佐侦昭。这个特务机构目前最大的成果就是策划了汪精卫的叛逃，又把他从越南河内接回南京，扶植建立了汪伪政权，这个机构代号为"梅机关"。

虽然这个机构的首脑人物是中将影佐侦昭，但是山本却是该机构实际上的负责人，整个机构都围绕着他运转。正是因为他身负着重要的使命，因此此人狡猾多疑，平日戒备森严，根本没有人知道他在哪里。

在与苏晓芸相处的这段时间中，吴越不仅对山本有了上述的认识，对苏晓芸也有了一些了解。他知道苏晓芸有过留学日本的经历，至于苏晓芸自己说她在日本早稻田大学就读的时候曾经和山本有过师生之谊一事，吴越也不想细究其真伪。当年，苏晓芸从日本学成归国，恰巧碰上了上海小姐的评选，她报名参加评选并一举夺魁。

吴越当然有理由认为这个上海小姐的桂冠是有意戴在她头上的，当然这也不是问题的重点，重点是他什么时候可以有机会刺杀山本这个恶魔。

资料显示，包括南京大屠杀这样惨绝人寰的惨案之中，都活跃着山本的身影。刺杀山本，对吴越来说已经不是一个任务，而是他内心的一种渴望，渴望亲手惩治山本这个对中国人犯下滔天罪行的恶魔。

随着对山本不断深入了解，吴越已经把他当成了自己的敌人。只要山本依然活着，吴越就觉得自己的灵魂不得安宁。

这一天，苏晓芸请吴越去喝茶，地点是在“望江茶楼”。两人上了茶楼最高一层，此时茶楼上的客人还廖廖无几，吴越和苏晓芸选了一个靠窗的位置坐下。

茶是刚刚上市的上好龙井茶，清香袭人，令人心旷神怡。吴越慢慢地品着茶，心里一阵舒坦，他都忘记了自己有多久没有好好品尝过一壶好茶了。

苏晓芸入神地看着吴越陶醉于一杯茶，嫣然一笑道：“真想不到你会如此享受于一杯茶。”

吴越微闭双眼，一副很享受的样子：“茶，可以清心；茶，可以让人安静；茶，可以让人舒坦；茶，可以让人忘却烦恼。”

“茶，更可以让人逃避责任。”苏晓芸对吴越享受的样子不以为然。

吴越望着她，看看她还想再说些什么，谁知她这时反而慢慢地品起茶来，似乎什么都没有说过。既然如此，吴越自然也不好说什么，可是他喝茶的情绪却被破坏了，越琢磨越觉得这句话似乎有种讽刺的意味在里面。

“其实喝茶是最能消磨意志的，喝干了又可以继续添水，喝着喝着什么事情都没有做，一天的光阴就过去了。”一个苍劲有力的声音忽然响了起来。

吴越抬头一看，居然是刘乘风，惊讶之余赶紧站起来打招呼：“没想到今天能在这里遇到刘大哥，真是太凑巧了，刘大哥过得可好?”

刘乘风哈哈一笑道：“依然是街头卖艺唱曲，风里来雨里去的。只是今天得知望江茶楼的新茶上市了，特地来品尝品尝，没想到就碰到你了。”

苏晓芸忽然插话道：“您刚才对于茶的一番评价非常精辟，然而正如您所说，这茶就不应该来喝。”

刘乘风边听边点头，等苏晓芸说完了接着说道：“姑娘说得不错，原本我不该来喝这茶，茶最能浪费时间，但是人却偏偏有这么一种陋习，明明知道自己做的事情不对，可就是控制不住还是要去做。”

听了刘乘风的一番话，苏晓芸频频点头表示赞同，还有意无意地瞥了吴越一眼。

简单的一问一答，吴越已经看出一些端倪来了，于是笑着问道：“莫非刘大哥和她是故知，今天合起伙来给小弟上课来了?”

“看来什么事情都瞒不过老弟的眼睛。”刘乘风赞赏道，然后看了一眼苏晓芸，“我曾经教过晓芸唱过几句戏。”

这回轮到吴越瞪大了双眼，虽然他觉得两人应该是认识的，但怎么也想不到刘乘风居然教过苏晓芸唱戏，而且自己从来不知道她还会唱戏，这个女人真的复杂得出乎自己的预料了。

苏晓芸小心翼翼地倒了一杯茶，恭恭敬敬地端到刘乘风面前说：“还请老师原谅晓芸刚才的无礼，晓芸向您赔罪了。”

刘乘风哈哈一笑，摆了摆手说：“你这个丫头，天底下没有你不敢得罪的人，还需要给我请什么罪呀?”

“不过老师刚才一番话说的真好，学生我感受至深，不过有的人还是无动于衷，恐怕依然沉醉在茶香里呢。”说着，苏晓芸别有意味地看了吴越一眼。

吴越分明知道她说话含沙射影。两人相处的这段时间里，苏晓芸明里暗里希望吴越能够为抗日多做一点事情，可是吴越不是装做听不懂她的话，就是假装没听到，根本没有回应过她。

其实吴越之所以采取这种方式，一方面是他并不清楚苏晓芸到底为谁做事，另一方面是曾经的经历让他心如死灰，见不到一点的希望。虽然吴越相比陈一飞与楚天文的义无返顾总是有些惭愧，但是目前也仅此而已。

因此，对苏晓芸的挑衅，他照样置之不理，也没有往心里去。和她在一起，只是为了完成一个任务而已，不必将她的每一句话都放在心上。不被任何人的语言激怒或者迷惑，只相信自己的眼睛，这也是杀手必须具备的素质，这在某种意义上甚至比枪法和身手还要重要。

三人坐下继续喝茶聊天，原来苏晓芸出国留学前，由于父亲极爱听刘乘风唱戏，每次听戏都要带上她，因此她也爱上了唱戏。苏晓芸曾经和刘乘风学过几句戏文，所以两人称得上师生之谊。

“一晃那么多年过去了，没想到晓芸都长成这么漂亮的大姑娘了。”说着说着，刘乘风忽然感慨道。

苏晓芸的眼圈也有些潮红，关切地问：“师傅这几年过得还好吧?”

刘乘风摇了摇头说："自从日本人来了以后，我发誓不为日本人唱一个字，为了躲避日本人，这几年四处漂泊，居无定所，如今只能在街头卖卖艺、唱唱小曲喽。"

苏晓芸的眼圈更红了，眼泪已经在眼眶里打转转了。

没想到刘乘风忽然爽朗一笑道："这种生活让我体会到了底层百姓的艰难，如果有一天我重返舞台的话，我相信我的戏一定会更加饱满、有生命力。"

看得出，刘乘风对自己的生活处境毫不在乎，依然对未来充满着希望，这真不像一位年过半百、身处逆境的老人，吴越在心里暗暗地赞叹着。

苏晓芸倒是有些心疼地说："您可是一位名家啊，这样出去卖艺不是糟蹋自己的名声吗？何况世道这么乱，您可得注意了。这样风里来雨里去的，您的身体可怎么吃得消呀？徒儿现在虽然不成器，但侍奉您老人家不成问题。"

"晓芸啊，正是世道如此，师傅我更不能停下来，我不为日本人唱戏，但我给中国人唱戏！我要用自己的行动告诉日本人，中国有骨气的人还没有死绝，他们小日本想灭亡中国那是痴心妄想！"刘乘风脱口而出，连停顿都没有。

吴越的心里一震，一位老人的话都如此掷地有声，几乎让他不敢面对，于是只好低头喝起茶来。他的脑海里忽然闪过一个念头，于是张口说道："刘大哥，你……"

话到嘴边，他立刻意识到这个突然冒出来的想法太荒唐，便立即否定掉了。他不能为了完成自己的任务而让刘乘风违背自己的誓言，这样做太自私。

刘乘风的目光敏锐地捕捉到了吴越脸上一闪而过的为难表情，于是主动问道："老弟可是心中有事？"

没想到他一眼就看出自己心里有想法，吴越很惊讶，连忙掩饰道："我只是在心里佩服刘大哥的为人，这个世界像刘大哥这样的人太少了，不然国家也不至于到如今的地步。"

吴越说这话的时候，眼里闪着异样的光彩，他确实说出了自己的心里话，虽说往事他不愿意提起。然而，那些枪炮声、呼喊声、一张张熟悉的脸、血肉横飞的场面却不知不觉地浮现于眼前。

他总以为自己忘记了所有的一切，可是就在此刻，他知道遗忘并不像丢弃某一件东西那么简单，因为构成这段记忆的是一个个和自己并肩作战的战友，是一个个曾经鲜活的生命，还有自己曾经年轻的心。

吴越有些惆怅起来，默默地喝着茶，他知道自己不应该如此沉默，更不应该将忧伤留在脸上。一名杀手，控制情绪防止被人看穿是必修课，可是此刻，吴越却真的无法控制自己。

刘乘风像是读懂了吴越的表情，拍了拍他的肩膀说："年轻人的道路总是充满曲折和艰辛，没有犯过错，没有经历过痛苦，没有过怀疑，没有过爱和恨，还叫什么年轻人？那不是跟我这样的老头差不多嘛。"

吴越的眼睛再一次亮了起来，有一种豁然开朗的感觉。他动情地说道："刘大哥看待人生果真是想得远，想得开，令小弟有种茅塞顿开的感觉。"

"既然你已经了解了我对待生活的态度，有什么话你不妨直说。"刘乘风望着吴越的眼睛说。

既然刘乘风如此豁达，自己还有什么可犹豫的呢？于是吴越看着刘乘风的眼睛说道："我想请刘大哥给日本人唱一出戏。"

刘乘风瞪着吴越，一阵短暂的沉默之后，只听"啪"的一声，刘乘风将茶碗重重地放在了桌子上，碗里的茶水剧烈地抖动着，溅得满桌子都是茶水。

刘乘风生气了，他之所以沦落到目前的处境，就是因为他不愿意为日本人唱一句戏文。吴越居然提出了这个要求，简直是污辱刘乘风一世的清名。

吴越的心脏猛烈地抖动了一下，他低估了刘乘风对日本人仇恨的程度。刘乘风的确是一个豁达之人，甘心把自己辉煌的人生瞬间归于平淡，归于清贫，然而这只是他的人生态度，对于日本人的态度，不会有任何改变的余地。

苏晓芸嗔怒道："你这是什么意思？太不把我师傅放在眼里了。"

没有把话说清楚之前，刘乘风一定会生气，甚至会大发雷霆拂袖而去。想到这儿，吴越赶紧站了起来，拦在刘乘风的身前不让他离开，他准备把自己真实的想法告诉刘乘风。

此时，茶楼的茶客已经多了起来，刘乘风异常的举动吸引了一些茶客的注意，一双双疑惑、好奇的眼睛让吴越失去了正常说话的可能。为了防止他的话被其他人听见，吴越将脸向刘乘风凑过去，想把自己的想法悄悄地告诉刘乘风。

然而刘乘风用力地推开了吴越，这种鬼鬼祟祟的方式向来就是刘乘风所厌恶的，他不愿意通过这种方式从吴越嘴里听到任何一个字。

"有话就堂堂正正地说出来，不要怕被人听见。"刘乘风冷冷地丢下了这一句话。

吴越没有料到刘乘风有这样大的反应，可是在这样的场合，有那么多双眼睛看着，那么多双耳朵竖着，他当然不可能把自己心中的想法说出来。更让吴越感到难受的是刘乘风对他产生的误会宣告了他不会再受到刘乘风的欢迎，可是他却不能为自己辩解。

见吴越一句话也说不出来，刘乘风冷笑一声便匆匆下了茶楼，不管苏晓芸如何好言相劝也无济于事。

望着他的背影，吴越突然间感觉到自己的心里竟轻松了不少，一时间突然萌生的想法也许不是一个正确的选择，刘乘风的离开反而让他少了一分负罪感。

第十一章 伏　击

十字准星紧紧地跟随着隐没在黑暗中的男子，深深地吸了一口气后，他再次用食指触摸扳机。这样绝佳的刺杀机会，他不愿意错过。

吴越无疑是一名称职并且敬业的杀手，虽然没有任何关于山本的消息，他却频繁地出没于日本租界内，搜索有关山本的蛛丝马迹。可惜的是，山本隐藏得太深，吴越总是无功而返。

一次次的劳而无功，让吴越的心情有些郁闷，情绪也很低落。

每次穿行于弄堂之间，看到弄堂深处一块块灰暗而潮湿的霉斑，他就觉得浑身不舒服，仿佛这些东西已经长到他的心里。

与之相反的是给他任务的苏晓芸，她似乎从来不着急，从来不催促他赶紧完成任务，反而经常邀请他一起吃饭、喝茶聊天、舞会社交。

这些活动中，她总是展现着一名上海小姐的优雅，甚至让吴越有些迷惑，她还是自己意识中的那个苏晓芸吗？而在别人的眼里，吴越毫无疑问成了这位美丽的上海小姐的男朋友。

直到有一天，吴越忽然觉得自己有些适应了和苏晓芸一起的生活，自己差不多已经变成了一位彬彬有礼的年轻绅士，他才猛然惊醒过来：自己的任务是刺杀山本大佐而不是夜夜笙歌，醉生梦死。

他再次审视自己眼前的上海小姐，虽然她举止优雅，美丽动人，但在必要的时候，她也会和自己一样杀人不眨眼，而且她还擅长栽赃嫁祸。

他提醒自己，极度小心谨慎才能够生存下去。而这段时间他活得太麻木了，这无疑让自己陷于一种极为危险的处境之中，想到这里他不禁冒出一身冷汗。

今天，苏晓芸邀请吴越在一家西洋餐厅吃晚餐，又和他说了一些和任务没有任何关系的事情。

聊了一会儿，吴越实在忍不住了，质疑道："似乎你并不把刺杀山本的任务放在心上，既然如此你就没有必要让我来做这件事。"

"难道我们有这样的机会吗?"她反问得干脆利落。

吴越感到有些丧气，的确没有这样的机会，他自己的心里也清楚的很。

这时候她眨着眼睛岔开了话题："难道你到现在还看不出我对你有一点点动心了吗?"

吴越没有料到她会这么说，不免一惊。这绝对是一个非常危险的征兆，他在心里警告自己。

控制好自己的情绪后，吴越冷冰冰地说："我的眼里只有任务，我想这也是你之所以找我的原因。"

他说的是实话，完成任务是一名杀手唯一的荣誉，而现在他的荣誉受到了前所未有的挑战。

他说的也是谎话，苏晓芸的确很迷人，可同样也很可怕。在迷人和可怕之间做选择，吴越显然更重视她的可怕。小心驶得万年船，他绝对不会因为女色而失去警惕之心。

吴越的回答让苏晓芸有些不悦，他越是像一块冰冷坚硬的石头，她越有一种征服他的欲望。这就是优秀女性的通病，总以为自己可以融化所有的男人。

气氛有些尴尬，还好一曲由萨克斯吹奏出来的悠扬美妙的乐曲轻轻地响了起来。

苏晓芸望着他的眼睛充满期待地问："如果你完成了任务，我们还能继续相处下去吗?"

她的声音特别动听，吴越望着她清澈明净的眼睛时不断提醒自己，动听的话往往暗藏着陷阱，他绝对不能轻易地陷进去。

吴越的眼睛避开了她望向了别处，灯火通明的餐厅里，一对对情侣一边吃饭一边窃窃私语，空气中除了弥漫着一股红酒的香甜，还透露出一股暧昧的气息。

吴越讨厌这样的地方，他不应该属于这种地方。他站了起来说："如果你只是想和我探讨这个问题，那么对不起，我以后不会来了。"

他的语气里透露着一股绝决的味道，这个回答让苏晓芸非常不愉快，原来的风情万种瞬间凝固在脸上，笑容如同开裂的石灰一样窣窣地从脸上落下来。她低头喝了一口红酒，试图掩饰自己的失望。

"你要不要再来一杯?"不一会儿，笑容重新出现在她的脸上，只是声音并不像表情那样欢快。

吴越本想拒绝，可是既然已经对她表明了立场，再拒绝一杯酒就显得太不近人情，也显得没有肚量，于是他给自己倒了一杯酒并举起了酒杯。

"我祝你顺利完成任务!"苏晓芸和他碰了杯。

显然她是话中有话，吴越捕捉到了她话中的信息，于是没有立即喝掉杯中的酒，而是不解地看着她。

苏晓芸一仰脖喝完了杯中的红酒，浅浅地笑着说："你的机会来了。"

听到这句，吴越的心情大好，也一饮而尽，并重新坐了下来。这个消息来的真是时候，他已经等待太久了。

傍晚时分，吴越戴了一副墨镜坐着人力黄包车来到了隆泰当铺。

跨进当铺大门的时候，吴越看到当铺的一名伙计已经搬来门板准备打烊了，铺里已经没有一个顾客，这也是他选择这个时间来这里的原因。

伙计见有人进来，便提醒说："这位大爷，我们今天关门不做生意了。"

吴越没有理他，而是大步走到柜台前，从口袋中掏出一张当票和一叠钱丢在柜台上，只简单地说了两个字："赎当。"

掌柜是一位五十多岁的老头，正在整理账本，见有客人来，便戴上眼镜接过当票仔细地看了看，然后脱下眼镜对伙计喊道："你去把这位大爷的东西拿出来。"

伙计拿了当票，好奇地看了吴越几眼，就立即往仓库取东西去了。

掌柜笑着说："您先坐着喝一杯茶，东西马上就给您送过来。"

吴越望了一眼门外，只见天色逐渐暗了下来，便说道："茶就不必了，我拿了东西就走。"

掌柜陪笑道："您大可放心，'诚信'两个字是我们隆泰做生意的根本原则。"

吴越笑了，他童年时代有过频繁进出当铺的不愉快经历，他的父亲生病，家里所有值钱的东西都送进了当铺，包括母亲的衣服首饰和父亲珍藏的几件古董。可是这些在父母眼里非常珍贵的物件，到了当铺里几乎都被贬得一文不值，根本没有能够多换几个钱。

吴越不愿和他再说什么废话，倒背起双手，欣赏起墙上贴的一幅李白的《将进酒》的草书。这幅字字体遒劲，龙飞凤舞，吴越心里不禁暗暗叫好。

不一会儿，伙计提着一只长长的皮箱回来了。吴越起身接过了皮箱转身就要走。掌柜的声音在他的耳边响起："您也不验一验里面的东西是不是少了?"

皮箱的重量已经让吴越确认里面装着他需要的东西，不会有任何的差错。而且，这件东西绝对不可能在当铺里检验。

吴越头也不回地说道："我相信你们当铺的诚信。"

"哈哈……"他的身后传来了掌柜的笑声，"有空可以来喝杯茶。"

吴越没有回答他，出了门就上了黄包车。

坐上车后，吴越把箱子放在了身后，整个身体靠在箱子上面，从正面看根本无法发现箱子的存在。

人力车缓缓地向前行驶着，悄悄地驶进黑夜的深处。

大约半个小时后，人力车拉着吴越来到了一个十字路口，正准备继续按照吴越说过的方向行驶，吴越却叫车夫停了下来，付了钱后让车夫离开。

天已经完全黑透了，十字路口的街灯释放出幽暗的光芒，路上冷冷清清，几乎没有行人，这是吴越喜欢的氛围，这也似乎预示着他的成功。

坐上车子的时候他让车夫把他拉到大兴商场，可是下了车之后他却往相反的方向走过去，他真正要去的地方是隆裕商场附近。就是在那里，苏晓芸将要给吴越创造一个刺杀的绝佳机会。

机会来得如此突然，因为山本竟然接受了苏晓芸的邀请，将在明天陪苏晓芸到隆裕商场购物。

当苏晓芸把此事告诉他的时候，吴越简直不敢相信自己的耳朵，苦苦等待的猎物，这一次居然轻易地送上门来。

显然，苏晓芸等待这一天也很久了，为了这一天的到来，她做了充分的准备，包括她给吴越的那一张当票，取出来的正是吴越杀人的武器——美国进口的狙击步枪。

吴越要做的事情就是隐藏在商场附近的一幢楼房里面，静静地等待着猎物的到来，然后用这把狙击步枪击穿山本的心脏。

这样的伏击，对于吴越来说，简直易如反掌。

在夜色的掩护下，吴越步行至一幢距离隆裕商场大门 200 米的房子前，观察了四周，确认没有人注意到自己后，闪身进了房子。

这间房子的主人已经在收了一大笔钱后悄悄离开了，没有人可以打听到他的行踪，他也不会再回来了。

吴越上了三楼临街的一个房间，这应该是主人的卧室，正中摆着一张宽大舒适的床，床的右边是一个巨大的衣橱，对面是一张带着西洋风格的梳妆台，左边就是临街的位置，开着一扇落地窗，这就是吴越选择在这间屋子进行伏击的原因。

吴越走到窗前，朝窗外张望着。这个窗子的视野非常不错，窗子的左边是十字路口的方向，要到隆裕商场，十字路口是必经之路。窗子的右边，自然就是隆裕商场，商场和窗子相距 200 米，考虑到弹道和空气阻力的因素，这已经是狙击步枪射击的极限距离。虽然距离上不是很理想，但是没有比这个地方视野更开阔的狙击位置了。

观察完之后，吴越索性躺在床上补充睡眠。山本明天才会出现，连苏晓芸也不知道确切时间，吴越只能天不亮就开始伏击。等待时机，只能这样，而且这种等待必须全神贯注，注意力高度集中，因为稍有懈怠，射击时机便转瞬即逝。明天的伏击将会很耗体力，抓紧一切时间补充精力是杀手必备的素质。

等到夜深人静的时候，吴越像定了闹钟一样，一骨碌爬了起来。一片黑暗之中他打开了皮箱，用手触摸着狙击步枪的所有组件，然后在黑暗中开始组装枪械。他不能开灯，也不能传出一丁点声音，黑暗中，没有人会猜到明天这里将会发生惊天大案。

大约过了十多分钟，狙击枪已经组装完毕。吴越的手轻轻地滑过枪托、枪管、瞄准镜、扳机，他的嘴角露出了一个微笑。这支仿造春田 1903 型狙击步枪而设计的一种适合暗杀的狙击步枪，除了保证了春田 1903 型狙击步枪的优势外，还可以进行拆卸拼装，便于携带；而装载的 2.5 倍光学瞄准镜，在提高精度上具有更大的优势。

吴越对 1903 型狙击步枪的传奇历史非常熟悉，他在学习枪械理论的课程中，教官曾经讲过关于该枪的一个传奇故事：一战期间，一名来自美军第 82 步兵师的士兵约克，用该步枪击射出 20 发子弹，击毙德军 21 名，最终俘获 132 名德军。

吴越的手又触摸到了子弹，总共只有 5 颗，刚好可以装配一个弹匣。对狙击来说，5 颗子弹已经足够了，因为如果第一颗子弹没有击中目标，就意味着任务失败了，因为对方不可能给他第二次瞄准的机会。

吴越拿起一颗子弹放在手里掂了掂，重量刚刚合适。一般来说，狙击步枪的子弹重量比一般步枪的要重，这样可以保证子弹离开枪膛之后速度不会很快下降，不容易受到空气阻力的影响，更容易击中目标。

装好弹匣，吴越从衣橱里找到一块和自己衣服差不多颜色的布，紧紧地包裹在枪管上。当一切准备就绪后，他双手抱住狙击步枪卧倒在冰凉的地板上，静静地等待着猎物的到来。

清晨，当第一缕阳光从窗外射入，洒在吴越有些粗糙的额头上，他就睁开了眼睛。

这个时候的吴越就像一只猎鹰，他的目光透过窗户，仔细地注视着街上的一举一动，任何的细节都无法逃过他锐利的眼睛。

随着太阳越升越高，街上的行人越来越多，隆裕商场开始变得热闹起来。

吴越根据太阳光线的位置来判断时间，当等到早上八点多钟的时候，吴越发现了一个情况：每隔一段时间，就会有一辆人力黄包车开到隆裕商场的门口停下。坐人力黄包车来隆裕商场购物很正常，可是吴越却看出了其中的端倪。这些人力黄包车到达的时间很有规律，每一辆人力黄包车到达商场门口的时间大约相隔三分钟左右。

隆裕商场主要销售高档女装以及珠宝玉器，因此来此购物的人非富即贵。一般都由男士陪同女士前来，如果男士单独一人，大多数也是开着汽车。可是陆陆续续从人力黄包车上下来的年轻男子，他们孤单的身影和周围成双成对的男女形成了鲜明的对比。

这些年轻男子有些进了商场，有些进了商场附近的茶楼、饭店、酒楼，脱离了吴越的视线。而还有几位则在街上来回走动，显得无所事事，这更加引起了吴越的警觉。从他们左顾右盼的神情看，他们的出现并不是闲逛，肯定肩负着什么任务。而这一定和山本有关，他们先行一步混入人群，是为了保护山本的安全。这也意味着山本今天可能会很低调地出现在隆裕商场，他不希望引起任何人注意。

既然有人已经开始对周围的安全情况进行检查，这也意味着他们没有确认此处绝对安全之前，山本不可能会出现在隆裕商场。而吴越首先要应对的，就是他们的检查。

想到这里，吴越轻轻地把手从狙击枪上移开。枪管上已经裹了布，使得金属枪管已经失去了反光的能力，现在没有打开瞄准镜，相信从街上不可能发现这把狙击枪。可是如果有人进入这间卧室检查……

吴越凝视着眼前的狙击枪，猜测着各种可能会发生的情况。好不容易获得的机会，他绝对不能因为自己的疏忽而错失良机。

大约过了一个小时左右，一阵“咚、咚、咚”的敲门声响了起来。在这个特殊时间里，这阵敲门声绝对不简单，敲门的人一定是山本的人。

吴越的脸上反而露出了一个微笑，如果和他预料的一致，那就恰好证明了山本今天会出现在这里。

吴越悄悄站起身走出卧室下了楼梯，顺手从酒架上拿起一瓶白酒，一边走一边解开自己上衣的几只钮扣，又往自己的衣领处倒了一些酒，接着又用手在自己的头上胡乱地搅了一通，原本整齐乌黑的头发一下子变得乱蓬蓬起来。

吴越将门打开了一条缝隙，看到一名穿着黑色西服的年轻男子正微笑着站在门外。吴越的身子靠在墙上，眯着眼睛望着门外的年轻男子。如果如他的判断，这个人来这里是有目的，他的身上至少应该带着两种武器——一支手枪和一柄匕首。手枪放在西服内衬的上衣口袋里，而匕首则揣在裤兜。

吴越抬起手臂猛地灌了一口酒，含糊不清地问道：“你是谁？敲我家的门有什么事情？没事不要打扰老子喝酒。”

“我姓刘，是大华公司的一名经理，我们公司准备买下这一带的房子，我能进来看看吗？”他的脸上保持着谦恭的笑容。

吴越立即打开门让这位自称是刘经理的人进了屋子。既然对方是有备而来，他就不能要了他的性命，因为如果这个人失踪了，就相当于告诉山本周围有埋伏，这样就是打草惊蛇。吴越也不能拒绝他进入房子的要求，因为拒绝他就增加了自己的可疑度，同样会给他的刺杀行动带来麻烦。

刘经理进了房子之后就四处打量，似乎对这幢房子非常感兴趣。吴越又喝了一口酒后，忽然抓住了刘经理的手。刘经理一惊，抬起右手就要向西服上衣口袋伸过去。

这一试探更证明了吴越的想法。吴越依然装作口齿不清地问道："你是刘经理对不对？你说说看这幢房子能卖多少钱？"

刘经理的手垂了下来，回答道："我需要仔细地看看，才能做出一个评估。"

吴越似乎更加高兴了，扬起眉毛，指指点点，兴奋地说："你好好看看，这绝对是一幢好房子，你好好地看，保证你满意。"

"这么好的房子你也舍得卖？"刘经理很随意地问道。

"不瞒你说，如果不是在赌场欠下一大笔钱，我绝对不肯把房子出手。"吴越停住摇摇晃晃的脚步，转过身从酒架上拿了一瓶酒递到刘经理的手上，然后长长地叹了一口气说，"只是房子被卖了总有一天会被我老婆知道，恐怕那时她也活不下去了。"

吴越喝了一大口酒后，忽然一改情绪低落的样子，高兴地说："有了这笔钱，我就可以去赌场翻本，我可以买比这更加好的房子，到时老婆就不会寻死觅活了。"

刘经理瞥了一眼面前这个衣衫零乱、醉眼矇眬的男人，有些厌恶地皱了皱眉头。

"你今天带了合同没有？我可以立即和你签署卖房合同。"

刘经理尴尬地笑了笑说："我今天只是来看看，合同还是改日签吧。"

吴越装作有些不满地说道："赌场里，押大押小，钱一离手几秒钟就知道结果，多么痛快。刘经理你就当是做好事，赶紧取来合同让我签了字收了钱好让我去翻本吧。"

"我还要再看看。"刘经理有些有苦难言了。

吴越急了，又一次拉住刘经理的手说："你是不是认为我的房子不够好？我带你上楼去看看，你就明白这房子到底有多好。"

刘经理一进门就注意到了那个通往楼上的楼梯，原本打算到楼上仔细地看看，可是眼前这个一直抓着他手的醉鬼和赌鬼，让他彻底打消了这个念头。

吴越见他停步不前，更加着急地说道："只要你们肯买这幢房子，我愿意把价格再降一降。"

刘经理被吴越逼怕了，掰开他的手说："我今天来只是做一个考察，至于要不要买下你的房子，最终还需要公司决定。今天打扰了，你等我的消息。"

吴越一脸沮丧地看着刘经理退出了房子，张着嘴巴哀求说："我可以再降一降，价格好商量。"

刘经理没有回应他，"啪"地关上了门。

看到他走了，吴越把酒瓶放回酒架。一出戏演完了，接下来的将是致命一击。

时间一分一秒地流逝，一直等到了中午时分，山本依然没有出现。

这样的等待过程对许多人来说都是非常难熬的，如果说手和脚变得麻木这种身体上的不适已经让人忍无可忍，那么精神高度集中、一刻不敢放松就是另一种折磨。刺杀的最佳时机转瞬即逝，一个小小的疏忽就会让所有的努力付诸东流。

杀手是一个残酷的职业，对别人如此，对自己也是如此。一颗穿透心脏的子弹瞬间就夺去一个人的生命，这是一种残酷；而射出这颗子弹的杀手却要忍受着孤独寂寞的折磨，这也是一种残酷。

因此，只有像吴越这样有着坚定意志力的人，才能忍受这种残酷，成为一名优秀的杀手。

吴越如同一块巨大的石头，趴在哗哗流淌着的时间之河里，一动也不动地迎接着夜晚的到来，街道两边的路灯已经亮了起来，而山本依然没有出现。

街上的行人已经没有白天那么多了，甚至连早上见过的那些人也都失去了踪影。在街灯的衬托下，长长的街道显得有些寂寞。

也许山本不会来了，吴越的脑海里刚刚浮现出这样的想法，很快又被自己给否定了。在杀手的词典里，没有"也许"这个模棱两可的词语。

夜色再一次在整个房间弥漫开来，吴越一双炯炯有神的眼睛依然紧紧地盯着窗外。

天已经黑透了，吴越望了一眼天上的星星，这些星星告诉他，此刻已经是晚上 7 点多钟了。

突然，一道汽车的灯光从远处照射过来，吴越往左边十字路口的方向看了一眼，他隐约看到两辆汽车往隆裕商场这个方向驶过来。

汽车开得不快，将近半分钟时间才从十字路口开到吴越隐藏的房子底下。这是两辆黑色的轿车，一前一后大约保持了五米的距离。

由于天色较暗，车子里面的人有些模糊，凭借着街灯，吴越看到第一辆车上坐着四个人，前后排各坐着两个人。

这辆车除了司机以外，其他三个人的脸分别朝着前面、左边、右边三个方向，很明显他们处于一种警戒状态。

第二辆车上包括司机在内总共有三个人，后面坐着一男一女，吴越凭借着女人身上穿着的浅红色旗袍立刻认出了她就是苏晓芸。穿显眼的衣服是吴越的主意，这样即使她处在拥挤的人群中，吴越也能迅速发现她，从而锁定她身边的山本。

两辆车子先后停了下来，第一辆车子上的三个人先走了下来，他们快步来到第二辆车子的前面站定，保持着警戒姿态。

第二辆车子上的男人终于下了车，绅士地站在一边等待着苏晓芸下车。

吴越悄悄地打开了瞄准镜，准备从瞄准镜中确认目标。可是吴越发现一个严重的问题，由于天气比较暗，而男人和苏晓芸恰好站在一个离街灯比较远的位置，光线不够充足，导致吴越只看到一个被放大了的模糊身影。

根据计划，山本和苏晓芸应该早上出现在这里，那时光线充足，完全不会出现目标无法确认的情形。

吴越情不自禁在心里骂了一句“老狐狸”，这个山本果然老奸巨滑。在这样的光线下面，不要说难以确认目标，就是确认了目标，开枪射击也不是一件容易的事情。

当然了，综合各方面信息推测，苏晓芸身边的男人就是山本，因为吴越曾经见过他一面，从身形看也没有不对的地方。

吴越的食指轻轻勾住了扳机，屏息凝神，瞄准了目标。

别人可能没有把握在昏暗的光线下瞄准射击，吴越却有这种自信，他已经准备好了让愤怒的子弹结束山本罪恶的生命。

两秒钟的时间足够让山本离开这个世界，可是两秒钟过后，吴越却没有扣动扳机，因为他看不清楚那个男人的脸，他的理智阻止了他贸然开枪的行为。

这个时候，第一辆车上三名穿黑色西装的保镖围住了他和苏晓芸，保护着他们往隆裕商场的大门而去。只要他们走进商场，就脱离了吴越的视线范围。

怎么办？吴越第一次在守候猎物的时候产生了疑问。

就在这个时候，吴越发现苏晓芸转过头看了一眼。很明显这是她趁周围的人不注意而传达出来的一个信号，可是同样出于夜色的原因，吴越根本看不见她脸上的表情，这意味着他根本不明白这个信号所表达的含义。

十字准星紧紧地跟随着隐没在黑暗中的男子，也许再过几秒钟就会失去射击的机会。他和苏晓芸一起出现，早上经过了那么长时间的检查，晚上又有保镖的保护，他一定就是山本。

吴越深深地吸了一口气后，再次用食指触摸扳机。这样绝佳的刺杀机会，他不愿意错过。

触摸着冰凉的扳机，吴越的脑子里忽然冒出一个可怕的念头，如果那个男人不是山本怎么办？如果这是一个圈套怎么办？毫无疑问，他将再也看不到苏晓芸了。

这个突然出现的想法，让吴越冷汗直冒。他再一次质问自己，山本这样经验丰富、老奸巨滑的特务，有那么容易被自己刺杀吗？

吴越一下子清醒了过来，他责怪自己忘记了一名杀手必须遵守的行为准则，其中很重要的一条就是如果没有百分之百确定目标，绝不轻易动手。因为这样不仅无法出色地完成任务，反而容易打草惊蛇，让杀手自己处于危险的境地。

当吴越再一次把食指从扳机上收回来的时候，“目标”已经走进了商场，消失在他的视线范围外，吴越已经失去了刺杀的最好时机。

大约一个多小时后，“目标”从商场出来了，吴越看到苏晓芸的手上已经多了几个袋子，显然这是她这一个多小时的收获。

吴越显得有些沮丧，苏晓芸都已经买了这么多东西了，似乎可以印证她边上的那个男人就是山本，然而这也只是一个猜测而已。只要吴越没有清晰地看到男人的脸，就不能算是确认目标，于是直到他们坐上汽车迅速地离开，吴越也没有做出任何举动。

吴越从黑暗中站直身子，顾不上全身的酸痛麻木，把狙击步枪拆卸成零件之后重新装进皮箱。接着，他仔细地处理掉了自己来过的痕迹，之后便匆匆地离开了这幢房子，趁着夜色把皮箱扔进了江水中。

第十二章 特殊任务

“这次任务不是去杀一个人，而是保护一个人。”老秦终于说了出口。

吴越非常清楚，保护人比刺杀一个人来得更危险。

吴越的住处位于尚贤坊内，这条弄堂因为这一座基督教的尚贤堂而得名。据说这座教堂最先由一位英国传教士在北洋大臣李鸿章和光绪帝老师翁同稣的帮助下在北京修建而成，后来在义和团运动中被毁。1921 年有人又在上海重建了尚贤堂，因此这条弄堂也被称为尚贤坊。

不熟悉这里的人很容易在这条七弯八拐的弄堂里迷路。这也正是吴越选择居住在这里的原因，如果有人跟踪他，他可以很快发现，也可以利用复杂的地形将跟踪者甩掉甚至进行反击。

这天，吴越刚从外面回来，就看到大门上插着一张最新的书籍广告，这是行知书店秦掌柜联系他的暗号，说明又有任务要让他去做。

吴越从门上取下了广告，心里感到非常奇怪，既然老秦明确地告诉过他让他赶紧离开上海，为什么又要让他接任务呢?

稍微一思考，吴越觉得这次的任务一定非常重要，不然以老秦说一不二的性格，他不会这样做。

吴越随手将书籍广告放进口袋，然后推开这扇已经脱落了红色油漆的大门，迎面看到的就是一个天井。

吴越最喜欢的就是这座房子里的这个天井，很多的时候，他在天井里摆上一张躺椅，当阳光从天井里照射下来的时候，他躺在椅子上，让全身沐浴在金灿灿的阳光里。这时候，他什么都不去想，什么也不做，就这么舒舒服服地闭着眼睛，没有了拼搏撕杀，没有了刀光血影，没有了仇恨和刺杀，他整个人似乎融化在了阳光之中，这是一种多么惬意的生活啊。

可是吴越的目光却注意到了自己脚下的异常。他每天出门都会在门槛里面撒下一道细细的石灰线，只要有人进来，稍不留意就一定会踩上去。今天吴越一进门就发现他撒下的石灰线有被人踩踏的痕迹，很显然已经有人进入过他的屋子。

吴越继续观察着，很快又发现了第二个证据：椅子的位置也发生了细微的变化，尽管变化的幅度并不大，但是绝对逃不过他的眼睛。

吴越对房子里做过标记的地方进行了仔细的观察，最终完全确认了一个让他震惊的事实——有人偷偷摸摸地进入过这间屋子。

吴越闭着眼睛躺在天井中的躺椅上，仔细分析这件事情。

进来人的绝对不是小偷，因为他没有丢失任何东西。这反而让吴越感到头痛，因为这意味着自己可能被跟踪或者调查了，最糟糕的是自己却一无所知。

他睁开眼看了一眼手上的书籍广告，难道此事和老秦有关系？然而他迅速否定了这个想法，因为老秦早已经知道他的住处，并不需要特意地进入房间进行探查。

那么这个人到底是谁呢？吴越的心里有一丝不安，看来老秦让他离开上海是有原因的。老秦说留在上海有危险，可是一直没有什么事情发生在他身上，如今看来，也许是因为对方一直以来没有找到他的住处，现在他们终于找上门来了。

想到这里，吴越站起身来，这间屋子不能再住了，必须赶紧换个地方。除了要换地方住，今后做事情更要处处小心，不能发生任何失误。

他退出屋子后决定先去找老秦，一是看看老秦找他到底有什么事情，二是看看能否从老秦那里获得一些有用的消息。

往行知书店去的路上，吴越小心谨慎，处处留心，以防被人跟踪。到了行知书店，老秦正拿着账本算账，看到吴越来了便放下账本，招呼吴越到里屋喝茶。

等吴越坐定，老秦为吴越倒上一杯茶，然后说："本来不想找你做这件事情，因为你的处境也危险，但思来想去，现在除了你竟然没有人适合。"

老秦一脸严峻的表情，让吴越意识到了事情的重要性。以前老秦有什么任务交给吴越，可从来不说这样的话。

"目标是谁?"吴越反问道。

老秦一言不发，背着双手踱着步，表情越发显得凝重，看情形他依然有些犹豫。

"你是不是不相信我?"

"这次任务不是去杀一个人，而是保护一个人。"老秦终于说了出口。

吴越不可置信地望着老秦，一时间惊讶得说不出话来。身为一名杀手，存在的价值就是刺杀，从没听说过杀手去保护一个人的。

吴越同样非常清楚，保护人比刺杀一个人来得更危险。保护一个人也就意味着自己在明处，他会成为别人刺杀的目标。

老秦又补充道："我明白你对此事感到很意外，而且这个任务也意味着你会冒更大的风险，因此接不接这个任务也由你自己决定，但是我希望你能接受。"

吴越沉吟着，这真是一件比较荒唐的事情。杀手追求的是一招致命的酣畅淋漓，是十步杀一人的潇洒痛快。而保护一个人则会完全颠倒过来，自己会成为别人的猎物。当然，吴越思考并不是因为他惧怕危险，他是一个无所畏惧的人，已经在死亡线上挣扎了不知道几个来回，早已经把生死之事看淡了。

见吴越没有说话，老秦说："酬劳可以加倍给。"

吴越摆着手说："不是酬劳的问题，如果酬劳可以解决问题，你完全可以找别的杀手来做这一件事情。"

"确实如你所说，我知道酬劳再多也解决不了这个问题，我看中的是你这个人。"

"难道我和别的杀手有什么不一样吗?"

"不一样!"老秦斩钉截铁地回答道，认真地看着吴越的眼睛说，"因为你曾经是一名国民党军官，是在抗日战场上流过鲜血的英雄!"

吴越猛地站了起来，不可思议地看着老秦，为什么他知道这一个自己从未向别人提起的秘密?

老秦拍着他的肩膀让他坐下，不给他说话的机会："你的杀手生涯应该结束了。”

吴越心中一震，自从他成为一名杀手之后，就再也没有想过以后的路怎么走，所谓今朝有酒今朝醉，现实给了他太多的伤害，他不愿意去想自己的未来。然而，他比谁都清楚，他内心渴望得到一种安定的生活。

老秦的身份到底是什么？吴越的心里再一次闪过这样一个疑问。当然，他没有问出口，因为即使问了也不会得到答案，也许他可以从被保护的人身上得到答案，他有了解开这个谜的欲望。

“既然如此，我接受这个任务。”吴越沉吟了一番后，答应了老秦。

“还有一点我必须说明，你不仅要保护他，还需要听他指挥。”老秦注视着他的脸。

这个条件太苛刻了，吴越感到无法理解，既然对方是被保护的对象，一切行动就应该由自己来安排，凭什么还要听对方指挥？

同时，吴越知道老秦说这句话的目的是要提醒自己，如果不能接受这个条件，他还有机会拒绝。吴越在心里盘算着到底要不要接受这样一个附加了无理要求的任务。

老秦见吴越不说话，就解释道：“其实让你听他的指挥，也是为了你能更好地完成任务。”

吴越不明白听对方指挥和完成任务之间有什么联系，这显然是老秦非常希望他接下任务的表现。他望了一眼老秦，只见他毫不掩饰自己期待的眼神，这简直和他印象中的老秦判若两人。那个受保护的对象到底是何方神圣？吴越的好奇心更强了。

吴越笑着说：“我接下这个任务，酬劳给双倍，老秦你可不要食言。”

“咱们一言为定。”

拿着老秦给的地址，吴越找到静安寺路挂着 59 号牌子的一套独门独户的房子。房子周围绿树成荫，几只不知名的鸟儿正在枝头叽叽喳喳地叫着，真是一个闹中取静的好地方。

吴越站在门外深深地吸了一口气，然后伸出手敲门。不一会儿，新漆着朱红色油漆的大门开了一条缝，从门里边探出个头来。

吴越不敢相信自己的眼睛，开门的人竟然是楚天文。楚天文愣了一下，连忙招呼吴越进屋。

楚天文让吴越坐下，趁着拿茶杯的时间问："你是要龙井茶，还是乌龙茶?"

"有没有铁观音?"

"没有铁观音，还是喝今年开春的龙井茶吧。"

"那就龙井茶吧。"

楚天文把泡好的茶端给吴越，根本没有掩饰自己的惊讶："真没有想到，我的合作搭档居然会是你。"

吴越也很意外地说道："我也没有想到，我要保护的人居然是你，没想到你会回到上海。"

原来，吴越进门之后两人围绕着泡茶而展开的那段对话正是接头暗语，一般人听不出什么破绽，如果来人对不上的话，楚天文也只是给来客泡上一杯茶，并不会引起任何人的怀疑。

茶香袅袅，两人一边喝茶一边闲聊着。

不知道为什么，再次见到楚天文吴越感到很亲切，这种亲切绝对不是因为楚天文救过他，更重要的恐怕是他身上的某种东西吸引着吴越。

聊着聊着，就聊到了他的妹妹，楚天文道谢道："我走了后，秀秀多亏了你的照顾。"

吴越这才想起楚天秀已经离开上海，如此重要的事情还没有告诉他，于是赶紧向他赔罪："秀秀已经离开了上海，因为联系不上你，此事没有和你商量就擅自作主，还请你原谅。"

楚天文沉吟了一下，摆摆手说："其实离开上海更好，现在形势动荡，上海的局势非常不明朗，就是现在她还在上海，我也不能去看她。"

"当初你离开上海也不容易，不应该又回到上海。"

楚天文淡淡一笑后没有回应，吴越很快意识到自己失言了。既然楚天文去了延安之后重新回到上海，他的身份已经很明朗了。而他之所以要回上海，肯定是来执行一些重要任务的。

想到这里，吴越忽然感慨说："如果我知道自己要保护的人是你，也许我就不会接受这个任务。"

"为什么?" 楚天文很有兴趣地问。

"因为我们不属于一路人。" 吴越感叹道。

楚天文则不赞同："你的说法并不正确，其实你做的很多事情正是我们要做的。比如你刺杀了白老大，因为他暗地里帮助日本人暗杀爱国抗日人士。

比如你和《申报》记者陈一飞一起揭露了日本人和上海黑帮的阴谋。从我个人的角度说，如果没有你，我就可能到不了延安。所以我们在抗日的立场上是一致的，你不知不觉中已经为抗日做出了贡献。”

吴越不可思议地望着楚天文，他居然知道这么多消息。

楚天文笑着说道：“其实没什么好惊讶的，我相信正是由于你做过这些事情，上级才会选择你来到我这里配合我的工作。”

吴越突然明白过来了，老秦和楚天文是一伙的，都是延安方面的人，这个发现让吴越感到异常震惊。

“可是有一点你必须搞清楚，我不是你们的人。”吴越再一次强调了两人的不同。

楚天文根本没有把吴越的话放在心上，摆了摆手说：“只要你是一个有骨气、有热血的中国人，其他的完全可以忽略，我们的组织欢迎你的加入。”

楚天文的话让吴越冰冷的心上涌起一股感动之情，他们简直就是一群疯子，这不是拿自己的安全开玩笑吗?

吴越想起了自己和军校的同学一起在教官的带领下，面对贴在墙上的青天白日旗和孙中山画像，攥紧拳头庄严宣誓的情景。那个时候，他意气风发，满腔热血，愿意用自己的生命来保护这个国家。可现在物是人非，一切都已经不是当年的模样了，自己也不是当年的自己了。

想着想着，吴越不禁一声长叹。往事不堪回首，他的心中有道永远也无法治愈的伤痕。

上海的局势越来越诡异，越来越紧张。每天都有暗杀、绑架事件发生，日本军人竟然肆无忌惮地在英美租界里随意搜查和逮捕人，英美法等国对其所作所为也只能睁一只眼闭一只眼。

吴越有一种不好的预感，也许过不了多久，上海将完全被日本人掌控。

这些天，吴越一直进行着筹钱的活动，这原本是楚天文到上海的任务之一，可是吴越却认为，既然他是被保护的对象，他减少露面就可以更安全，这也是对楚天文的保护。

楚天文起先并不同意，可是吴越坚持自己的意见。最终楚天文还是答应了，因为他还有更多的事情需要处理。

上海的地下组织遭到了日本特务机关的严重破坏，楚天文这一次回到上海，主要任务就是重新联系失去联络的地下组织，并且寻找反击日本特务机关的机会。

为了更加顺利地筹钱，楚天文交给吴越一份名单。这份名单是经过慎重调查和考虑而圈定的，上了这份名单的人不仅仅拥有巨大的财富，更重要的是他们都表现出抗日的倾向，有可能会为抗日慷慨解囊。

吴越看着纸上那一串长长的名单，由衷地感叹："没想到你们这些过惯了苦日子的穷人，对沪上的这些富商却了如指掌，真是不简单呢。"

楚天文淡淡一笑说："我们的抗日工作是全面而细致的，一个环节出现问题，都有可能影响整个大局，因此我们做事从来都是小心谨慎，力求完美。"

"可这些富豪未必会买你们的账吧。"吴越迅速浏览着名单，随口说道。

楚天文依然笑着说："民族大义在前，个人利益在后，我相信大部分中国人都能够明白其中的利害关系，做出正确的判断。"

对于他的乐观，吴越有些不以为然，他接触过形形色色的中国人，远远没有楚天文嘴里说的那么简单。

楚天文没看到吴越的表情，继续说道："中国有句古话说得好，'兄弟阋于墙，外御其侮'，当我们的民族真正到了生死存亡的时刻，就一定会团结起来一致对外，用生命来捍卫民族的尊严。"

"这个道理大家都会说，就怕你的愿望和现实相差得太过遥远。"吴越并不像楚天文那样乐观。

楚天文沉思了一下，继续分析道："上海是中国的金融中心，日本人勾结了黑帮，首先控制了上海的银行金融业，现在他们又准备控制有利润的其他行业。上海诞生了中国最早一批民族资本家，可现在他们的命运也和国家的命运绑在了一起，他们同样面临着生死存亡，因此他们也有抗日的要求。"

听完楚天文的分析，吴越没有再说什么，如果从利益的角度来考虑，这些上海的富商的确有抗日的愿望。

看完名单之后，吴越点燃一根火柴将名单烧毁，名单已经完全记在他心里。只有记在他心里的东西，才是最安全的。只要他不愿意说，没有人能撬开他的嘴巴。

看着升腾起来的火光，吴越的心里生出一些期盼来，他希望楚天文的判断是对的。

第十三章 爱国富商

得知吴越此行是为了筹钱抗日，陈其深慷慨地说："我愿意捐20万大洋。"20万大洋可不是一笔小数目，陈其深果然出手大方。

吴越筹款的第一个目标，锁定了上海富商陈其深。

陈其深现在的头衔是上海商会副会长，如果他能够率先捐款抗日，那么对接下来的筹款工作肯定会起到事半功倍的效果。还有另外一个重要的原因，他是陈一飞的父亲。

俗话说："有其父必有其子。"既然陈一飞对日本人充满仇恨，有这样的儿子，相信陈其深也必定是这样的人。

陈公馆是一座别墅，带有浓郁的西洋味，房子周围种着一圈高大的树木，掩映着淡黄色的外墙。高高的围墙阻碍了一切企图非法进入公馆的可能，围墙的铁门平时紧锁着，有四名保镖二十四小时执勤，每个进入公馆的人都必须提前预约。

吴越选择了晚上来拜访陈其深，他已经不是第一次站在公馆的大门口了，为了摸清陈其深的生活规律，他已经来过了好几次。今天，他看到公馆内的灯亮着，知道陈其深一定在家。

吴越站在铁门前，隔着铁栅栏对一位凝神戒备的黑衣守卫说："我要见你们的陈老板，麻烦你通报一下。"

守卫上下打量了他一番后，一脸戒备地问道："你和老爷有预约了吗?"

"告诉你们老爷，我知道你们少爷陈一飞的下落。"吴越说。

吴越的话让守卫很吃惊，四名守卫头碰在一起低声商量了一会儿，最后那名守卫站出来说："你先等一下，我去给老爷通报一下。"

一名守卫匆忙而去，另外三名守卫目不转睛地盯着吴越，生怕一不留神他就会突然消失。

不一会儿，一位穿着丝绸长衫的男人跟在守卫后面走出了房子，老远就朝着门边的守卫急切地喊道："你们还愣着干什么? 赶紧开门让这位先生进来。"

铁门被两名守卫缓缓地推开，吴越迈步走了进去，这时那人也迎了过来。吴越定睛一看，五十岁上下，身材微微有些发胖，样子和善，眯着眼睛微笑，没错，就是陈其深。

吴越正要向他问好，陈其深已经拉住了他的手，满脸和善地微笑道："先生里面请。"

吴越只好和陈其深往里面走。一位中年女佣人已经在门口候着了，见他们过来赶紧鞠着躬说："老爷，书房的茶已经摆好了。"

"不要让任何人到书房打扰我。"陈其深点了点头后吩咐道，走了几步又回过头来补充了一句说，"如果夫人问起我来，你就说我有贵客。"

"是，老爷。"佣人退了下去。

陈其深指着大厅东边的一扇门说道："我们去书房谈。"

吴越跟着陈其深穿过了富丽堂皇的大厅，来到了幽静雅致的书房。

等吴越坐下后，陈其深关好了书房门，坐到了他的对面。这个时候，陈其深的脸上已经不再是刚才的从容和平静，而是一副焦急的模样。

看着陈其深额上的银丝，吴越的心中竟然生出一些感慨来，真是可怜天下父母心，这个世界上最牵挂自己的人永远是父母。

吴越刚刚坐下，陈其深就迫不及待地直奔主题："你知道飞儿的下落?"

吴越点了点头。

陈其深又追问道："他在什么地方? 为什么一连几个月都不给家里带个话?"

"他现在已经不在上海了，正在一个非常安全的地方，你不必为他担心。"

听吴越如此一说，陈其深总算舒了一口气，随后又发起了牢骚："几个月没有任何关于他的消息，这不是成心让我这个当爹的担心吗？你看他好好的公司不去打理，偏要去当什么记者，如今世道这么乱，随随便便发表一些言论都会给自己找麻烦，我们陈家只有他这个独子，万一出了什么事情还了得?”

吴越很理解他此刻的心情。中国有句古话叫做“父母在，不远游”，可他陈一飞不仅远走高飞，而且走的时候连一句话都没有留下。

牢骚过后，陈其深又关切地问：“飞儿现在的情况怎么样？你可以联系他?”

这个问题吴越无法回答，他确实不知道陈一飞此刻身在何处，他只知道陈一飞离开上海去了重庆养伤，目前的处境应该是安全的，但以陈一飞的性格来说，恐怕不会很安分，因此到底是什么情况他也不能保证。

“具体的情况我也不知道，但我可以保证他在一个比较安全的地方。”吴越并没有透露出陈一飞的去向。

陈其深惊讶地看着吴越，等待一个合理的解释，这不是他需要的答案。

“他为了躲避日本人的毒手，几个月前就已经离开了上海，至于具体去向，我也不太清楚。”吴越再一次选择了隐瞒，那是一次秘密行动，他要对苏晓芸负责，不能透露任何对她不利的信息。

“躲避日本人？飞儿他到底做了什么事情?”陈其深有些惊慌地站起身来。

吴越只好把陈一飞在《申报》上揭露日本特务与上海黑帮勾结的事情告诉了他。听完之后，陈其深沉吟良久，在书房里慢慢地踱着步子，时不时地往吴越的身上看几眼。吴越也不说话，暗暗观察着陈其深的反应。

好一会儿，陈其深才问：“你今天来我家的目的绝对不只是告诉我这件事情吧?”

吴越点点头，但没有立即提起筹款的事情来，他要摸清楚情况后再作决定，现在就说，时机尚早。

陈其深见吴越点头，便停下了脚步，重新在吴越的对面坐下来，笑着说：“喝茶，喝茶。”

陈其深并不是一个简单的人，吴越必须小心为妙。他小心翼翼地试探道：“你不觉得令郎做事太冲动了吗？在这个时代谁都可以得罪，唯有日本人不可以得罪，得罪了他们逃到天涯海角也是枉然。”

“你这是什么意思?”陈其深不解地望着吴越。

“难道我说的不对吗?”吴越重新把问题交给了陈其深。

陈其深望着吴越的脸，只听“啪”的一声，他将茶碗重重地放在桌子上。

吴越一惊，耳边马上传来陈其深的责怪：“当时我不让他去报社当记者，就怕他一冲动做出什么事情来，现在倒好，果然应了我当时的话。”

听了这句话，吴越心里凉了一大截。他本想继续试探一番，可是他心中却有一股强大的力量让他不用如此伪装下去。虽然他擅长这种伪装，可是他已经厌倦了。

吴越正色说道：“当下正有许多人和令郎做着一样的事情，如果他们的父母都抱着和陈老板一样的想法，恐怕日本人在中国会更加为所欲为了，不要说上海公共租界被日本人全部占领，恐怕离国家灭亡的日子也都不远了。”

这是陈一飞才会说的话，吴越用这样的话回敬了陈一飞的父亲。

吴越知道，这些话一出，自己的立场就暴露了，不过不是吴越自己不冷静，而是因为他的心中不禁有些恼怒，他觉得陈一飞的父亲不该是这样的。今天来的目的是筹款，如果陈其深害怕日本人，那么他也是白来一趟，不如直截了当来得痛快。

吴越的话刚一说完，陈其深就猛地拍了一下书桌，然后大声地笑了起来，两眼炯炯有神地望着吴越说：“说的好！说的好！我就知道飞儿的朋友也一定是铮铮铁骨的汉子，他能交你这样的朋友真是他的福分。”

陈其深突然的转变让吴越吃惊不小，他不知道陈其深的葫芦里究竟卖的是什么药，他需要一个合理的解释。

只听陈其深叹了一口气说：“其实我早就知道飞儿得罪了日本人，刚才我之所以说这些违心的话，就是怕你是日本方面派来试探我的人，现在敌友难分，我不得不小心防备。”

吴越细细地回想着陈其深所说的话以及他的举动，似乎没有什么疑点。在如此复杂的环境下要生存下去，伪装是必须的。“陈老板心思细密，令我佩服。”吴越回应道。

理解是两人继续谈下去并且达成共识的前提，两人接下来的交谈变得轻松顺利起来。吴越不失时机地提出了他此次前来陈公馆的真正目的。

得知吴越此行是为了筹钱抗日，陈其深慷慨地说：“我愿意捐20万大洋。”

20万大洋可不是一笔小数目，陈其深果然出手大方。

如果每一位中国人都能为国家贡献出自己的一份力，国事也不至于落到现在这般田地。吴越情不自禁地想着，不过脸上始终保持着淡淡的微笑，他早已经学会了隐藏自己的喜怒哀乐。

这时陈其深又笑着说：“不过今天我可拿不出这笔钱来，还要等待几天筹齐了款项，麻烦你再来寒舍取钱。”

吴越摆了摆手说：“既然陈老板有这一份心，取款也不急于一时。”

“能为抗日尽一份绵薄之力，是我求之不得的好事情。”陈其深端起杯子喝了一口茶，然后望着吴越说，“不知道除了此事，还有什么我陈某人能帮得上忙的事情?”

吴越想了一会儿，恳求道：“你是上海商会的副会长，如果你能发动上海的商人一起捐款，效果应该会不错。”

“好。”陈其深再一次站了起来，“这件事情就包在我陈某人的身上。”

接下来，两人继续商议直到深夜。陈其深提出一个办法，获得了吴越的认同：陈其深在家里设宴邀请上海实力雄厚的企业家和商人，然后他会在宴会上当场宣布捐款 20 万大洋用于抗战，以自己的实际行动发动这些商人们捐款。

第十四章 茶楼上的秘密

"我第一次知道，原来你不想我死。"苏晓芸似乎完全忘记了此行的目的。

阳光明媚的下午，本来是茶客们喝茶聊天消磨时光的好时候，可是由于近期黑帮活跃，局势动荡，大部分人都闭门不出，平日茶客云集的望江茶楼上，只有寥寥几位客人。

吴越正坐在三楼靠西的窗边，金色的阳光透过窗户静静地照在他那张倔强的脸上，令他冷淡的表情里有了一丝温暖的色彩。

他的目光越过一大片的房子，越过一群鸣叫着的鸽子，越过了喧闹的人群，越过闪耀着点点波光的江面。

很明显，吴越正在思索一个问题，从他微微皱起的眉头可以看出，摆在他面前的一定是一个棘手的难题。以前，不管多么难的问题他总是能够找到对策解决，可是这一次却需要他认真仔细地思考。

其实他真的不愿意来，但是他又必须来。一旦做出承诺，他就失去了选择的余地。

吴越慢慢地喝着茶，心里有些烦闷，他觉得自己离一个优秀杀手的标准越来越远了，他不应该这样瞻前顾后、胡思乱想。杀手应该具备单一直线性的思维，那就是接受任务和如何完成任务，除此之外不需要考虑任何其他事情。

可是现在，他要如何跟她解释呢？

等到壶里的茶差不多已经凉了的时候，苏晓芸终于姗姗而来，她迟到了。

吴越讨厌别人迟到，可今天他却发不出火来。

苏晓芸冷若冰霜地坐到他的面前，让吴越不敢去看她的眼睛。他的目光转向窗外，低声说道："我一定会再找到机会的，我承诺过的事情从来不食言。"

苏晓芸缓缓地说："你看着我。"

吴越这才把他的脸转过来，再次强调说："我一定会找到机会的，请你放心。"

"告诉我原因，你为什么不动手？"

回避不是办法，苏晓芸今天来就是要一个答案的。吴越只好说出真相："因为当时天色实在太暗，我无法确认目标。"

"我就在他边上，你还无法确认目标？"苏晓芸追问道。

吴越无语了，他还能说什么呢？

"你为什么不动手？"还是这句话。

第一次被女人逼得这么惨，吴越觉得此刻自己很窝囊。但是他理不直气不壮，现在没有任何可强硬面对苏晓芸的资本。

"为什么？"她步步紧逼，死死地盯着吴越。

吴越喝了一口茶，稳定好自己的情绪，然后说："我确实无法确认目标，如果他不是山本，你会……"说到这里，吴越停了下来，竟然不知道如何说下去了。

"我会怎么样？"她不给吴越一点喘息的时间。

"你就会死！"吴越被逼问得有些紧，面带愠色地说。

苏晓芸静静地看着他，目光变得越来越柔和，像一弘清泉一般淌过吴越的脸庞。原来她脸上冷若冰霜，此刻却如同吹过一阵春风，百花盛开，鸟语花香。她轻轻地吐出这几个字："原来你关心我。"

吴越再一次愣住了，苏晓芸突然从兴师问罪到含情脉脉，让他很不适应，但是心脏却加速地跳动了几下。

"我第一次知道，原来你不想我死。"苏晓芸似乎完全忘记了此行的目的。

吴越赶紧站了起来就要走，苏晓芸却拉住了他的手，把他拉回到座位上，说："难道你不敢承认你的心里面有我吗？"

吴越又感觉到自己的心脏加速跳动了几下，可还是挣开了她的手说："还是谈谈我们的交易吧，这一次因为我的原因而失去了一个绝佳的机会，我保证下一次绝对不会再次失手。"

"难道我们之间只有这个话题吗?"苏晓芸很不甘心地问。

吴越再一次沉默，苏晓芸只好打住了这个话题，低声说道："那一天你没有动手是对的，山本根本没有去。"苏晓芸的脸上闪过一丝无奈，她也只是对方手里的一颗棋子而已。

吴越感到很震惊，山本根本没有去，这居然是一个圈套！他久久地望着苏晓芸的脸，忽然有些可怜面前这个美丽的女人。"你知道山本为什么设下这个圈套吗？他为什么会怀疑你?"

"为什么会怀疑我？亏你还问得出。我一反常态地邀请他，他疑心那么重，当然要怀疑我了。他的老奸巨滑，现在你应该有所了解了吧？要杀他绝对不能着急。"苏晓芸的语气里隐隐有些怒气。

吴越明白她的怒气是冲着他来的，因为自己急于完成任务，希望苏晓芸给他创造机会，结果反而弄巧成拙，让山本怀疑她。

"也许在这件事情上我是太急了一些。"吴越批评了自己，心里不禁有些后怕，如果那一天他开了枪，后果真是不堪设想。

沉默了一会儿，吴越分析道："既然那天我没有动手，山本应该已经解除了对你的怀疑。"

苏晓芸点了点头说："虽然山本不再怀疑我，但是我也很难再给你创造机会了。"

的确如此，要刺杀山本，以后机会就更少了。

吴越一边喝茶，一边思索着对策。他忽然想起一个人来，也许这个人可以帮助自己解决这个难题。想到这里，吴越准备离开望江茶楼。谁知苏晓芸也站了起来，拦住了他的去路。

吴越有些不耐烦地问："你想干什么?"

"你想去哪里?"

"我们俩的事情已经谈完了，我要走了。"

"真的已经谈完了吗?"苏晓芸笑了一笑，继续说，"难道在你的眼里，我是一只母夜叉，就这么讨你的嫌吗?"

吴越瞥了她一眼，不得不承认站在他面前的是一个极具魅力的女人，然而在他的心里，她的危险性远远超过了她外表的美丽迷人。吴越具有极强的理智和自我控制能力，绝对不会被她美丽的外表所迷惑。

他淡淡地笑了笑说："你是上海小姐，整个上海滩最美丽的女人，怎么会是母夜叉呢?"

苏晓芸很满意他的奉承，笑得更加迷人了，可这正是吴越对她充满戒备的地方。她可以对任何人展现自己最迷人的一面，就是要刺杀的山本，她照样可以和他谈笑风生，相处甚欢。

苏晓芸叹了一口气说道："也许今天一别，我们就很少有见面的机会了，你难道就不愿意再陪我聊一会儿?"

吴越只好重新坐了下来。此时太阳已经西斜，苏晓芸站在窗口，全身沐浴在夕阳的光辉里，全身镀上了一层金色的光芒，使她整个人变得圣洁庄严起来了。

"这是不是意味着行动由我一个人全权负责了?"吴越压抑着心头的激动，装作不经意地问道。

苏晓芸坐了下来，替吴越的茶杯里续满了水，然后说："我依然会派人和你联络。"

吴越端起茶杯掩饰着自己的失望，然后说道："我希望和我联络的不是一个女人。"

听到他话里面的讽刺与不满之意，苏晓芸不怒反而笑着说："我才不放心让女人和你联络呢，万一你看上她怎么办?"

"那你准备怎么让他与我联络?"吴越追问道。

"到时你自然就知道了。"苏晓芸留给了吴越一个谜。

"既然如此，那我就告辞了。"吴越再一次站起来准备离开。

苏晓芸也站了起来，只是这一次她没有挽留他，两人一前一后下了茶楼，往不同的方向消失在人群中。

第十五章 战场往事

吴越从死人堆里爬出来，猛烈的枪炮声早已经沉寂了不知道多久。那个时候已经是黄昏时分，晚霞染红了半边天。

山本是一个多么可怕的日本人，他活着，就意味着会有更多的中国人死去。也许是林雪儿，也许是楚天文，也许是陈一飞，也许是刘乘风。

吴越的脑海里依次浮现出这几个人的面容来，但很快这些人的面貌又模糊了，他的耳边似乎听到了震天的枪炮声、隆隆的坦克声、战友的呻吟声，他的眼里看见弥漫的硝烟、烧焦的尸体、绝望的眼睛……

吴越闭起眼睛，使劲摇了摇头，想摆脱这些幻觉。可是他发现自己做不到，那些早已经埋葬在心底的往事，忽然泛了出来，伴着尸体烧焦的味道，令他有种想作呕的感觉。

他最后的一次战斗是奉命带领一营坚守苏州河岸，阵地设在河岸的一座小土坡上。团长只命令他们坚守一天，然后等待撤退的命令。

这一天的战斗异常激烈，一直持续到了晚上才停止。然而，他并没有接到团长的撤退命令，因此他不能擅自带领一营撤离阵地。

吴越随着部队从北方战场一直退到南边，事实上他早已经厌倦了部队的撤退，他更愿意像一颗钉子一样牢牢地钉在脚下的土地上，一直到战死，那样才是一名军人的荣誉和尊严。没有等到撤退命令，反而让他抱着一种必死的决心，誓与阵地共存亡。

第二天又是激烈的阵地争夺战，日本人的炮弹几乎是倾泻在阵地上，掀起的泥土像雨一样落下来，把人的半截都埋在土里边。天地间只剩下震耳欲聋的爆炸声，压迫着每一位战士的耳神经。

日本人的疯狂意味着他们这道防线的重要性，这一天队伍损失惨重，只剩下了二百余人。

第三天清晨，阵地上笼罩着带着血腥味的白雾，吴越充满了警惕，这样的天气很难防范日本人的偷袭。

忽然，高音喇叭的声音穿透了茫茫的白雾，一个熟悉的声音传来："我是你们的团长，现在命令你们立即放下武器，向日本人投降。"

"营长，团长让我们向日本人投降。"警卫员小赵第一时间尽到了自己的责任，把这个消息告诉了吴越。

小赵的报告，让吴越证实了自己听到的声音并不是幻觉。

吴越忽然感到眼前一片漆黑，给自己下达坚守阵地命令的团长居然已经投靠了日本人。

"吴越，皇军很欣赏你的指挥才能，只要你投降，日本人绝对不会亏待你。你不是黄埔毕业，不是委员长的门生，不是待在嫡系王牌部队，不会有什么前途。我就是你的榜样，这么多年了我依然只是一名小小的团长。"阵地上一片沉寂，团长开始用起了安抚攻心战术。

这个熟悉的声音是他的团长的声音，是他军校教官的声音，是他最尊敬的人发出的声音。他不仅向日本人出卖了自己的灵魂，并且还要让他最喜爱的学生、最忠诚的部下和他一样也出卖自己的灵魂。

战场上不断的撤退虽然让吴越感到非常憋屈，但是他依然心存希望，相信总有一天可以收复失地。虽然军队中许多高级军官贪生怕死，堕落腐败，克扣军晌，但是他依然不折不扣地履行一名军人的职责。

因为还有像团长这样的军官，慷慨激昂，疾恶如仇，指挥若定，不管在课堂上，还是在战场上，都让吴越看到了军队的希望、胜利的希望、民族的希望。

可是这一声声劝他投降的声音，带走了吴越所有的希望。

这时，一名副营长、两名连长来到了他的面前。没有一个人说话，静静地等待着吴越的决定。

吴越扫视着眼前几位从土堆里爬出来的部属，此刻他们曾经合身而漂亮的军服已经破破烂烂，每一个破洞下都可以找到几处伤口，他们的脸上沾满了混杂着血液的泥土，厚厚的一层，已经看不清他们的表情了。

吴越不知道他们在想什么，继续坚守这个阵地意味着死亡，而已经投降了日本人的团长似乎给了他们一线生机。

吴越猛地掏出了枪套里的手枪，缓缓地举起来，朝着天空放了一枪。子弹撕开了浓雾的包围，呼啸着向空中飞去。

“谁要投降日本人，要么死在我的枪下，要么从我的尸体上踏过去。”

吴越冰冷的声音伴随着尖锐的枪声响彻了整个阵地，站在他面前的下属转身回到了自己的战斗岗位，凝神地盯着阵地前的浓雾。

团长劝吴越放下武器向日本人投降的声音，每隔十多分钟就会响起。吴越用刀子割下袖口上的一块布，堵住了两只耳朵。终于，外部世界安静了下来，可是他的内心却波涛汹涌。

这时候，一名侦察兵回来了，他一个晚上都守在敌方阵地前面，在死亡的阴影下坚守着自己的职责。

侦察兵向吴越报告说日本兵趁着大雾正悄悄地向自己的阵地摸过来。吴越什么都明白了，团长的喊话根本就是一个陷阱，他是为日本兵偷袭争取时间，他根本没打算让自己的部下活着离开。

就是这一刻，吴越心如死灰。

吴越命令自己的部下在中正步枪上插好刺刀，等日本兵摸到阵地前，等待他的命令跳出战壕发动攻击。

下达了命令之后，吴越趴到战壕之中，拿掉堵住耳朵的破布，将耳朵贴着战壕的侧壁上，闭着眼睛静静地聆听着。

团长的声音依然会不时地响起来，可是他再也不愿意听到他的声音，这些声音也就变得虚无缥缈起来。他现在只需要听到一种声音，那就是敌人前进的声音。

忽然，吴越猛地站了起来，一手握住已经装上了刺刀的中正步枪，挥动着手臂示意部下跟上自己。他率先跳出了战壕，向匍匐在浓雾中的日本兵发动了主动攻击。这一次，吴越带领自己的部下抢占了先机，杀了日本兵个措手不及。

太阳慢慢地升起来，浓雾渐渐地淡了，中国军人和日本兵拼刺刀的身影也渐渐地清晰起来。

这一群突袭的日本兵到死也没有弄明白，这一群被炮火轰了两天的中国军人，怎么会有勇气跳出战壕和他们短兵相接，更没有料到虽然衣冠不整，他们依然军纪严明，斗志昂扬，从三个方向围了上来打了一个漂亮的包围歼灭战。

当吴越从最后一名日本兵的胸膛拔出刺刀的时候，太阳已经把浓雾全部蒸融了。然而这已经是他们最后一次胜利，没有等待多久，疯狂的日本人再一次将大量的炮弹倾泻在吴越坚守的阵地上。

炮弹在吴越身边爆炸的时候，他正握着阵地上最后一挺重型机枪，对着蚂蚁般涌上来的日本兵全力扫射，一股强大的冲击力将他掀翻，倒在了战壕当中，昏死了过去。

当他醒来的时候，他吃力地推开重重地压在自己身上的两具尸体，大口大口地喘着粗气。其中一具尸体早已经面目不清了，另一具尸体是他的警卫员小赵，一个爱说爱笑刚满十八岁的孩子，吴越看到他的脸上仍凝固着紧张而吃力的表情。

吴越从死人堆里爬出来的时候，猛烈的枪炮声早已经沉寂了不知道多久。那个时候已经是黄昏时分，晚霞染红了半边天。想到这里，吴越抬头看了看天上，夕阳的余辉即将被黑暗所吞没了。那一次战斗以后，他再也没有看到过像那天一样红得诡异的云朵，仿佛抹上了鲜血……

吴越轻轻地拍了拍自己有些疼痛的额头，不愿意继续想下去了。他加快了脚步，匆匆往行知书店的方向走去。

第十六章 寻求帮助

“组织纪律就是敌人进攻时让部下坚守阵地，长官逃之夭夭？组织纪律就是士兵们在战场上浴血拼杀，当官的却在后方莺歌燕舞？组织纪律就是让自己的长官出卖自己？”

吴越来到行知书店的时候，天已经完全黑了下来。那天和苏晓芸在茶楼一谈，倒是让他想到了老秦。也许老秦能帮到他。

老秦看到他显然很惊讶，因为他不应该再出现在这里，他有更重要的事情要去做。

老秦朝吴越来的方向看了几眼，发现并没有人注意到吴越。事实上，白天他倒可以光明正大地来书店，晚上来反而让人怀疑。

“放心吧，没有人跟着我。”见老秦小心谨慎，吴越忙说。

老秦把吴越让进屋子里后，语气似乎有些不高兴地说道：“你现在来这里干什么？有什么需要我自然会找你。”

“我想杀一个人，需要你的帮助。”吴越没有废话，直截了当地说明了自己的来意。

老秦提醒道：“你不要忘记了，你现在的任务是什么！”

“如果我要杀的那个人也是你的心腹大患，难道你没兴趣知道？”吴越继续试探道。

“我没有兴趣知道。”老秦再一次拒绝了吴越，然后提醒他说，“我要你立即停止自己的计划，不然后果非常严重。”

“你是因为楚天文而不同意?”吴越反问道。

老秦终于忍不住拍着桌子说：“你知道此时此刻有多少黑帮和特务在盯着他吗? 在这样危险的环境下你居然要去杀人，你到底是想保护他还是想引起敌人的注意? 你知道不知道这样做会让你们身处险境?”

这是他第一次看到老秦发火，却笑着说道：“如果你不信任我的能力，你就不应该让我去保护楚天文。既然我能够接下这个任务，我就相信自己能让他安然无恙。”

老秦摇着头低声说：“你太相信自己的能力了，你也太低估上海的危险了。虽说租界现在还在英美两国的手上，可是日本人说进攻就进攻，现在是上海最复杂的时候，任何轻举妄动都可能造成不可估量的损失。”

“你和楚天文是一路人!”吴越终于确信了这一点，并且情不自禁地说了出来。

他原以为老秦会有很大的反应，谁知老秦非常平静地说：“我相信你也会和我们成为一路人。”

吴越摇摇头说：“我接受你的任务，只是为了酬劳和出于对你的尊重。我们走的道路有的时候会有交叉，但绝不会重叠到一起，我不会走你们的道，我只走自己的路，比如说我一定要去杀山本，即使你不找人帮忙，也阻止不了我。”

老秦沉着脸说：“你现在表现得没有一点儿组织纪律观念，的确不适合我们的队伍。”

老秦的话让吴越想起了自己在军队中的所见所闻，他情不自禁地说：“组织纪律就是敌人进攻时让部下坚守阵地，长官逃之夭夭? 组织纪律就是士兵在战场上浴血拼杀，当官的却在后方莺歌燕舞? 组织纪律就是让自己的长官出卖自己?”

“看来你胸中的热血没有完全冷却凝固。”老秦听了吴越的话后反而有些高兴起来，“不过你说的是你们的队伍，你的愤怒代表你心中还存有责任和正义，我更加相信你会加入我们的队伍，和我们走到一条路上来。”

吴越猛地站了起来，盯着老秦的眼睛耐心地说：“原来我还对你们抱有一丝希望，你们的人曾经创造出了长征这样的奇迹，据说只装备着土枪土炮却敢和日本人打硬仗，可是今天你却给我泼了一盆冷水。”

对于吴越的结论，老秦感到很震惊，如果每一个地下组织成员都擅自采取行动，无论如何是无法在恐怖的敌我斗争中生存下去的，更不用说完成自己的任务了。

想到这儿，老秦耐心地解释道：“我们是创造了奇迹，可是你知道我们创造奇迹的原因在哪里吗？因为我们是一群有信仰的人，也是一群有着严格组织纪律观念的人。中国为什么会处处受人欺负？中国为什么会四分五裂？那是因为我们还是一盘散沙，我们不懂得团结，我们没有拧成一股绳！”

这些话，也许压在老秦心底太久了，因为他根本没有机会对旁人说。当他一口气说出来的时候，他的声音情不自禁地提高了许多。因为激动，他的眼睛里还闪着点点的泪花，使他原来没有任何表情的脸，忽然间有了生气。

吴越这才发现，原来老秦并不是他一直认为的那种没有任何感情的人，只是他的感情埋藏得比别人更深一些。老秦的话让他感动了一下，不过一想到自己的团长，他的话比老秦说的更加美丽、更加动听，可是转眼之间就成了汉奸。

吴越深深地吸了几口气，他明白自己此刻需要先平静一下，不能和老秦争吵，情绪过于激动反而难以和老秦说清楚刺杀山本的重要意义。

他只希望老秦能给他一些帮助，至少可以替他找几个帮手。

老秦看了吴越一眼，似乎猜透了他的心思，耐着性子解释道：“刺杀山本，的确非常应该，他一个人就抵得上几个师甚至几个军的价值，但现在还不是刺杀他的时机，我们不会为了消灭一个敌人而让整个组织面临危险。”

“只要你们能派出几个可靠的人协助我，我相信我可以杀了他。”

老秦摇了摇头说：“世上没有任何万无一失的事情。”

“就算不能万无一失，总还有九成的把握。”吴越强调道。

老秦没有说话，他是用沉默来否定吴越的想法。

吴越继续说服道：“想当年你们的长征，难道出发前已经明确有十足成功的把握了吗？没有！你们长征完全是被迫的，可结果却创造了一个奇迹！如果都要像你说的一样，要等到百分之百的把握再行动，估计你们早已经被消灭在井岗山了。你们已经越来越强大，原因在哪里？是敢闯敢打敢拼的精神，这是你们身上一种独特的气质！”

吴越一口气将胸中的感情倾泻而出，老秦正想说什么，忽然一个声音从身后传来："说的好，说的让人热血沸腾。"

进来的人居然是楚天文，他进来后先给自己倒了一杯茶，咕咚咕咚地一饮而尽，又在屋子里踱了一圈，这才缓缓地说："山本的存在，让我们在上海的地下组织遭到了严重的破坏，幸存的组织也面临很大的威胁。最棘手的是，他在上海收集到的情报对抗日战场上军队作战的影响非常大。山本的确是一个心腹大患，可是万一刺杀不成功，也许我们的组织就会完全暴露，损失不可估量。"

吴越是了解楚天文的，经过一段时间的接触，知道他头脑冷静，做事力求完美，没有十足的把握决不动手。他其实心里也明白像老秦和楚天文这样的人，之所以能够在如此恐怖恶劣的环境下生存发展，靠的就是严密的组织性和纪律性。从某种意义上来说，他们最需要具备的素质就是忍耐力，这样才能冷静地做好自己的那份工作。如果任何事情都想出面搞定，那样是非常危险的。

可是纵然如此，吴越也并不打算放弃自己的计划，因为他认为自己跟他们并不是一路人，因此不需要遵循他们的行动法则，也不需要遵守他们的组织纪律。想到这儿，吴越开口讲道："今天的谈话只有我们三个人知道，我就是死也会为你们保守秘密，但是刺杀山本的事情我还是要去做。"

"你现在肩负着保护他的任务，我不允许你这样做。"老秦再一次重申了自己的立场。

吴越嘴角微微一翘说："我是一名杀手，我既然已经接了这个任务，就必须完成。"

"如果你现在依然把自己当成一名杀手的话，我要提醒你杀手也有杀手的职业道德，你现在已经有任务了，你必须完成这个任务后再去完成其他任务。"老秦的眼睛盯住了吴越。

"刺杀山本是我早已经接下来的任务，比保护他要早。"吴越没有避开老秦的目光，反而挑衅地看着他。

两人谁也说服不了谁，空气中弥漫着紧张的气氛。这是吴越没有想到的，原以为由他出面刺杀山本，请他们的人做一些辅助性的工作，他们肯定会答应的，没有想到会是这样一个结果，他有些不甘心。

楚天文看着倔强的吴越，眼神坚定地说："这件事情并非不能去做，但是行动之前必须有上级的命令，请给我们几天时间让我请示上级。”

吴越点点头，仍然坚持自己的想法：“不管你们有没有给我一个肯定的答复，我都会去做这一件事情。”

说完这句话，吴越起身离开了行知书店，他知道自己再说什么也没有用，因为老秦和楚天文都不可能对他做出什么承诺，而且他也明白楚天文这么晚来书店，肯定有什么事情要和老秦商量，而这些事情他没有权利知道。

正如他所料，老秦和楚天文并没有挽留他。

第十七章 宴会上的谋杀

突然，“砰、砰、砰”连续三声枪响毫无预兆地响起，击碎了现场热烈的气氛。鲜红的血液从陈其深的胸口和后背喷溅而出，接着他瞪大了眼睛缓缓地倒了下去。

这一天，吴越坐着人力黄包车去陈其深家里参加宴会，突然一个赤着脚的小男孩穿过人流，拦住了他们的车子，将一封信塞到他的手里后就跑开了。

吴越疑惑地打开信封，信里只有短短的几个字：勿去陈府赴宴。

这封信没有署名，也没有说明任何原因，吴越盯着这几个字想了一会儿，依然一头雾水。到底是谁在提醒自己？宴会上会发生什么事情？为什么只写这么几个字？

吴越坐在人力车上想了一会儿，没有任何头绪。他慢慢地将信撕成了碎片，然后把手掌在风中缓缓地张开，看着纸屑顺着风从他的手上飘走。四散的纸屑飞到各个角落，没有人会注意到。

吴越没有因为这封信而让人力车夫停下车子，这个宴会完全是为筹款而举行的，即使真的有什么危险，他也必须前往。

陈府门前已经非常热闹了，门外人来人往。吴越先是站在远处观望了一番，发现门外有许多巡捕房的警察。陈其深这样的富商，和警界肯定有千丝万缕的联系，不然的话他也很难在上海立足。在这样重要的宴会上，他动用个人关系让警局派些人帮助维持秩序，也是可以理解的。

大门也是由警察把守的，吴越走到门口递上邀请函后，警察向他敬了礼却没有立即放行，而是提出要检查一下。吴越淡淡一笑，微微抬起双臂让其检查，另一名警察马上上前仔细地从上到下搜查了一遍，没有发现异常，这才对吴越敬了个礼，让他进了大门。

大厅里已经是高朋满座，男的衣冠楚楚，女的美艳动人。陈其深很快就发现了吴越，笑容满面地走过来握住他的手说："吴先生再次光临寒舍，真令我处蓬荜生辉啊。"

客人见陈其深对吴越如此热情，纷纷投来好奇的目光。吴越淡淡一笑说："陈先生客气了，今天有幸得到您的邀请，才是三生有幸啊。"

说完客套话后，陈其深拉住吴越的手大声地向来宾介绍道："这位是犬子的挚友吴越先生，堪称青年才俊。"

众人纷纷上来打招呼，吴越也一直面带微笑地和他们握手。杀手的面容并不一定要是冷峻的。

"我们又见面了。"一个身影忽然出现在吴越的面前，竟是丁二爷。

吴越有些惊讶，他的脑海里一下子就浮现出那六个字：勿去陈府赴宴。吴越礼节性地冲他笑了笑，然后不动声色地观察起周围的一切。丁二爷出现在这里，对他而言不是一件好事情，看来今天晚上的宴会将会很复杂，也许那封不要让他前来赴宴的信就和丁二爷有关。

丁二爷见吴越对他爱搭不理，便继续搭话道："没想到老弟既认识刘乘风那样著名的戏剧大师，还认识陈先生这样的沪上富商，之前真是失敬。"

"不知丁二爷有何指教?"吴越不想和他过多地纠缠，客气的语气中带着一种冷淡。

这个时候，一个穿着警服的中年男人走了过来，倒替吴越解了围。他一边向吴越伸出右手，一边问道："不知吴先生从事何种事业?我在租界干了二十多年警察，怎么没听过先生的名字呢?"

吴越没有回答他的问题，而是笑呵呵地问道："您贵姓?"

"我姓王名长林，现在的职位是督察。"他的语气有些骄傲。

吴越瞥了一眼他肩头的警徽，淡淡一笑说："我来上海不太久，王督察怎么可能知道我这号人物呢！"

谁知王督察不依不饶，追问道："吴先生从何处而来?"

“杭州。”

“据说那边匪患猖獗，不知道是否属实啊?”王督察继续追问。

吴越的脸色依然平静，他已经意识到来者不善，于是回答说：“匪患倒还好了，可是有些人比土匪还要狠。”

王督察不解，继续问道：“还能有谁能比土匪还要猖獗?”

“土匪只不过迫于生计罢了，王督察难道没听过老百姓经常说的一句话吗?”吴越故作神秘地淡淡一笑道。

“什么话?”王督察似乎很有兴趣。

“匪来如梳，兵来如篦，官来如剃。”吴越像是背书一样，不动声色地说出了这句话。

王督察这才反应过来，吴越口中所说的比土匪还要厉害的正是政府部门的当权者，自然也包括警察在内。王督察的脸不禁微微颤动了几下，然后又大声地笑起来说：“不知道吴先生是真糊涂还是假糊涂，我所说的匪可不是打家劫舍的一般土匪，而是共匪。”

吴越脸一沉道：“现在两党已经合作了，你这样称呼共产党恐怕不妥吧?”

王督察又是哈哈一笑道：“什么两党合作，全都是欺骗老百姓的玩意儿，吴先生不会也真地认为两党会相安无事吧?”

“至于是真合作还是假合作，那是他们的事，我今天是来赴宴看热闹的。”

“今天的热闹是好看，可如果吴先生不讲清楚自己的身份，恐怕今天的热闹轮不到你看。”他的眼里寒光一闪。

吴越的心头一惊，果然是来者不善。他望了一眼陈其深，只见他正远远地看着自己。“你对我的身份有疑问?”吴越笑着瞥了他一眼，然后继续说道，“我想陈先生不会糊涂到邀请一个可疑分子参加这样的私人宴会吧?”

王督察也笑着说：“我的职业让我对每一个人都保持着应有的警惕，特别是我不熟悉的人。”

吴越哈哈一笑道：“没想到王督察时时刻刻谨记自己的使命，如此敬业也确实让我敬佩。”

也许是吴越的“马屁”拍得恰到好处，王督察脸上也显出几分得意来，语气也软了不少：“其实照理来说，陈先生请来的客人自然是不会出错的，可是我王某人不仅是他的朋友，同时还维护这块区域的治安，自然不敢懈怠。”

这时候，陈其深已走到了大厅的中间，他举起杯子，清了清嗓子说：“各位朋友，今天我陈某人能请到诸位到场，真的是三生有幸，我先敬大家一杯。”

陈其深端起酒杯，将杯中的酒一饮而尽后继续说道：“俗话说国家兴亡，匹夫有责，现在我们国家处于生死存亡的时刻，上海也成了一个孤岛，如果我们这些商界的朋友们不站出来贡献一份自己的力量，那么我们做亡国奴的日子也不远了。不瞒大家说，今天我陈某人邀请大家在寒舍一聚，就是希望大家向前线踊跃捐款捐物。作为此次活动的发起人，我捐20万大洋！”

陈其深的话语刚刚落地，就激起了一阵疾风暴雨般的掌声，呼喊声如同潮水般涌入吴越的耳朵。

“我捐3万！”

“我捐5万！”

“我捐10万！”

……

不断有人呼喊着自己要捐款的数额，宴会的气氛被推向了高潮，吴越的心中涌起了一股久违的感动之情。

突然，“砰、砰、砰”连续三声枪响毫无预兆地响起，击碎了现场热烈的气氛。

鲜红的血液从陈其深的胸口和后背喷溅而出，接着他瞪大了眼睛缓缓地倒了下去。

突如其来的枪击和死亡，让场面一下子就混乱了起来，有人战战兢兢钻到了桌子底下，有人则不顾一切往门口飞奔而去，大厅里顿时充斥着人们的惊声尖叫。

在这一片混乱之中，吴越分辨出了开枪的方向，甚至捕捉到了开枪者的身影，可是由于场面过于混乱，他无法迅速地追过去。情急之下，吴越大喊一声：“大家都趴下！”

可是吴越并没有如愿，他的喊声没有起到任何作用，与此同时，冷冰冰的枪口已经抵在了他的脑袋上，接着王督察冷冰冰的声音传到他的耳朵里：“你和同伴杀了陈先生，你还能逃得了吗？”

吴越看了一眼站在不远处的丁二爷和用枪抵着自己脑袋的王督察，终于明白了王督察为何寸步不离地守在他的身边，原来这是一个阴谋，就为了确保在陈其深死亡的这一刻会有一把枪抵在他的脑袋上。

吴越想起了那封信，原来写信的人让他不要参加宴会，就是因为有人会谋杀陈其深，而他则成了凶手的同伙和替罪羊。

王督察见吴越脸色平静，没有任何反应，便得意洋洋地说："我们警局早就知道你是个杀手，没想到你竟然能骗取陈先生的信任，更没想到你竟然大胆到在本督察面前行凶杀人，是可忍孰不可忍，你完全不配做一名中国人。"

吴越转过身来，直视着他的眼睛，轻蔑一笑道："欲加之罪，何患无辞?还是请你不要在我面前提起'中国人'这个词，因为你根本就不配。"

吴越明白，他落入了一个精心策划的圈套之中，此刻想要逃出去，已经不大可能，原本担任宴会守卫工作的警察已经非常迅速地冲了过来，十多只枪一齐瞄准了他。

即使他现在有逃出去的机会，他也不能这样做，这样做了就相当于承认自己是杀人凶手，他绝对不会承担这个莫须有的罪名。

吴越用凌厉的目光扫视了一圈后，发现很多人都惊恐地看着他，他想说点什么，可是他知道说什么也没有用，干脆闭上了自己的嘴巴。他想看看陈其深受伤的情况，可刚往陈其深倒地的方向迈了一步，王督察就警告道："再往前一步，我就要了你的命。"

吴越似乎根本没有听到王督察的话，又往前走了一步，王督察却没有开枪。正如吴越心里猜想的，今天王督察并不会要他的命。于是他慢慢地走到陈其深的身边，十几名警察的枪口也随着他的移动而移动着，不敢懈怠。

吴越朝陈其深的尸体恭恭敬敬地鞠了三个躬，他的内心一片忧伤。刚刚准备为国家做一点事情，就发生了这样的事情。他忽然想到了那一天战场上迷蒙的大雾，他觉得自己又将迷失方向。

一个女人哭喊着冲了过来，趴在陈其深的身上撕心裂肺地大哭着，一边哭一边大声喊着："我们的儿子现在下落不明，你怎么就走了啊?"

她是陈其深的夫人，陈一飞的母亲。

吴越望着悲恸不已的女人轻轻地说："对不起，我会为陈先生报仇的。"

女人却只说了一个字："滚!"在她的眼里，吴越就是真正的凶手。

哭声撕心裂肺，吴越默默地从陈其深的身边走开。忽然一支酒瓶子不知道从哪里飞了过来，吴越没有躲避，坚硬的酒瓶直愣愣地砸到他的额头上，伴随着酒瓶碎裂的声音，他的额头上渗出了一颗颗血珠。酒精和血液混合在一起流到伤口，让他感到一阵又一阵的刺痛。

众人受到了启发，一个接一个的酒瓶子向吴越飞了过来。疼痛对他来说算不上什么，他宁愿用这种肉体上的痛苦减轻心中强烈的耻辱感。陈其深不是他杀的，但所有人都认为他是凶手。今天的宴会本来是筹钱抗日，而他在别人的眼里却成了汉奸、卖国贼。

“爹！”又一个凄厉的声音响了起来。

这个熟悉的声音让吴越感到头皮一阵发麻，他循着声音传来的方向望去，只见陈一飞一脸悲痛地冲了进来，跟在他的身后的正是一脸焦急的林雪儿和楚天秀。

吴越心中有了一种针刺般疼痛的感觉，因为陈一飞跑过他身边的时候，根本没有看他一眼。他心里很清楚，陈一飞已经把他看成了杀父凶手。

陈一飞扑到了陈其深身上，和他的母亲一样嚎啕大哭，一时间整个大厅里面回荡着这对母子的哭声，甚至连警察也沉浸在这悲痛的场景中似的，并不上前来催促吴越。

吴越一直独来独往，可是直到这一刻他才明白了“孤独”真正的含义。孤独并不是自己把自己封闭起来，不是自己和世间切断任何关系，而是没有人肯接纳自己。他孤独地站着，因为他被所有人唾弃。

可是，林雪儿却慢慢地走到了他的身边。她没有说一句话，只是掏出一块洁白的手绢，轻轻地擦去他额头上的血迹。她关切而专注的眼神让吴越的心中涌上一股暖意来。她用自己的行动告诉吴越，这屋子里的其他人和她没有任何的关系，她的眼里只有吴越。

吴越惊讶于林雪儿坚定地站在他这一边。因为即使是楚天秀从他身边走过去的时候，眼神里也充满了憎恶之情，似乎他真的就是恶魔。

吴越看着林雪儿的眼睛说：“你不应该回来的。”

林雪儿的眼里竟然有了隐隐的泪花，吴越忽然有种冲动要将她抱在怀中，她实在是太脆弱了，她需要有一个人来保护。

可是吴越清楚，自己并不是这个人，自己随时都会丧命，而此刻又被安上了杀人凶手的罪名。

吴越望着陈一飞不断颤动的肩膀，心里忽然产生了一种深深的负罪感，陈其深虽然不是他所杀，可是如果他不出现在陈其深的家中，陈其深就不会举办这样一个宴会，也不会丧命。

他向陈一飞缓缓地靠过去，围在他身边的几名警察神情警惕地注视着他的一举一动，生怕他做出什么可怕的事情来。

王督察再一次警告他说：“只要你再往前移动一步，我手中的枪就要了你的命。”

吴越没有理会，继续往前移动脚步，只听“砰”的一声枪响，王督察果真往空中放了一枪。

骤然响起的枪声让所有的人都安静了下来，然而吴越还是向前走了几步。

猛然响起的枪声让林雪儿吓了一大跳，她的身体猛烈地颤动了一下，脸色瞬间苍白了。当她发现吴越并没有受到枪击时，便迅速靠在吴越的身边，用身体替他拦住了王督察的枪口。

吴越低头看了一眼比自己矮一个头的林雪儿，轻轻地说：“你离开这儿，这里很危险。”

可是林雪儿只是紧紧地咬了咬嘴唇，似乎没有听到吴越的话，反而靠得更紧了。

吴越皱了皱眉头，没有继续再往前走，他不忍心让一位柔弱的姑娘为他担惊受怕。站定之后，他对陈一飞说道：“你一回家就见到这样的场面，我只能说很遗憾。”

陈一飞慢慢地站起来，然后缓缓地转过身，眼睛直直地盯着吴越。

就是这么一会儿的时间，他的双眼已经变得红肿，里面布满血丝。他愤怒地对警察大声吼道：“你们怎么还不把他带走?”

楚天秀走到了陈一飞的身边，和他并肩站着。她有些红肿的眼睛也盯着吴越的脸，几乎咬牙切齿地喊道：“真没有想到你居然做出这种事情，我和哥哥都看错了你。”说完这句话，她拉住林雪儿的手说：“雪儿，我们离他远一点。”

吴越却感觉到林雪儿把他的手臂抓得更紧了，于是他伸出手，想用力掰开林雪儿紧紧缠绕着他胳膊的两只手。可是他不知道一个如此柔弱的姑娘，此时的手劲居然如此之大，不论他如何用力，她就是不放开。

吴越于是沉下脸来说：“快放开我。”

林雪儿咬着牙说：“你不是杀人凶手。”

吴越有种想流泪的冲动，在这里的所有人中，也许只有她相信自己的清白。他苦笑道：“这是一个颠倒黑白的时代，什么事情都讲不清楚、说不明白，你说我不是凶手又有什么用?”

听到这句话后，陈一飞的眼睛在吴越的脸上停留了几秒钟后说："原来我以为我们可以并肩作战，没想到你竟然……"陈一飞没有继续说下去，然而吴越明白他的那种遗憾。

吴越平静地说道："我不渴望这个社会能还我一个清白，但是我依然要告诉你，杀你父亲的凶手此刻正躲在某个阴暗的角落里得意自己干得漂亮。"

第十八章
牢狱之灾

吴越的胸口猛然传来一阵剧烈的疼痛，几声“哧哧”的声音之后，他的鼻子闻到了自己皮肉被烧焦的味道。

这是一间阴暗的牢房，潮湿、阴冷，笼罩着沉重的死亡气息。

吴越被高高地吊了起来，身上的衣服已经破碎得不成样子，裸露的身躯上遍布着一条又一条的鞭痕，特别是曾经结实宽厚的胸膛上面，三块烙印分外刺眼。

吴越的脑袋一片混沌，忽然一盆刺骨的冷水从他的头顶直冲而下。他努力睁开沉重的眼皮，模模糊糊地看到一团熊熊燃烧的火焰，一名警察正观察着火中的烙铁，准备再一次往吴越身上招呼。

王督察见吴越慢慢地醒过来，不知道第几遍重复着他的问题：“你的同伙还有谁？只要你说出来就不用再忍受这些痛苦了。”

吴越冷冷地望了他一眼，轻蔑地哼了一声，依然没有说一句话。经过一天的审讯，吴越已经很清楚王督察的目的，他是绝对不会对他说一个字的。

“我倒要看看到底是你的骨头硬，还是我的烙铁硬。”王督察咬牙切齿地丢下一句话。

一名警察不等吩咐，已经从火炉中钳起了一块被烧得通红的烙铁逼近吴越，不断在吴越的眼前晃动着、恐吓着。

吴越斜着脑袋看着离自己越来越近的通红的铁块，滚烫的气息直逼过来，一直到他感觉眼睛已经被红色所填满的时候，胸口猛然传来一阵剧烈的疼痛，几声“哧哧”的声音之后，他的鼻子闻到了自己皮肉被烧焦的味道。

这已经是第四次了，烙铁在吴越的胸口留下了四个烧焦的伤口。

然而这一次吴越没有昏过去，疼痛的感觉反而让他的神经异常清醒。当热量全部转移给吴越时，烙铁已经不再是赤红色，冒着一阵白烟被移开了。

王督察逼视着吴越的眼睛几乎是吼着说：“你到底说还是不说?”

吴越竟然笑了，虽然他的声音不是很大，甚至还带着沙哑，可是王督察还是被他的笑声吓得退后一步，一脸震惊地望着他。

他从来没有见过吴越这样的人，经受了那么多的苦刑依然笑得出来。

吴越努力睁开迷糊的眼睛不屑地说道：“在战场上，敌人的炮弹就在我们的身边爆炸，我们全身经常被烈火包围，你以为区区一块烧红的铁片就可以对付我?”

没想到经受了那么多酷刑之后，吴越居然还敢挑战自己的权威，王督察气急败坏地说：“既然你的嘴巴那么硬，我就让你体会体会生不如死的滋味。”

王督察命令手下把吴越绑在一根黝黑的柱子上，然后用一根长长的锡管缠绕住吴越的身躯，他又在玩新的花样了。

王督察提着一罐滚烫的开水走到吴越的面前说：“这是一种古老的刑罚，叫做过龙山。”

吴越冷哼一声，王督察见他没有屈服，便往锡管的口子里倒了点开水。滚烫的开水顺着锡管流遍吴越的全身，刺激着他的每一根神经。

王督察停下手来，一边招呼手下过来，一边说：“他们会不间断地往锡管里添加热水，那会是什么滋味，不用我提醒你了吧?”

吴越深深吸了一口气，冷笑一声说道：“我觉得这个刑罚的名字要改成‘水深火热’更加恰当。这就像我们的生活，每天处于水深火热当中，既然每天都生活在刑罚当中，又有什么可怕的?”

“你!”王督察的脸都气白了，大声地对手下吼道：“给我往锡管里面灌水!”

滚烫的水从这上面的开口进去，沿着锡管绕着吴越伤痕累累的身躯流遍了全身，从另一头流出来的时候，依然是滚烫的。疼痛的感觉遍布了吴越全身的每一寸肌肤，更可怕的是，不用多长时间，他全身的皮肤都会被烫熟。

巨大的痛楚，生不如死的滋味，吴越的牙齿不由控制地颤动起来，额头上的青筋似乎要爆裂开了一样突突地剧烈跳动着，黄豆大小的汗珠连续不断地从额头滚落。吴越紧紧咬住嘴唇硬挺着，没有发出任何的惨叫声。

吴越的意识逐渐模糊了，眼前看到的东西也越来越不清晰，可是他的心里不断重复着一个声音：绝对不能屈服，就算死也要站着死！

不知道过了多长时间，负责往锡管里灌水的警察已经累得举不起水壶，吴越依然紧咬着牙关没有发出一点儿声音。

王督察脸色铁青，恶狠狠地说："那我就让你尝尝'水落石出'的滋味。"

"水落石出"也是中国古代的一种酷刑。用水不断灌进受刑者的肚子，使受刑者肚胀如鼓后，仍然要不停地灌注，并不时地用脚猛踩受刑者，使其呕吐，接着再灌。反复几次之后，受刑者将七窍流水，痛苦难忍，精神完全崩溃。

王督察的愿望又落空了，尽管这个刑罚的名称叫做"水落石出"，可是吴越直到几乎把肠子都吐出来的时候，他依然没有听到吴越吐出他希望得到的答案。

吴越就像是一块坚硬的石头，不管王督察对他使用何种酷刑，都没有让王督察得逞。这种气势让王督察最终不得不暂时放弃，将吴越关入了牢房。

吴越靠在冰冷潮湿的墙壁上，迷迷糊糊之中，忽然感觉到了一种熟悉而亲切的气息。他慢慢地抬起头来，一边抬头一边努力地让自己的脸上呈现出一个笑容来，因为他意识到站在铁窗外面的是林雪儿，他不能让柔弱的林雪儿为自己难过。

可是，受过苦刑的他注定无法在脸上绽放出一个迷人的笑容来。

隔着冰冷的铁门，林雪儿看到吴越的双手双脚被铁链锁着，浑身到处是伤痕，整个人奄奄一息，已经处于死亡的边缘。林雪儿的泪水瞬间涌出了眼眶，像一颗颗珍珠一样碎了一地，令吴越的心中一阵刺痛。

她只有五分钟的探视时间，为了这短短的几分钟，她花掉了身上所有的钱。

吴越努力提高声音吼道，可是声音依然气若游丝："赶紧离开这儿，这里不适合你来。"

林雪儿使劲地摇着头，眼泪就像一条小河一样流淌不止。

其实吴越很清楚，她无论如何都不会听自己的话离开这里。只是他从来没有想到，看上去如此柔弱的姑娘竟然是这么倔强。而且让吴越感到担心的是，她来到此处之后，他们能够让她离开吗?

他轻轻地叹了一口气，吃力地说："现在和我扯上关系的人都不会有好下场的，你为什么还要来?"

林雪儿擦去了脸上的泪，努力挤出一个笑容来："我的命是你救的，你就要对我负责到底。"

吴越望着她，此刻她的笑容就像盛开的花儿一样纯洁美丽，而泪珠就像花朵上的露珠。多么好的一位姑娘啊，吴越情不自禁地在心里感叹道。可是如果像林雪儿这样单纯美好的姑娘因为自己而受到牵连拖累，那自己的罪孽无论如何也无法洗清了。

想到这里，吴越的心里更加不安，自己身陷牢狱，已经没有多少希望出去了，他绝对不能连累这位可怜的姑娘。

吴越用尽全身的力气对林雪儿大声喊道："你给我赶紧走，我是一个杀人凶手，根本不值得你同情，我也不需要你的同情。"

"你不是杀人凶手，陈先生不是你杀的。"林雪儿也大声地说道。

望着林雪儿坚定的眼神，吴越一边咳嗽一边笑着，把眼泪都笑了出来："我不是杀人凶手? 你去问问陈一飞，我是不是一名杀手！告诉你，我就是一名冷血的杀手!"

刹那间的寂静如毒蛇一样噬咬着吴越的心，他不知道为什么，为什么对林雪儿说出了自己的真实身份会让自己心如刀割。他把目光从林雪儿的脸上移开，忽然害怕再看到她苍白得几乎失去了血色的面容。

可是很快，林雪儿又恢复了正常的神色，她用一种低沉而坚定的声音说道："你是什么样的人又有什么关系? 我的人是你救的，我这一辈子就要跟着你。"

"疯子，你是疯子。"吴越不管全身疼痛的肌肉，颤抖起来。

听着吴越的怒骂，林雪儿的脸上居然露出了笑容，笑得那么镇定，笑得那么坚决，笑得那么义无反顾。

"我给你唱一首歌吧。"一阵沉默之后，她轻轻地说道。

很快，林雪儿婉转动人的声音响了起来。她的声音如同一缕清风拂过吴越浑身疼痛的身躯，抚慰着他冰冷坚硬的心灵。

听着舒缓而动人的歌声，吴越竟然闭上了眼睛，他忽然觉得自己回到了从前，轻轻地靠在一棵杨柳树下，微风拂面，春暖花开。

一曲终了，吴越慢慢睁开了眼睛，林雪儿眼角依然带着点点泪痕，正朝着他微微笑着。

他在心里轻轻地呼喊她的名字，不知道此刻怎样才能将她从自己的身边赶走，他不想让无辜的她因为自己担惊受怕，更不愿意她本来已经很悲惨的人生再遭遇不幸。

杀手只能冷血，绝对不能动感情，此刻他更加深刻地体会到了这个法则的含义，如果不是因为自己动了恻隐之心救了林雪儿，此刻林雪儿也不会因为他而遭受苦难。

他从来没有想到，曾经那么柔弱的姑娘竟然变得这么坚决，她柔柔的声音已经击穿了吴越心中最柔软的那块地方。正是因为如此，吴越更应该赶紧让她离开自己。而要让她离开，只能更加冷酷无情。

想到这里，吴越狠下心肠说："其实我的心里只有苏晓芸一个人，请你把我将要死的消息告诉她，我希望我死的时候有她陪在我的身边。"

说完这句话后，吴越默默地看着她。原以为她会哭着走开，可是她不仅没有哭，反而露出一个笑容，然后坚定地说："我一定把你的愿望告诉她。"

说完之后，她非常不舍地转过身，离开了关押吴越的牢房。

看着林雪儿的身影渐渐地消失在视野之外，吴越的眼泪不禁一颗一颗落了下来，他的内心一片悲伤。

吴越忽然仰起头来，对着冰冷坚固的牢房用力地怒吼着，拼命拉扯着锁住双手的两条铁链，他的心中已经积压了太多的情绪，他渴望来一次痛痛快快的发泄。

他的行为很快惊动了外面的看守，两名警察匆匆地跑进来，看到吴越的身体不断地挣扎的时候，其中一个警察拿起鞭子，不由分说地往他的身上抽打过去，沾着血迹的衣服碎片在狭小的牢房中飞扬起来。

吴越大喊一声，怒睁着一双血红的眼睛盯着拿着鞭子的警察。

警察被突如其来的喊声吓了一跳，紧紧握住鞭子往后退了两步，警惕地望着吴越，似乎他即将挣断铁链，像匹恶狼一样扑上来。

吴越怒吼："你去把王督察叫来，我有话跟他说。"

"算你识时务。"警察松了一口气，把手中的鞭子往凳子上一扔，对另一名警察说，"你好好地看着他，我去叫王督察。"

不一会儿，牢房外面响起了一阵皮靴的声音。吴越睁开眼睛的时候，刚好看到王督察跨进了牢房。王督察满面春风，肥胖的脸上泛出一圈红晕来。

他在吴越的身前来回走了两圈后，停在吴越的面前。幽暗的灯光照在他宽阔的后背上，一个巨大的阴影投射在了吴越的脸上，掩盖了吴越的表情。

王督察阴阳怪气地说："早知道如此，何必要受这么多苦呢。你早一点说出来，我也会让你走得痛快一点。"

"你希望我怎么说？"吴越问道。

"共产党派你刺杀了陈其深。"王督察丝毫没有掩饰他的意图。

吴越终于明白了，原来王督察想把此事嫁祸给共产党。那么他这么做到底有什么意图？他真实的身份到底是什么？

吴越抬头看了看王督察那张得意洋洋、志在必得的脸，忽然笑了起来。

"你笑什么？"听到吴越的笑，王督察有些吃惊。

"打得好一个如意算盘。"吴越依然笑着说。王督察这一招果然阴险，不仅破坏了国共两党合作的局面，而且挑起了国共两党的矛盾。两党产生摩擦，对谁有好处呢？能从中渔利的，无非就是日本人。日本人既然能够控制租界的黑帮势力，自然也可以控制租界的警察势力。

"只要你答应我的条件，我可以满足你的任何要求。"王督察利诱道。

"如果我要10万大洋和一张去美国的船票呢？"吴越想了一会儿提出了他的条件。

他的狮子大开口反而让王督察一惊，不过他很快露出了笑容："钱不是问题，只要你一口咬定是共产党人派你刺杀了陈其深，我可以答应你任何条件，船票我可以给你准备两张。"

"你这是什么意思？"吴越很吃惊。

王督察哈哈一笑道："刚刚出去的那位姑娘，你难道不愿意让她跟你一起远赴美国吗？"

其实这是吴越预料中的结果，他很清楚，林雪儿能够顺利地来到牢房探视，其实也是一个圈套，王督察一定会借着林雪儿给自己施加压力，她的安危成为了对方挟持自己的筹码。

也正是基于这种考虑，吴越才决定主动和王督察谈一谈，这样才有可能使王督察不会立即把林雪儿逮捕，而林雪儿才能把他被逮捕的这个重要信息传递给苏晓芸。

王督察捕捉到了吴越的表情变化后说："只要你乖乖地听我的安排，我绝对不会伤害她，可是如果你违背了我的意愿，恐怕你连给她收尸的机会都没有。"

"既然如此，我一切听从你的安排。"吴越淡淡地说道，"可是一旦你没有实现自己的承诺，伤害了她，你也别指望我会有任何的利用价值。"

"那么成交。"王督察兴高采烈，几乎想和吴越握一握手。

回应他的激动的却是吴越的沉默，王督察显得有些扫兴，只好再次强调说："我最后提醒你一次，那位姑娘的命已经捏在了你的手中。我们会对你进行公开审判，如果审判时你说错一句话，她的脑袋也就开花了。"

吴越无力地靠在潮湿的墙上，眼睛呆呆地望着黑黝黝的铁门。

第十九章 命悬一线

“砰!”尖锐的枪声突然响了起来，炙热的子弹撕碎沉闷的空气，钻进了目标的胸膛。吴越的身子如同中了子弹一样，忽然颤动了一下。

道路的两旁站满了黑压压的人，没有一点儿风，整条大街上空笼罩着既浑浊又沉闷的空气。

吴越穿着一身破破烂烂的衣衫，双手被一根结实的麻绳绑着，由一队荷枪实弹的警察押送着往法院而去。

法院当众审理吴越刺杀陈其深这一恶性案件，目的非常明确，只要吴越亲口说出自己在谁的指使下枪杀了陈其深，无疑相当于在上海引爆了一颗巨型炸弹，国共两党合作抗日也会笼罩上巨大的阴影。

道路两旁围观的人群看到吴越目视前方、神态自若的模样，彻底被吴越的若无其事激怒了，他们情绪激动，发出一阵又一阵的呼喊声：

“严惩杀人凶手!”

“还陈先生一个公道!”

“不用审问了，直接枪毙!”

……

碎石、烂菜叶、唾沫纷纷向吴越的脸上飞过来。吴越根本没有躲闪，继续一脸冷漠地往前走。

忽然，吴越发现不远处的一幢房子上面闪过一道细微的光。他已经意识到，楼上埋伏着一名枪手，这道光是由于金属枪管反射太阳光而形成的。

在这一条路上，吴越早已经预料到会遭遇到枪手。苏晓芸会派人来，老秦也会派人来。

吴越需要确认，枪手是准备营救他还是准备要了他的命。

吴越放慢了脚步，估算着距离。枪手的位置距离自己将近 200 米，并且处于太阳的对面，如果对方的目标是自己，那么他还有时间考虑如何应对。如此远的距离，又加上逆光射击，如果不是非常出色的枪手，很难命中目标。

如果自己是苏晓芸或者老秦，会怎样做? 这个问题一闪而过，不过答案惊得吴越倒抽一口凉气。

只有吴越这个人从世界上消失了，才不会泄露他们的秘密。从安全的角度来考虑，他们只能这么做。

原来楼上枪手的目标正是自己，吴越反而有种如释重负般的解脱，其实这也正是自己内心的选择结果，痛痛快快的死比窝窝囊囊的活更有价值。

只有他死了，林雪儿才会有真正的安全。而且作为一名杀手，完不成任务的后果其实也是死亡，既然他没有完成苏晓芸和老秦的任务，他就不应该活在这个世界上。也只有死在苏晓芸或者老秦的手上，他才死得瞑目，他绝对不希望自己窝囊地死在阴暗的牢房里面。

想到这里，吴越加快了脚步，想要尽快缩短自己和枪手之间的距离，他渴望那一颗高速旋转飞行的子弹穿透自己的心脏，让自己痛痛快快地离开这个世界。

想到这里，吴越的脸上竟然露出了淡淡的笑容。

距离枪手大约 100 米距离的时候，吴越停了下来。这是一个比较理想的射击距离，枪手在击中他之后，可以丢弃枪械从容地离开。

押解吴越的警察见他停了下来，开始催促他赶紧往前走，可是吴越却置若罔闻，抬起头闭着眼睛等待着死亡的降临。

他把自己幻想成了楼上的那名枪手：他此刻正静静地趴着，枪托稳稳地顶在宽厚的肩头，左手扶着枪身，眯着眼睛牢牢地锁定了目标，他的右手食指轻轻地搭在扳机上，等待着最佳的时机。他静静地等待着，时间似乎也停止了，周围一切嘈杂的声音突然消逝得无影无踪，安静得能听到自己的心跳声。当目标在他的眼里成为一个固定靶子的时候，他右手的食指轻轻一勾扣下了扳机。

“砰!”尖锐的枪声突然响了起来，炙热的子弹撕碎沉闷的空气，钻进了目标的胸膛。

吴越的身子如同中了子弹一样，忽然颤动了一下。

吴越迅速低头往自己的胸口看了一眼，并没有子弹击中自己。枪手的目标如果是他的话，此刻他应该已经射出了那一颗子弹。

可是为什么对方依然无声无息？吴越望着枪手的方向，脑子里又涌出了一个疑问。

吵闹声很快打断了吴越的思考，当他转过头去的时候，看到一个柔弱的身影用力地挣脱拦在她身前的两名警察，往吴越这边冲过来。

林雪儿！吴越大惊，这个时候林雪儿跑过来，很有可能被枪手误伤，于是他高声冲她喊道：“你来干什么？快点回去!”

然而林雪儿根本没有理会吴越的话，居然挣脱了两名警察的阻拦，见有人不断地对吴越丢东西，她张开双臂挡在了吴越的身前。恰巧一块石块飞了过来，砸在了她的额头上，很快就渗出了斑斑的血迹。

“你们不要砸了，他不是杀人凶手！不是杀人凶手!”她不断重复地冲围观者喊着，声音里面没有任何的乞求，然而却有一种穿透人心的力量。许多人停止了咒骂，也停下了丢石块、吐唾沫的行为，怔怔地望着这一位看上去弱不经风的姑娘，他们似乎不相信那个掷地有声的声音居然是她发出来的。

吴越望着她颤动着的双肩，知道此刻她的内心也有着一股巨大的恐惧。吴越禁不住鼻子一酸，但是他没让自己的眼泪流下来，反而冷着脸对她说道：“你来这里干什么？还不回去?”

林雪儿慢慢地转过身子，脸上居然带着笑容说：“如果今天你死在这里，我也会随着你而去。”

“荒唐!”吴越再一次吼了起来，“赶紧走，走得越远越好，我不想看到你。”

回答他的是她的摇头，吴越盯着她大声地说：“你——”纵然有千语万语，他却一个字也说不出来，他不能说不远的楼上正埋伏着一名枪手。“你走啊!”吴越只能一遍遍重复着这几个字。

“既然人都来了，还要去哪里?”王督察不知道什么时候出现在吴越的眼前。他瞅了一眼林雪儿，然后又笑着说：“两张去美国的船票，应该有一张是属于这位姑娘的吧?”

吴越不再说什么，又一次自投罗网，成为王督察控制吴越的一个工具。

林雪儿见吴越不说话，就一直站在吴越的身旁，企图用自己单薄的身体保护吴越。

许多人不忍心误伤一个看上去弱不经风的姑娘，也开始冷静下来。

吴越的脸色却更加凝重，生怕楼上的那一名枪手会误伤到林雪儿。

想到这里，吴越加快了脚步往前走去。让枪手近距离射击自己，可以让林雪儿变得安全一些。

这时候，林雪儿忽然唱起歌来：

我已经失去了我的爹娘
在这个十里洋场
我四处漂泊流浪
双眼迷茫看不到希望
在这个十里洋场
我受尽欺凌和苦楚
睁开双眼看到无尽的黑暗
有人说这里是个天堂
我却看到了地狱
在这个十里洋场
你就是黑暗里的灯光
驱散了孤独与恐惧
我悲伤的心灵
注满了明天的希望
……

起先，她的声音很轻，很凄婉，渐渐地声音越来越高。围观的人转过脸注视着这一位柔弱的姑娘，从她的歌声中，很多人仿佛看到了她在国破家亡之后所遭受的屈辱和痛苦，直到她遇到了吴越后，内心的伤痛慢慢地愈合，她找到了人生的希望。

有些人悄悄地抹起了眼泪，有些人松手放掉手中坚硬的石块，有些人发出一声长长的叹息，有些人开始诅咒起侵略者。

吴越的眼睛有些潮湿了，他没有想到，自己无意的一个举动，不仅让她铭记于心，而且能让这个柔弱的姑娘浑身充满了力量前来保护自己。

杀人，是他经常做的事情，可是杀人却从来没有让任何一个人如同林雪儿一般，在自己最困难的时刻，挺身而出守护自已。

林雪儿反复地唱着这首她自己编的歌曲，一直到喉咙沙哑得唱不出声，她依然用力地张着嘴巴。

吴越明白了她的良苦用心，她是用自己的歌声来告诉所有人，吴越曾经救助过一个家破人亡之后孤苦无依的姑娘，这样的人绝对不是坏人。

此刻，吴越距离枪手只有50米的距离了，一切都将要结束了。

“砰——”

一声枪响!

可是中枪的并不是吴越，而是他身边的一名警察。威力巨大的子弹射穿了那警察的身体，血柱喷溅。

吴越顿时反应过来，枪手的目标竟然不是自己。于是他立即搂住林雪儿的肩膀趴了下来，然后用自己的身体掩护着她，迅速往边上移动。

又是一声枪响，又有一名警察中弹倒在了地上，鲜血流了一地。连续两声枪响之后，原来路边围观的人早已经抱着脑袋纷纷逃窜了，场面一片混乱。

押解吴越的警察也趁着枪响寻找着狙击者的位置，生怕一不小心就中了枪。除了吴越，没有人知道射击的方向，因此这些警察寻找掩护时的惊慌失措反而给了枪手射击的机会。当第三声枪响后，又一名警察当场毙命。

连续被枪杀的三名警察，都是距离吴越最近的人。显然对方要让吴越脱离警察的控制，然后寻找机会逃跑。

原来那名枪手并不是来杀自己，而是来救自己的。惊慌之余，吴越竟有一丝感动和喜悦。

林雪儿的脸上已没有一丝血色，估计是被突然的变化吓得够呛，于是吴越轻轻地安慰她说：“不要害怕，有我在呢。”

林雪儿顺从地点了点头，苍白的脸才稍稍有了生气。

死亡的气息浓重地笼罩在每一个人的心头，四周安静得可怕，所有人都屏住呼吸，生怕一不小心就会成为攻击的目标。

吴越仔细地分析着周围的环境。包括王督察在内，总共有十六名警察，现在死了三名，还有十三名。只要自己有逃跑的企图，恐怕任何一名警察手中的枪都会毫不犹豫地往他和林雪儿身上招呼，因此他绝对不能轻举妄动。

忽然，一个女人冷冷的声音响了起来：“如果你们想活着离开这里就放了他，不然一个也活不了。”

王督察蹲在一堵墙后面，举着手中的枪命令一名躲在自己边上的警察说：“你过去把吴越给带过来。”

这名警察很犹豫，谁不怕死呀，可是王督察已经用枪指着他的脑袋了，如果不过去极有可能会因为违抗上级命令而被枪毙，于是只好硬着头皮向吴越那边匍匐过去。可还没有爬出几步，又一声枪响，终究没能改变死亡的命运。

短短几分钟时间，已经有四名警察当场毙命，这让王督察异常恼火。他紧紧握住手中的手枪，大声喊道：“你们到底想怎么样？我们可是公共租界里的警察，你们的胆子也太大了。”

又是女人的声音：“就你们也配当警察？赶紧放了他，我留你一条狗命，好让你继续当日本人的走狗。”

“你！”王督察咬牙切齿地说不出话来，不过手却没有闲着，不断用手势指挥一个隐蔽得非常好的手下，迂回着往声音传来的方向去。

“谁敢动一下，我就送谁下地狱。”女人再一次警告道，然后又冲吴越说，“你带着那个女人赶紧离开。”

吴越早已听出说话的女人正是苏晓芸，于是便放心地对林雪儿说：“你赶紧离开这里。”

林雪儿一脸疑惑地望着他不肯迈出脚步，吴越解释道：“你先走，我在后面看着，等你脱离危险之后，我会马上离开。”

林雪儿久久地注视着吴越的眼睛，让吴越的心里有一丝慌乱，但是很快他控制住了自己的情绪，朝着林雪儿用力地点了点头，表示不会欺骗她。林雪儿苍白的脸上这才露出一个微笑来，朝着吴越指点的方向跑了过去。

看见林雪儿离开了，吴越又对苏晓芸喊道：“赶紧带她离开，这里危险！”

“你不走？”

“我能走得了吗？十几个枪口正对着我呢。”

吴越说的是实话，他们对躲在暗处的苏晓芸没有办法，可是如果吴越企图离开，总有一支枪能够击中他。然而吴越不离开并不是因为危险，而是他根本没有打算离开。

吴越逐渐恢复了平静，静静地聆听着四周的声音。他知道苏晓芸一定会妥善安排林雪儿的，解决了这个后顾之忧，他准备采取行动了。只要逮住王督察，就可以搞清楚事情的真相。通过几天来的审讯，吴越已经完全清楚了这是一场阴谋，目的就是利用陈其深被杀这件事情制造国共两党间的摩擦，破坏目前两党合作的局面。

吴越当然不能让这个阴谋得逞，更重要的是他要还自己一个清白。

为了达到这个目的，他必须了无牵挂，因此必须让林雪儿脱离险境。另外，他的速度必须要快，他相信已经有大批的警察往这里赶来。

吴越朝楼上枪手的位置望了一眼，虽然已经看不见枪管上的反光了，但他的直觉告诉他，那名枪手还在那里。枪手还在，也意味着苏晓芸可能没有离开。于是他大声喊道："你赶紧带着她离开，不要在这里碍手碍脚。"

没有声音回应他，也许苏晓芸已经走了，这正如他所愿。

王督察显然也在观察着四周的情形，他也在倾听着四周的声音，当他没有听到有人回应吴越的时候，注意力就转移到了吴越的身上。

他朝吴越隐蔽的地方喊道："算他们知趣，再晚几分钟，他们和你一样，只能乖乖投降。"

吴越知道，他说的并非虚言，用不了多久，大批荷枪实弹的警察就会赶到此处。这也意味着，他必须在极短的时间内想方设法擒住王督察。摆在吴越面前的只有两种方案，一种是拼命，另一种是智取。

如果拼命，吴越要跑出十多米的距离，用最快的速度冲到王督察面前。可此时的吴越身上伤痕累累，体力不支，恐怕还没有冲过去，已经被十几支枪打成了筛子。

看来只能够智取了。

想到这里，吴越从隐蔽处举起了双手，然后摇了摇手，示意对方不要开枪。王督察见状，对离吴越最近的两名警察发出命令："你们俩个过去，把他带过来。"

两名警察接到命令之后，仔仔细细地观察着四周不敢轻易上前，王督察大声地训斥了他们之后，才战战兢兢地向吴越靠近，其余的警察则举着枪密切注视着周围一切动向。

吴越听到脚步声渐渐地向自己靠近的时候，也举着双手慢慢地站了起来。

两名警察看到吴越已经暴露在枪口之下，不由得长吁一口气，原本脸上紧张的表情也松弛了下来。

一名警察大声喊道："报告王督察，犯人已经被逮住。"

王督察叫了另外两名警察分别站在自己左右两侧，然后才向吴越走过去。当他站到吴越面前的时候，把枪口抵在了吴越的额头上说："相不相信我立刻一枪崩了你?"

吴越瞥了一眼黑黝黝的枪口，一点也不在乎地哈哈一笑说："如果你真的想要杀我，我今天还能站在这里吗?"

"你!"王督察将枪口用力地往吴越的额头上戳了一下，手指往扳机上一扣，做出一副准备射击的样子来。可是他终究没有扣下扳机，而是改变了主意，准备用枪柄狠狠地往吴越的脑袋上砸过去，教训教训他。

就当王督察高高扬起拿着枪的手臂时，吴越以迅雷不及掩耳的速度抓住了他的右手，然后用力一拧，王督察忍不住发出"啊"的惨叫一声，而此时手枪已经稳稳地落到了吴越的手中。

旁边的警察根本来不及反应，吴越已经将枪口抵住了王督察的脑门。

"你似乎太粗心了一些，忘记了我被拷住的双手早已经被解开了，这样的双手是会反抗的。"吴越淡淡一笑道。

王督察不可思议地看着吴越的手，他从来没有看到过这样快的速度。

不等吴越吩咐，他紧张地对手下警察命令道："你们不要轻举妄动，赶紧把枪口移开。"果然胆小如鼠，吴越对他嗤之以鼻。

警察听从了王督察的命令，垂下了握枪的手。

不过吴越很满意王督察的配合，于是他对所有警察喊道："把枪上好保险之后全部丢在我的脚边，然后转过身子往前走50米。"

看到警察都照做了，吴越继续对王督察说："把地上的枪给我捡起来。"

王督察乖乖地弯下腰捡起枪。

"把枪全都给我拆成零件扔了。"

王督察听话地照做了，并远远地扔了出去。

其实整个过程当中，吴越一直都是很随意地握着手中的枪，他相信自己的镇定和从容反而可以给对方造成极大的心理压力。当然，更重要的是他拥有自信，只要王督察敢乱动一下，他就能够迅速地把枪口顶在王督察的后脑勺上，然后轻轻地扣下扳机。

不过吴越料定王督察根本没有胆量乱动一下，他可不敢拿自己的生命开玩笑。

几分钟前响起的枪声让所有的人都紧紧关闭了房门和窗户，街上已经空荡荡的，这也为吴越的离开创造了条件。

当所有手枪变成一堆零件之后，吴越朝天空开了一枪，尖锐的枪声震得王督察庞大的身躯猛烈地抖动着。

开枪之后，吴越对着依然背对着自己的警察厉声说道："只要还有一个人敢跟上来，他就没有任何活命的机会！"

说完这句话之后，吴越让王督察走在自己前面。两人还没走出几步路，吴越就发现身后有警察偷偷地跟了上来。

"看来你手下中有人希望你赶紧丧命啊，那就别怪我不客气了。"吴越戏谑道。

坚硬冰冷的枪口让王督察的汗水不停地往下流淌，他颤抖地喊着："李大林，如果我死了，督察的位置也轮不到你坐，上面还要追究你的责任！"

王督察这一声大喊似乎起到了作用，没有人继续跟上来。于是吴越继续押着王督察往前走，猛然间又响起了一声枪响，王督察的身子颤抖了一下。

吴越身后，又一名警察倒了下去，鲜血流了一地。

从枪声来判断，吴越知道依然是那名枪手开的枪，这也意味着这名枪手依然在保护着自己。

于是吴越大声提醒对方说："你赶紧离开，等他们的人来了，你要走就没那么容易了。"

可是根本没有人回应他，吴越也不再说什么。如果对方是一名优秀的枪手，应该懂得如何保护自己，根本轮不到他来操心。

这一声枪响之后，吴越相信再不会有人冒着生命危险跟踪他了。

吴越押着王督察拐了几个弯之后，蹿进了一栋房子里面。住在这里的阿婆看着手里拿着手枪、浑身是血的吴越，吓得浑身发抖。

吴越没有解释什么，张口就说："衣服和馒头，赶紧拿点过来。"

阿婆什么话也没说，赶紧去房间里取来几件衣服，然后又从厨房端来一盘馒头。吴越匆匆换上阿婆拿出来的不太合体的衣服，抓起馒头就往嘴里塞，他已经好几天没有吃过一顿饱饭了。

一连吃了四五个馒头之后，吴越渐渐缓过劲来，他对王督察说：“赶快把钱拿出来。”

王督察有些疑惑地看着吴越，吴越不耐烦地瞪了他一眼说：“还不赶紧拿钱?”

王督察这才颤抖着从口袋里掏钱，吴越非常不满地说：“把身上所有的钱拿出来，全部给这位阿婆。”

阿婆看了看王督察，扑通一声跪在吴越的面前说：“衣服你穿着，馒头你吃着，这钱我是万万不能要。”

吴越连忙丢下馒头，双手去扶阿婆。

阿婆为难地说：“我现在拿了这位长官的钱，没准过了今天我这一把老骨头也就没了。”

吴越一把抓过王督察手中的钱，硬塞到了阿婆的手中对她说：“如果他今天走出这个门还记得这件事情，他离自己的死期也就不远了。”

王督察的身体猛然一抖，努力地挤出难看的笑容说：“阿婆你赶紧拿去，你拿了钱就相当于救了我的命。”

阿婆依然不肯接受，吴越就把钱放在开裂的桌面上，然后站起来押着王督察往房子的后门走去。可是阿婆拉着吴越的衣服死也不肯松手，连连摇头说：“这钱我真的不能要，不能要啊。”

吴越皱了皱眉头冲王督察说：“没想到百姓怕你们都怕到了这种程度。”

王督察望着吴越脸上的阴云，立即双手握住阿婆拿着钱的手说：“我求你收下这笔钱吧，你收下这笔钱就算是我的救命恩人了，我绝对不会回来找你麻烦。”

“算你聪明。”吴越冷哼一声。

阿婆发愣的间隙，吴越已经押着王督察走出了后门，来到另一条街上。此时，吴越已经填饱肚子，换了一身衣服，还顺便拿了一顶帽子戴在头上，根本看不出有何可疑，更何况他的前面还走着一位督察，因此没有人敢多瞧他们几眼。

第二十章 天香楼上的绑架

随着那令人作呕的声音，吴越分明听到琵琶弦微微一颤。带着一股浓浓的酒味，钱警司已经走上了舞台，肥胖的身躯完全遮住了翡翠娇小玲珑的身子。

吴越找了一间民房养了几天的伤，这期间他已成了整个上海租界的头号通缉犯，到处可以看到张贴在墙上通缉他的悬赏令。

吴越遇到了人生当中一个非常艰难的时刻，这样的处境，摆在他面前有两条路可以选择：第一条路是悄悄地离开上海，远走高飞，找一个没有人认识他的地方重新开始生活。第二条是找到杀害陈其深的真正凶手，还自己一个清白，同时揭露日本人的阴谋。

对吴越来说，走第一条道路轻而易举，但是如果要走第二条路则困难重重。他是一名杀手，又被人刻意诬陷，又有谁会相信他呢?

也许老秦和楚天文可以证明自己，可是他们潜伏在上海，身负重要使命，工作纪律不允许他们这样做。苏晓芸最多也只能在暗中帮助自己，否则她也自身难保。陈一飞此刻对自己恨之入骨，根本不会听自己任何解释。

偌大的一个上海，竟然找不到一个人帮助自己，他不由悲从中来。

吴越还是决定留在上海，找出证明自己清白的证据，用事实告诉所有人，他虽然是一名杀手，却绝对不是刺杀爱国富商的凶手。

他忽然想起了老秦曾经和他的一次谈话。那次他完成了老秦给他的一个任务后，老秦似乎很高兴，和他聊了起来。老秦问："你知道一个杀手和一个刺客的区别吗?"

吴越想都没有想就说："只是称呼不同罢了，不管是杀手还是刺客，都是取人性命的。"

老秦摇了摇头说："司马迁在《史记》中专门为刺客作了传，荆轲刺秦王，专诸刺王僚，要离刺庆忌，他们都有一个相同点，就是通过刺杀的方式来完成自己的理想，救民于水火。本质上，刺客属于侠义之士。"

吴越不喜欢听这些大道理，等老秦说完之后，他用淡淡的笑容委婉地表达了他的态度——他根本不理会这一套。当时的他是一个没有理想的人，对他来说不管是杀手还是刺客，只是称呼不同，本质都是取人性命。

只要吴越离开书店照例要带上几本书掩人耳目，那一天，老秦让书店伙计给他包好的两本书里面，有一本居然是《史记》。

如今在困境中，吴越又一次想起了《史记》里的那些刺客，他不得不承认老秦的话有几分道理。他们接受刺杀任务，并不是为了金钱，而是因为内心的选择。

吴越现在也在经历一场内心的抉择。他毅然决定留在上海，因为除了证明自己是清白的外，他还要刺杀山本。他意识到刺杀山本不再是他允诺必须完成的一个任务，而是自己内心的一种渴望。

做杀手还是刺客，吴越的心中有了选择。

阴暗的灯光下，王督察被绑在一张凳子上，丝毫不能动弹。吴越冷冷地盯着他，问道："为什么一口咬定是我杀了陈先生?"

王督察赶紧解释道："我也只是……奉命行事。"

吴越瞥了一眼王督察瞬间变得苍白的脸，继续问道："是日本人的命令?"

王督察犹豫了一下，吴越马上怒喝道："赶紧说。"

"我……不知道。"王督察的眼神躲闪着。

"难道你也想尝一尝'过龙山'或者'水落石出'的滋味?"吴越威胁道。

王督察连忙使劲地摇头，连凳子也随着他的身体一起晃动起来。

吴越冷笑道："如果你不想受这些皮肉之苦，就把你知道的全部告诉我。"

王督察看着吴越，生怕漏掉了任何一个问题。

“如果你不是奉了日本人的命令，又是奉了谁的命令?”

“我的上司钱警司。”

“钱警司?”吴越沉吟了一会儿，继续追问道，“他是不是和日本人有勾结?”

“我不知道。”王督察的脸上闪过惊恐之色。

“你不知道?”吴越提高了音量。

“我……我……真的不知道。”王督察惊恐地回答道。

吴越猛地把枪口顶在他额头上，王督察的身子又开始颤抖了起来，额头上也渗出了密密麻麻的汗水。“你就是杀了我，我也不知道。”最终他说的还是这句话。

吴越知道他并没有说谎，但依然用枪口顶着他的额头，命令道：“把钱警司所有的情况一字不漏地全部告诉我。”

王督察听罢，便如同竹筒倒豆子一般，将他所知道的一切毫无保留地招了出来，包括钱警司的出行规律、办公时间、家庭住址，甚至连他在天香楼包养了一个姑娘这样的信息全部说了出来。

吴越综合分析了所有信息之后，决定去天香楼会一会这位钱警司。

上海的夜，灯火璀璨，一派繁华景象。吴越把自己装扮成商人模样，来到了天香楼。

夜晚的天香楼格外热闹，一群姹紫嫣红的姑娘如同蝴蝶一样在各色男人之间穿梭往来，欢笑声、唱歌声、劝酒声成了夜晚最动听的声音，吸引着许许多多的男人来此解闷销魂，醉生梦死。

吴越刚跨进天香楼的大门，老鸨立即满面笑容地迎了上来，挥动着手中的手帕说道：“这位先生，看着您脸生，今天是您第一次来呐，天香楼的姑娘保管您满意。”

“小翠，快来招待客人。”老鸨见吴越面无表情，便回过头去招呼姑娘赶紧过来。

小翠扭着屁股，挂着职业性的笑容来到了吴越的面前，正想开口说话，却被吴越抢了先：“我听说天香楼的翡翠姑娘不错，我想找她陪陪。”

老鸨脸上的表情先是一僵，继而陪笑道：“我也不瞒先生了，翡翠姑娘的确是我这里最出色、最漂亮的姑娘，可是她已经被人包了，不能再陪其他的客人。”

“你报个价，多少钱我都出得起。”

“不是钱的问题。”老鸨解释道，“除了翡翠姑娘，天香楼其他姑娘也是国色天香，随便你怎么挑。”

“不是钱的问题又是什么问题?”吴越淡淡地笑着，可是眼神却是那样冷峻。

老鸨见吴越一定要找翡翠，脸色忽然一变，大声叫道：“来人把他轰出去，又是一个来捣乱的。”

不知道从哪里钻出来五六个壮汉，虎视眈眈地围了上来。吴越冷冷地瞧了瞧身边这几个壮汉，伸手掏出一叠钱随手往桌子上一扔，然后看着老鸨说：“这几个小钱让我瞧一眼翡翠姑娘应该够了吧?”

老鸨气势汹汹的表情立即就消失了，上前拉住吴越的手，眉开眼笑道：“只是要看一眼翡翠姑娘，何必如此呢，今天晚上翡翠姑娘正好要给大家献艺，我给你安排一个好座位。”

吴越一个人坐着喝茶，不断有姑娘在老鸨的授意下到吴越身边坐下来，可都被吴越挥手支开了，他的冷漠和天香楼的醉生梦死显得格格不入。

大约过了半个小时，许多男人忽然鼓起掌来了，还有人大声叫起来：“翡翠姑娘出来了。”

吴越抬头一看，只见一块幕布被缓缓地拉开，一个小型的舞台慢慢地展现在他的眼前。台上坐着一位姑娘，穿着淡青色旗袍，旗袍上绣着疏密有致的梅花，格外引人注目。她抱着一把琵琶神情安静，众人似乎也受到她的感染，逐渐地安静了下来。

她就是翡翠。

翡翠用纤纤玉指轻轻地拨动着琴弦，一声清新又略带哀怨的琵琶声蓦地击中了吴越的心脏。

整个演奏的过程中，翡翠完全专注于音乐，似乎眼前的浮华和热闹与她没有任何关系，弹到动情处她的眼角甚至还闪动着晶莹的泪光。

吴越静静地看、仔细地听，有那么一段时间，台上的翡翠似乎变成了林雪儿。

弹完一曲，翡翠站起来朝台下的听众深深地鞠了一躬，准备下台去了。这时候有人跑上去给翡翠送上了花篮，只听那人大声说：“最近钱警司事情很忙，没有时间来陪姑娘，特地派我送上花表示歉意。”

翡翠没有接也没有说话，面无表情地转过身，把那人晾在了一边。

吴越见到此情此景，忽然大声喊道：“钱警司不亲自来，想用一篮子鲜花哄翡翠姑娘高兴，恐怕没那么容易吧。”吴越自然不是一时兴起说了这么一句，他是想试探试探翡翠。

其他人纷纷附和着，翡翠也停住了脚步，有些恼怒地看了吴越一眼。

见自己的话起了作用，吴越接着说：“音乐最能表达一个人的心情，既然翡翠姑娘心情不好，何不多弹几首曲子来抒发内心的不快呢?”

来到天香楼的男人们，无非就是来寻个开心，图个痛快。在他们眼里，天香楼的姑娘只能有笑脸，不能苦丧着脸，而吴越居然说翡翠姑娘心情不好，这可是一件有意思的事情，于是他们都盯着翡翠姑娘，看看她有什么反应。

翡翠又看了一眼吴越，然后轻轻地说：“好，我再弹几首曲子。”

男人们一听翡翠愿意再弹几首曲子，纷纷热烈地鼓起掌来。

吴越坐在下面静静地听着，忽然很想念一个人，只是此刻并不适合去找她，不能再给她带去麻烦。

第一次去没有见到钱警司，于是吴越每天都来天香楼听翡翠姑娘弹琵琶。他总是一个人静静地坐着，静静地听着，他和翡翠之间也有了一种说不出来的默契。翡翠每一次出场时，两人目光相触的一刹那，总有种不可言语的意味。

吴越出手大方，更让老鸨非常热情，她甚至还悄悄地把钱警司的吝啬毫无保留地告诉了吴越，声称如果不是屈服于钱警司的权势，她早就让翡翠姑娘来陪吴越了。

这天，翡翠正在弹着琵琶，天香楼里忽然涌进一大批人，老鸨立即小跑着迎了出去，挥动着手中的手帕笑着招呼道：“钱警司你可终于来了，我们翡翠姑娘这几天等你等得好苦啊。”

钱警司没有理会热情的老鸨，他用手摸了摸自己光溜溜的大脑袋，笑眯眯地朝着正在弹琵琶的翡翠喊道：“宝贝，我来了。”

随着那令人作呕的声音，吴越分明听到琵琶弦微微一颤。

带着一股浓浓的酒味，钱警司已经走上了舞台，肥胖的身躯完全遮住了翡翠娇小玲珑的身子。

琵琶的声音早已经停止，整个天香楼大堂里只能听到钱警司从鼻孔里喷出来的粗重的喘气声，所有的人都敛声屏气看着钱警司把嘴凑到翡翠脸上乱啃而翡翠扭头躲闪的情形。

钱警司一把抱起了翡翠，翡翠不情愿地在他的胸前用力地挣扎着。钱警司心情倒不错，哈哈笑着说："美人儿，我最近几天公务繁忙，才冷落你几天，就不开心了?"

说着，他粗暴地夺下了挡在翡翠胸前的琵琶，往地上用力一甩，"哐当"一声，琴弦断了一根。吴越看到翡翠眼角的泪花慢慢滚落，眼神哀怨凄楚。

当钱警司抱着翡翠往楼上走时，两名随从立刻分站在楼梯两侧，防止有人上楼捣乱。

看着钱警司抱着翡翠进了二楼的一个房间，有那么一瞬间，吴越的心脏像被子弹击中一样碎裂疼痛。他知道，这样的社会不改变，像钱警司这样有权有势、为非作歹的人就会层出不穷，而像翡翠姑娘这样受人欺负的人也会越来越多。

他又看了看自己周围的那些男人们，刚开始他们也像他一样，对于钱警司的行为表露出气愤与不满，可是这种情绪在钱警司带枪随从冷冷的目光之下，很快就消失殆尽。等钱警司和翡翠消失在所有人视线外的时候，一楼大堂里的人又开始欢腾起来，大多数人已经忘记了方才的一幕。

冷漠与无情是剥开热闹与喧嚣之后唯一真实的存在。

吴越忘不了翡翠刚才哀怨的眼神，然而又不能贸然出手，他可不能在七八个带枪的随从面前带走钱警司，除非把他们全部杀掉。

吴越静静地坐着，慢慢地喝着杯中的清茶，他需要一个好机会。

不知道过了多久，钱警司一边整理着凌乱的衣衫一边走下楼，老鸨赶紧一脸媚笑地迎了上去说："翡翠她可把您伺候舒服了?"

钱警司有些疲惫地说："你给我把翡翠姑娘伺候好喽，她要是出了什么差错，我要了你的脑袋。"

老鸨连忙陪笑道："您放心，我一定把翡翠姑娘像祖宗一样供着。"

钱警司点着头摇晃着身子走出了天香楼，翡翠也从房间里走了出来。这个时候她已经换了一身旗袍，旗袍上绣着一朵朵含苞待放的荷花，把她的身段衬托得婀娜多姿。

翡翠一只手扶着楼梯慢慢往下走，美丽的面容因为无神的双眼显得死气沉沉。她下了楼梯后就往小型舞台走过去，吴越抢先一步走上了舞台，弯下身子捡起了断了一根弦的琵琶，然后走到翡翠身前。

“如果你愿意，我可以救你。”吴越把琵琶递到翡翠手里，轻轻地说。

翡翠的身体颤动了一下，无神的双眼怔怔地望着吴越。

吴越伏在她耳边说：“只要告诉我下次他什么时候来。”

翡翠眼里渐渐有了光彩，她咬了咬嘴唇说：“三天后你再来。”

吴越马上明白了，冲翡翠点了点头，转身离开了天香楼。

翡翠呆呆地站着，望着他魁梧的身影消失在门外。

三天后，吴越再次来到天香楼，热情的老鸨立即迎了出来。她轻轻挥动着手帕，依然是满脸媚笑道：“大爷，您这几天怎么不来看看天香楼的姑娘啊?”

吴越一副公事公办的表情说：“快叫人去厨房准备好酒好菜，等下钱警司来了就送到翡翠姑娘房间里。”

老鸨微微愣了一下，疑惑地问：“大爷您是钱警司派来的?”

吴越报以微微一笑，老鸨的额头上很快就渗出了细密的汗珠，忙冲边上的姑娘喊道：“快去翡翠姑娘房间里准备一桌上好的酒菜!”

她用手帕轻轻地拂去额上的汗珠，一边笑一边挽着吴越坐下，陪笑道：“没想到大爷您是钱警司的人，您怎么不早说呢? 您看我这张嘴，曾经说过什么话，那完全是我胡言乱语，您——”

吴越很清楚老鸨的言下之意，摆了摆手阻止了她继续唠叨，说：“你说过什么我不在乎，我只在乎你有没有把翡翠姑娘看好喽，有没有让其他男人靠近她一步。”

“您放一百一千个心，翡翠就是我的祖宗，我绝对不会让其他男人靠近翡翠。”老鸨信誓旦旦地保证。

吴越点点头说：“通过我这几天的观察，你做的还不错。”

老鸨一听，嘴里轻轻地念道：“阿弥陀佛，阿弥陀佛。”

吴越微微笑道：“在钱警司到来之前，我得亲自向翡翠姑娘问问情况，不能有任何人在场，直到钱警司来，你明白吗?”

老鸨略一迟疑，吴越马上质问道：“你不是怕翡翠姑娘把你没有好好对待她的事情全都说出来吧?”

老鸨夸张地挥着手帕，捂着嘴巴笑着说："看大爷您说的，哪有这种事情啊。我们两人说说还好，这话要是传到钱警司耳朵里，不是要让他砸了我的天香楼了嘛！我这就送大爷上楼。"

吴越跟着老鸨上了二楼，进了翡翠的房间，只见她正坐在窗口发愣，见两人进来连忙站了起来。

吴越转过身对老鸨说："你现在可以出去了，我要单独和翡翠姑娘谈一谈。"

老鸨临走前还不忘交待翡翠说："你可要好好和这位大爷说话，他可是钱警司的人，不要出什么差错。"

等老鸨一走出门，翡翠就注视着吴越说道："原来你是他的人，你在试探我?"

吴越一边注意听着老鸨下楼的脚步声，一边把手指放在嘴边示意翡翠不要发出声音。

翡翠见吴越没有说话，叹了一口气冷笑道："我就知道，这个世界上根本没有好男人。"

对于这个判断，吴越无话可说，他觉得自己的确称不上一个好男人，因此他没有反驳。

翡翠见吴越没有说话，反而向她走近了一步，立即警惕地往后退去，同时提高了声音质问道："你到底想干什么?"

"我来救你。"吴越简短地回答了她，一边说一边观察着翡翠的房间。

这是一间不大的房子，里面摆放着一张双人床，一张八仙桌，窗边还有一张梳妆台。吴越打开窗户，窗外是一条黑幽幽的弄堂。

"救我?"翡翠冷笑了一声说道，"你是他的人，如何救我?"

"我不是他的人。"吴越淡淡地说。

说完，吴越走到翡翠的床前，从床上拿起一条床单，用力拉扯想把床单撕开。

见状，翡翠从枕头底下摸出一把闪着寒光的匕首，递到了吴越手上。

吴越看着散发着幽光的匕首，停止了手中的动作，不可思议地看着翡翠。

翡翠淡淡一笑道："其实我和死人已经没有什么区别，很多次我都想用这把匕首结束自己的生命，可是就这样死去我不甘心。"

"有那么多该死的人都没有死，你为什么要死?"吴越低着头说。

翡翠没有回答他，“嘶拉嘶拉”的撕床单声掩盖了两人的沉默。

吴越把撕成条状的布条连接在一起，结成了一条长绳。

“要不要你先从窗户出去?”吴越用力拉了拉手中的长绳问道。

翡翠摇了摇头说：“我不想一个人先走。”她的眼神是那么清澈纯净，完全不像是一名流落风尘的烟花女子。

吴越迟疑了一下，原先准备救她出去是不想因为自己要对付钱警司而连累无辜的人，而此刻，救人的举动完全变为一种对她的怜惜。她如同一块晶莹剔透的美玉一般，却掉在了污泥当中，让吴越觉得自己必须拯救她。

一切准备工作都已经完成，一时间两人竟相对无言，房间里安静得甚至可以听到对方心跳的声音。

忽然，门外老鸨的声音打破了这种尴尬：“钱警司您终于来了，我们的翡翠姑娘都等得望穿秋水了呀，知道今天您要来，我已经吩咐厨房安排了好酒好菜送到了翡翠姑娘房间里，等着您慢慢享用。”

只听钱警司大声而欢快地笑着，吴越手握着匕首已站到门口，“恭候”他的到来。

不一会儿，钱警司沉重的的脚步声由远而近。吴越紧紧地攥住了手中雪亮的匕首，屏住呼吸静悄悄地等待着即将落网的猎物。

“宝贝，我来了。”钱警司一边大声喊着一边推门而入。

一看门边是一个男人，钱警司脸上的笑容瞬间僵在那张肥胖的脸上，表情非常滑稽可笑。

吴越迅速抓住他的衣领一把将他拉到房间里面，然后将匕首按在了钱警司粗大的脖子上低声说道：“只要你发出任何一点声音，立即就割断你的喉咙。”

吴越用脚关上了房门，然后对翡翠说：“拿块布塞上他的嘴巴。”

翡翠立即拿了一块布递给吴越，吴越把布揉成一团塞进钱警司的嘴巴，又用刚刚撕下来的布条绑住了钱警司的双手。

做完这一切后，吴越手中的匕首这才从钱警司的脖子上移开。

看着钱警司满脸疑惑的神情，吴越自报家门：“我就是你想逮捕的吴越。”

钱警司显得有些懊恼，汗珠也从他油光发亮的额头上流了下来，他已经意识到这个名字对他意味着什么，也许是死亡。

吴越猜透了他的想法，拍拍他的肩膀说：“只要你老老实实地跟我合作，我可以不要你的命。”

钱警司一听，立即用力点头，他当然不想死。

吴越用布条拧成的绳子把钱警司结结实实地捆了起来，而后推出了窗户，吊放到了天香楼后面那条黑幽幽的弄堂里面。然后吴越把绳子另一头牢牢地绑在床腿上，抱起翡翠顺着绳子滑了下去。

借着夜色的掩护，吴越抱着身体柔软的翡翠，闻着翡翠身上散发出来的一阵幽幽的清香，竟然有些迷醉。

落地的时候，翡翠的双手依然抱着吴越，她柔软的胸口紧紧贴在吴越厚实的胸膛上。这短暂的温柔让吴越有一丝慌乱和不知所措，他想起了林雪儿，那个肯为自己付出一切的女人，此刻不知道她怎么样了。想到这，他轻轻地推开了翡翠。

天上一弯残月，散发着清幽而冷寂的光芒。

吴越看到翡翠的眼里闪动着隐隐的泪光，连忙避开了她的眼睛说：“我们赶紧离开这里，过不了多久他们就会发现的。”

还没等翡翠说什么，吴越就用力地拽着绑住钱警司的绳子说：“你站起来往前走，只要你敢不听话我就要了你的命。”

钱警司喘着粗气站了起来，在吴越的命令下往弄堂的更深处走去。

第二十一章 节外生枝

男人笑着摇了摇头，然后摘下帽子，撕去了嘴唇上的胡须，一张年轻的脸出现在陈一飞面前——竟然是吴越。

这段时间，上海公共租界非常不太平，街道上警察的巡逻比以往更加频繁和密集，并且经常进入民房进行搜查，警方的这些动作自然与王督察和钱警司被绑架的事件有关。

公共租界的大报小报也连续报道了几起关于吴越的新闻，不仅把富商陈其深被杀、王督察和钱警司被绑架放到了头版，更有一些小报把所有抢劫杀人事件的主犯的帽子都扣到吴越的头上。

公共租界内大街小巷子的墙上，随处可见逮捕吴越的通缉令，他成了这段时间老百姓茶余饭后的谈资。他似乎成了黑暗中的恶魔，随时都可能出来要了某些人的性命。

陈一飞处理完父亲的丧事之后，依然回到《申报》新闻部上班。这一天下午，他接到一封信，洁白的信纸上只写着这样几个字："要知道杀手吴越的消息，晚上 8 点独自来望江茶楼。"

看完信之后，陈一飞站在办公室的窗前沉思了一会儿，然后把信纸撕成碎片丢进了垃圾桶。

晚上 8 点，陈一飞准时来到望江茶楼。他环视了整个茶楼，发现茶客廖廖无几。一般来说，茶客都愿意下午时间来茶楼，一边喝茶一边聊天，打发着无聊而沉闷的生活。

正四处张望着，他就注意到茶楼西边的窗户下，一位身穿长袍马褂、戴着一副厚厚眼镜的中年男人向他招手。

陈一飞快步走了过去，坐在他的对面，用职业性的目光上下打量了这个人一番。只见他斑白的双鬓和嘴唇上两撇乌黑浓密的胡须形成了鲜明的对比，当然最引人注意的还是对方炯炯有神的眼睛，似乎一眼就能看穿一个人。

陈一飞看着这双眼睛，脑海里却浮现出吴越那张年轻而冷峻的脸庞，因为他的脸上也有这样一双眼睛。

伙计上了茶之后，陈一飞直奔主题："你给我写的信?"

男人并没有说话，只是点了点头，然后轻轻啜了一口茶。

陈一飞向四周看了看，然后低声说道："你不会就在茶楼里向我提供信息吧?"

男人没有回答这个问题，而是微微一笑道："你对他感兴趣，是因为仇恨还是因为自己的职业?"

陈一飞没有料到对方问了这个连他自己也不是很清楚的问题，沉默了许久，才说："我只能说，国难远比家仇更加让人痛苦，而且我更想了解真相。"

男人仔细地观察着陈一飞的表情，在确定他是真诚的之后，叹了一口气说道："如果每一个人都有和你一样的见识和大局观念，国家绝对不会沦落到这种地步。"

"我看咱们还是不要谈这些无关紧要的废话，说说他的情况吧。"

"你相信他是被人冤枉的吗? 他并没有刺杀你的父亲。"

"虽然我没有亲眼看到，我也不太相信他会刺杀家父，但是在场那么多人亲眼所见，不能不说此事证据确凿，我不得不相信。"陈一飞显得有些无奈，又有些恼怒。

"耳听为虚，眼见为实。"男人提醒他说。

"我看我们还是不要纠缠于这一件事情吧，你只需要告诉我他在哪里。"陈一飞已经显得不耐烦了。

"我就带你去见他，让你知道事情的真相，这也是像你这样的新闻工作者所追求的东西。"男人说着拿起了桌子上的帽子，戴在头上站了起来。

男人的话说到了陈一飞的心坎上，他再一次仔细地观察着对面的这个男人，却没有发现异常，只好站了起来，跟在男人的身后走出了望江茶楼，消失在黑夜之中。

陈一飞随着男人走过一条又一条幽深而又曲折的弄堂，过了大约半个多小时，男人停在了一幢房子前。他正想推门进去的时候，忽然发现门是开着的。

他的心头涌上一股不祥的预感，赶紧推门冲进了屋子打开电灯，眼前的一幕让他惊呆了：屋子里面横七竖八倒着几张凳子，地上散落着几片碗的碎片，和碎片丢在一起的是几根断成了几截的粗麻绳。

男人弯腰捡起了一截粗麻绳和一块碎瓷片，皱着眉头沉默不语。

陈一飞见他只是低头看着手中的断绳，便不耐烦地问："你不会告诉我吴越已经割断了绳子逃跑了吧？"

男人笑着摇了摇头，然后摘下帽子，撕去了嘴唇上的胡须，一张年轻的脸出现在陈一飞面前——竟然是吴越。

在陈一飞的眼里，此刻这张脸上竟然少了一份冷酷而多了一些紧张与不安。

"原本我要向你证明开枪杀了你父亲的人不是我，没想到他们两人趁我出去找你的时候逃脱了，翡翠也被他们带走了。"说完，吴越转身准备离开屋子。

可是陈一飞看到眼前的杀父仇人，又怎么会如此轻易地就放他走？只见他的眼睛喷射出愤怒的火焰，一把揪住吴越的衣领怒吼道："你为什么要那么做？"

吴越冷静地解释道："如果我是杀你父亲的凶手，你也绝对不会活到今天。我今天带你到这里来，就是给你证据，告诉你到底谁才是杀你父亲的幕后黑手。"

陈一飞依然没有松开他的手，冷笑一声说："那么你的证据呢？"

"你是一名记者，应该知道王督察和钱警司被绑架的事情。他们是被我捉住了，而且他们供出了你父亲被杀害的真相，你父亲是被日本人杀的，而我则成了替罪羊。"吴越紧紧咽了一口唾沫后，又继续说道，"他们利用这起刺杀事件制造了一个假象，就是共产党方面的人暗杀抗日爱国人士，目的是破坏上海的抗日活动。"

陈一飞则一脸的不相信，冷笑道："你说他们跑了，证据又在哪里？我完全没有理由相信你。"

吴越松开自己的手掌，露出了手中的断绳和碎瓷片，通过刚才的观察，他们逃脱的过程已经在他的脑海里清晰地浮现出来。

陈一飞望着他手里的两样东西，有些气愤地说道："你又想用这两样东西来糊弄我?"

吴越摇了摇头，叹了一口气说："他们虽然被绑在这根柱子上，但是他们趁翡翠不注意的时候，用脚弄翻了桌子。桌子上的碗摔碎后，他们再用脚将碎瓷片弄到自己的身后，利用瓷片割断了绑在手上的绳子。"

陈一飞仍不相信，拍着手讥笑道："精彩，太精彩了，简直就像亲眼所见一般。"

吴越没有理会他，自言自语道："可怜的翡翠姑娘，刚刚脱离了苦海，却又陷入了魔掌。"

短暂的沉默之后，陈一飞忽然问道："这么说你是共产党方面的人?"

"我并不是共产党方面的人，但我接受了共产党人给我的一个任务，就是帮助他们筹集抗日需要的各种物资，而你的父亲就是我牵线的上海富商。"这种情形下，吴越意识到再不坦诚相告，将彻底失去陈一飞的信任，因此他说了实话。

"可是你又能拿出什么来证明呢?"陈一飞依然紧追不放。

"此刻我的确无法证明自己，我希望你给我时间，我会让你知道真相，我也会带着凶手的头颅去祭奠你的父亲。"

陈一飞摆了摆手，不让他继续说下去，不管吴越的话是真是假，只要提到他父亲已经死亡这个事实，他的神经总会剧烈地刺痛。

看着陈一飞痛苦得几乎抽搐的神情，吴越不再说话，说的再多都无法抹去陈一飞内心的伤痛。

翡翠的消失，又让他吴越多了一重负罪感。她与自己一起绑架了钱警司，这一次落在他们的手里，不知道要遭受怎样的痛苦和折磨，想到他们会用残忍的手段对付一个弱女子，吴越脸上的肌肉不禁微微颤动起来。

忽然，远处传来几声狗叫引起了吴越的警觉，他对陈一飞说："他们回到警局后，一定会带人回来，此地不宜久留，我们必须要赶紧离开。"

陈一飞这次没有反驳，跟在吴越的身后离开了屋子，黑暗中响起了此起彼伏的狗叫声，吴越清楚，这又是一个不同寻常的夜。

第二十二章 合作之道

他慢慢地踱了过去，站在书店门口，仰起头静静地看着题着“行知书店”四个大字的匾额，他不敢相信自己的眼睛。

陈一飞还是被吴越说服了，如果不是宴会上亲眼见到父亲倒在血泊之中，亲眼见到吴越被警察抓住，陈一飞无论如何也不相信吴越会出手杀死他的父亲。可是陈一飞内心非常不愿意相信吴越是杀父凶手这个事实，因此他选择给吴越一段时间证明自己。

他冷冰冰地对吴越说：“只要你无法证明自己，到时候我会亲手杀了你。你曾经救过我的命，等我杀了你之后我会用自杀的方式来回报你。”

吴越镇定自若，一字一顿地说：“如果我无法证明自己，我等着你来取我的命。”

“不要以为我这样做是选择相信你。”停顿了一会儿，陈一飞清晰而有力地表达了他的想法，“现在国难当头，我有太多的事情要做，所以我不希望把过多的精力花费在家仇上面。”

吴越默默地回味着陈一飞的话，眼前这位看似柔弱的年轻人，却有着博大的胸怀，这让吴越感到惭愧，他觉得自己是该为国家和民族出点力了，不能因为往事而让自己意志消沉。当前的形势的确不尽人意，有很多人卖国，但也有千千万万的热血青年，他们将会拯救这个千疮百孔的国家，他们正是民族的脊梁，今后国家建设的栋梁。

正当吴越陷入沉思的时候，陈一飞忽然说道：“你为共产党人做事情，能否替我引见他们？我认为在某些事情上，我可以和他们合作。”

吴越疑惑地看着他，不明白陈一飞为什么会这样说，他应该知道共产党人在工作上有严明的纪律，没有上级组织的命令不能擅自行动。

“其实我这一次回到上海，也肩负着一个秘密使命，就是刺杀日本华东地区特务头子山本大佐，根据我的情报，在上海活动的共产党人也有这个任务，既然如此，为什么不携手合作，一起刺杀山本呢？”

一家报社的记者竟然有这样的任务，吴越不可思议地看着他，不知道他还会说出什么让人震惊的话来。

陈一飞看出了吴越的疑问，补充道：“我不应该和你说这些，但是为了表明我的诚意，我还是要告诉你我现在真实的身份。”

听到他要刺杀山本时，吴越基本上已经猜出了八九分，但是他还是静静地听着。

陈一飞接着说：“我离开上海的过程你很清楚，是国民党保密局上海小组负责把我转移出去的，我在后方养好伤之后，也加入了这个组织，由于我对上海各方面比较熟悉，所以被组织派回上海执行任务。”

果然如此，于是吴越问道：“你和苏晓芸是搭档？”

陈一飞点头承认了，然后又补充了一句：“我协助她工作。”

“你就是苏晓芸派来和我联络的人？”

陈一飞点头肯定了吴越的猜测。

吴越又想起了他被王督察押解往法院去的情景，既然陈一飞协助苏晓芸工作，那么他一定也清楚那一天发生的事情。

“我被押往法院的那一天，你们为什么要救我？”吴越忙问道。

陈一飞望着吴越的脸庞，很久才吐出一句话来：“我们接到的命令是在半路上杀了你！”

“果然不出所料。”吴越丝毫不觉得意外。

“你已经猜到了这个结果？”陈一飞对吴越的冷静感到很惊讶。

“我知道你们绝对不会信任一个被捕的人，只有我死了才能保证苏晓芸的安全。”吴越分析着自己应该死的原因，仿佛一切和自己没有任何关系，平静得让人不可思议。

“上级的确是这样考虑的。”陈一飞承认了吴越的分析。

“你是不是感觉很失望?”

陈一飞沉默了一会儿，然后才幽幽地说：“整个行动小组里面，只有我赞同了苏晓芸的意见，我们一起说服了小组其他成员，把半路上杀你的任务变成了救你。”

“为什么?”吴越惊讶地望着他。

“因为我希望得到一个真相，如果你死了，真相将永远被埋没了。”陈一飞的情绪有些激动，然而他竭力调整了自己的情绪，继续说道，“更何况刺杀山本的任务需要你，这才是摆在所有人面前的头等大事。”

吴越平静地望着面前这一位年轻人，可是他的心中犹如翻江倒海般，比起陈一飞来，自己竟然如此渺小。想到这里，吴越说：“刚才你说要和共产党人合作，我不是共产党的人，我无法向你承诺什么。而且共产党人的组织纪律严明，没有上级命令不可能擅自行动。”

“你是说我的想法不太可能实现?”陈一飞看着吴越。

吴越默默地点了点头，以他对老秦和楚天文两人的了解，他们做事谨慎，恐怕不会接受陈一飞合作的建议。

“我只是希望你能替我传达一下我们希望与他们合作的愿望。”陈一飞仍然不死心。

为了抗日，陈一飞曾经九死一生，而现在他单薄的身躯承受了那么大的痛苦，却依然拼命工作，吴越没有理由拒绝他。更何况，如果两拨人马可以真正团结起来对付山本，成功的机会肯定大得多。

想到这里，吴越点了点头。

第二天早晨，吴越起床之后就前往行知书店，他要把陈一飞合作的愿望转达给老秦。

刚走到路口，他就看到前面围了很多人。吴越不敢贸然过去，毕竟他现在是被通缉的逃犯。不过还是有围观的人读出了声：“……限期自首，否则将处死他的同党。”吴越一惊，迅速挤进了人群。

如吴越所料，墙上不仅贴着抓捕他的通缉令，边上还多了一张画像——是翡翠姑娘。

吴越赶紧低下头去。一想到翡翠可能会遭受的毒手，他心里痛苦万分，如果不是因为自己，翡翠就不会是如此的下场。他们的手段残忍毒辣，翡翠一定会受尽折磨，生不如死。吴越不愿意再多待一秒，似乎他站在这里就能嗅到牢房阴暗潮湿的味道，看到狱卒凶神恶煞的面容，听到翡翠痛苦万分的呻吟。

吴越挤出了拥挤的人群，大踏步地离开，向行知书店的方向走去。

翡翠无助而绝望的眼神不断地浮现在他的脑海里。吴越有些不明白，曾经冷酷无情的自己，为什么心肠越来越软？难道这就是杀手和刺客的区别？杀手只追求结果，而刺客追求正义。

他心里闪出一个念头，那就是自己一定要为此负责，尽管对方只是一名身份低贱的青楼姑娘。纠正自己犯下的错误，对他来说，更像是一次心灵的救赎。

想明白了这些，吴越这才专注地赶往书店。突然他意识到自己犯了一个可笑的疏忽：老秦办事一直小心谨慎，滴水不漏，力求万无一失。既然自己被捕了，老秦肯定要预防他透露出书店里的秘密，这也意味着老秦已经不可能还在书店里面。

当然，站在老秦的角度来思考问题，吴越并没有对自己的这个推论感到不愉快，如果是他遇到这样的事，他也会做出和老秦一样的选择。

即使是最亲密的战友，有的时候也会出卖对方，吴越对此有着刻骨铭心的体会。

吴越想起了古代的那些刺客，只要他们许下了一句承诺，不管是金钱、名誉、地位还是美色，没有任何一样东西能够诱惑他们放弃承诺，就连死亡的威胁，在刺客的承诺面前，也根本不值一提。

吴越认为自己在老秦的眼里，只是一名优秀的杀手而已，他没有资格称为一名刺客。

想到这里，吴越顿时感觉失去了方向，不由得停下了脚步。看着身边匆匆而过的行人，他们每一个人都有自己的方向，吴越的心头竟然有一些凄凉的感觉。自己的方向在哪里？吴越不断地问自己，他的脑海里浮现出陈一飞那张年轻而悲伤的脸。自己刚刚给过他一个承诺，难道就这样回去告诉他，已经无法联系上共产党人了？这绝对不是一名刺客会做出来的事情。吴越决定去行知书店看看。虽然书店可以关门，但他相信自己可以在书店附近找到一些线索，然后联系上老秦，把陈一飞希望和他合作的愿望转达给他。

他必须完成这个任务，即使老秦不再信任他。

吴越远远地就看到了行知书店，门竟然开着，有两位学生模样的姑娘正夹着书从书店里出来。

他慢慢地踱了过去，站在书店门口，仰起头静静地看着题着“行知书店”四个大字的匾额，他不敢相信自己的眼睛。

他又看到了柜台上的老秦，他正低着头拨动着算盘，看情形正在算账。阳光从门外射入，恰巧照在柜台上，老秦的上半身沐浴在清晨的阳光里，虽然他穿着一身黑灰色的衣服，但是整个人都像涂上了一层淡淡的金色，这让他的形象显得亦真亦幻。

吴越这才真正明白了什么叫镇定自如，什么叫风雨不动安如山。

吴越干咳了一声之后，走进了书店。

老秦听见门外的干咳声也抬起头来，一看到吴越，脸上便露出了笑容来。他停下手里的活走上前来，握了握吴越的手，然后邀请吴越往里屋走，一边走一边用非常恭敬的语气说：“您终于来了，里面请，里面请。”

老秦的客气和以往不同，吴越真的不知道老秦的葫芦里卖的什么药，只得跟在他的身后来到了里屋。

“我和大客户谈点生意，不要让人进来打扰。”和关门声一同响起来的，是老秦吩咐伙计的响亮的声音。

一到里屋，老秦就换上一副严肃的表情说：“现在到处张贴着通缉令，我希望你立即离开上海。”

吴越没有接他的话，兀自说道：“真没有想到，你的书店居然还没有关门，难道你就不怕我泄露你们的秘密?”

老秦的脸色显得有些凝重，点了点头说：“你说的对，你被捕之后，我就应该把书店关了。”

“可是为什么又没有关门呢?”吴越望着老秦的脸，心里隐约有了一种渴望。

“你真的想知道?”老秦反问道。

吴越坚决地点了点头。

老秦也没有卖关子，坦然说道：“其实在你被押往法庭的路上，我们已经埋伏了枪手。”

“你们的目标是我。可后来为什么又不开枪了?”

老秦没有回避他的眼神，淡淡地说：“因为我们无法确定你是不是泄露了我们的秘密，我们无权让你去死。”

“这不是你做事的风格。”吴越的心里有一丝感动，可是他的话依然犀利。

“的确不是我的风格，但是有一个人改变了我。”

“楚天文?”吴越立即就想到了他，因为除了老秦之外的共产党人，他只认识楚天文。

“是他的劝说，才使我们在最后的关头放弃了最初的打算。”老秦语气淡淡的，仿佛在说一件久远的事情。

又是楚天文，这算是他第二次救命之恩。吴越望着老秦的脸问：“为什么你要告诉我这一些?”

“因为当你知道了我们曾经想过要你的命，你就会离开上海。”

吴越淡淡地笑了笑说：“可是你们不仅没有要了我的命，最终还救了我。”

吴越知道，当他押着王督察离开的时候，原来准备取他性命的枪手却变成了保护他的人，这些人有的是苏晓芸派来的，有的是老秦派来的。

老秦惊讶地看着他，根本没有料到吴越不仅没有生气，反而似乎很开心。

吴越又笑着说：“你们不仅救了我，而且相信我没有泄露你们的秘密。”

“你怎么知道?”老秦有些不可思议地望着眼前这位年轻人。

“因为你的书店依然开着。”吴越平静的表情下面隐含着一种快乐，他很享受这种被人信任的感觉。

听了吴越的话后，老秦眠嘴一笑说：“我们现在不谈这个，我希望你赶紧离开上海。”

“我是不会离开上海的。”吴越斩钉截铁地拒绝了老秦的建议。

“难道你不明白此刻的上海对你来说意味着什么?”老秦加重了语气，他对吴越的选择非常不满，“现在大街小巷到处张贴着通缉你的告示。”

吴越反而坦然地笑了笑说：“我的任务没有完成，我是不会离开上海的。”

“保护楚天文?”老秦还没等吴越反应过来，又立即说出了自己的意见，“我取消这个任务，你现在去保护他，反而让他更加危险。”

吴越却摇摇头否认了，他当然知道以一个通缉犯的身份去保护楚天文，反而会让楚天文引火上身，让他处于更加危险的境地。

看到吴越否认之后，老秦的脸色立即阴沉了下来，他明白了吴越所说的任务是什么。

“为什么你一定要做这一件事情?”老秦显得有些痛心疾首，“靠你一个人的力量是绝对完不成这个任务的。”

“因为我也想为抗日做一点事件，反正我已经是死过好多次的人了，不在乎再死一次。”说完这句话，吴越自己都愣住了，他没有想到这样的话会从自己的嘴里说出来，这根本就不应该是一名杀手说出来的话。

他的话让老秦也是一愣，他呆呆地看着眼前这个年轻人。这句话正是他一直希望听到的话，可是在这样的时刻，这句话反而让他有些难受。

吴越意识到自己的语气有些激动了，慢慢地平复了自己的情绪后说：“你也认为我一个人无法完成这个任务，可是现在有人希望和你们合作，一起刺杀日本在华东地区的特务头子山本，这样就可以大大增加成功刺杀他的机会。”

老秦似乎在思考，吴越接着讲道：“山本的存在，对抗日战场产生了多么大的影响，你也说过，他一个人就抵得上好几个军，他曾经残杀过多少你们的同志?”

看来吴越的这句话触动了老秦的神经，他用力地捏了捏拳头，然后问：“谁要和我们合作?”

“国民党的人。”吴越其实不想提起“国民党”这三个字，这三个字给了他太多的伤痛。

老秦站起身来，给吴越沏了杯茶，在屋子里慢慢地踱了几步，然后背对着吴越说：“虽然在抗日战场上，国共两党已经取得了合作，可是上海的形势非常复杂，这件事还需要认真考虑。”

吴越望着老秦宽厚的背部，很清楚他的担忧，虽然国共两党取得了合作，却经常会有一些摩擦和矛盾。特别是上海这样复杂的地方，情况更加扑朔迷离，很难让人分清楚是敌是友。这种情况之下的合作，也意味着巨大的风险。

墙上的一个挂钟嘀嘀嗒嗒地走着，屋子显得特别安静。过了好一会儿，老秦才说：“这件事情我要和楚天文商量商量，而且还要向上级组织报告，才能决定是不是要和他们合作。”

老秦居然没有直接拒绝他，看来他也有这方面的打算，吴越看到了合作的希望。

说完，老秦走出了屋子，吴越听到老秦响亮的声音传进了里屋：“你快去把楚先生请来，告诉他我要和他谈一笔生意。”

老秦的声音刚刚消失，吴越很快就听到了另一个声音："这倒是巧了，我正想找秦掌柜谈生意呢。"

竟然是楚天文的声音，他自己来了。吴越站了起来，向门口走去。

楚天文依旧穿着一袭青布长衫，厚厚的眼镜后面那双眼睛闪着睿智的光。他见到里屋站着吴越，抑制不住自己的喜悦之情，紧紧地握住了吴越的手说："吴兄你受苦了。"

吴越的心头感到一阵暖意，楚天文依然选择了相信自己，并且说服他们的人放弃射杀自己，又是一次救命之恩。但吴越并没有将这份感情流露出来，只是淡然一笑说道："楚兄多日不见，别来无恙。"

两人走到桌子边坐下，老秦也为楚天文泡上一杯茶，淡淡的茶香随着水蒸气又一次在屋子里弥漫开来。

"其实我遭受的那些疼痛根本算不了什么。"吴越先开口了。

楚天文用力地拍了拍吴越的肩膀，感慨道："你果然是一个汉子。"

吴越站了起来，表情凝重地说："我今天来是受一个人的委托，他希望能和你们合作，一起对付山本。"

听了吴越的话后，楚天文也站了起来，盯着吴越的眼睛说："我们欢迎合作，不管对方是什么人，只要对方愿意抗日，对抗日事业有帮助，我们愿意抛弃任何偏见，团结一切可以团结的力量。"

楚天文说完之后看了看老秦，希望能听听老秦的看法。

老秦理解了楚天文眼神里的含义，也站了起来，背着双手绕着桌子转了一圈后才缓缓地说道："我赞同你的观点，虽然现在上海的形势非常复杂，但为了团结抗日力量，我认为在工作上，我们还是应该放开手脚，不要畏首畏尾，以打破目前的僵局。特别是在刺杀山本这件事情上，如果能够再度和国民党人合作，那对地下抗日统一战线的形成是极有好处的。"

吴越原本以为老秦会反对，他曾经和老秦提过此事，可是被老秦一口回绝了，没有任何商量的余地。此时吴越有些惊讶地说："我原以为你不会同意。"

老秦的脸色依然很严肃，正色说道："做这件事情非常危险，可是为了抗日，危险是我们必须要承担的。"

原来并不是老秦不愿意做这件事情，而是他必须评估刺杀山本的风险。"既然你们两个达成了统一意见，我给你们约一个地方好好谈一谈。"吴越对老秦说。

可是楚天文却摆摆手说："我们还要向上级组织汇报，才能决定能否去做。"

吴越看了看两人，然后说："那我就先告辞，我会把你们的意见传达给对方。"

说完吴越便走出了屋子，跟在他身后的老秦吩咐正在整理书籍的伙计："把新到的《红楼梦》精装本包起来，这位老板要了。"

吴越戴好帽子，接过伙计递过来的书，走出了书店。路过贴有通缉令的路口时，吴越特意留意了一下，发现上面又多了一张通告，上面写着如果吴越再不投案自首，将处死他的同党。

不能让无辜的翡翠因为自己而死，吴越捏紧了拳头，暗暗下定决心要把翡翠救出来。

黄浦江的夜晚瑰丽而神奇，一条条画舫被彩灯装饰得光彩夺目，倒映在水面的灯光随着江面一起波动着，显出几分梦幻色彩来。不时从画舫传出来的婉转动听的歌声，点缀着美好的夜晚。只是远处江面上游弋着的几艘日本军舰庞大的黑影，时刻提醒着江面上的游人们，这条江如今已被日本人控制。

一条小船慢慢地游到一边，孤独地飘荡在江面上。船上坐着四个人，吴越、楚天文、老秦和陈一飞。

四个人刚刚就合作刺杀山本的事情达成了合作的共识，都静静地聆听起远处传来的歌声，似乎每个人都被那甜美的歌声吸引住了。

陈一飞忽然感叹道："如果没有战争，一壶浊酒，三五知己好友荡舟江上，听着歌声和水声，也是人生乐事。"

楚天文笑着说："如果没有战争，我依然教我的书，我喜欢那种平静而满足的生活。"

老秦叹了一口气说："如果没有战争，我与妻子和一双儿女一家团聚，平凡而其乐融融。唉，也不知道他们现在过得怎么样。"

吴越没有说话，三个人的谈话和流水的声音一起在他耳畔回响，比起他们，也许他是最有资格对战争发表评论的人，因为他就是从战场上走下来的。然而，他却无法和他们一样描述没有战争的生活。

"没有战争会怎样？"吴越苦笑了一下继续说，"我给你们讲一个战场上的故事吧。”

吴越望着天上的星星缓缓地说道：“一场围歼日本人的小规模战斗结束后，我们清理战场的时候，发现有一个日本军官还没有死，他的一条腿被炸断了，他像野兽一样嚎叫着，一只手握住军刀，另一只手紧紧地攥着一样东西，睁大血红的眼睛盯着我们。我们慢慢地围了过去，日本军官挪动着身子缓缓地后退到一堵断墙边，他已经无路可退了。这时候，他另一只紧紧握住的手忽然张开了，他脸上惊恐和愤怒的表情瞬间变得温柔起来，血红眼睛里残忍的目光消失了，一下子变得柔情似水。当我们端着枪逼近他的时候，他用军刀猛地刺进了自己的胸膛，倒地的时候脸上依然是温柔的表情。我走了过去，发现他左手握着一张照片，照片上是他的妻子和女儿。”

四个人都陷入了沉默，江面上的风吹起了吴越额前的头发，在月光的照耀下，吴越额头上的伤疤清晰可见。“我想如果没有战争，人就不会变成恶魔，每一个人都可能成为朋友。”吴越坚定地说。

楚天文的嘴角露出淡淡的哀愁，他拍拍吴越的肩膀说：“世界上没有人喜欢战争，可是却有极少数野心家打着各种各样的旗号，让自己的国家和人民卷入战争，一条条鲜活的生命因此消逝，文明也因此灰飞烟灭，一场战争就是一场人间的悲剧。”

陈一飞接着说道：“可笑的是有许多历史学家说战争推动了文明，那是因为在他们的眼里，那些死去的人只是一个个统计数字。战争的惨酷只有从个体的生命中去观察，才更能使人触目惊心。”

吴越静静地听着，风吹过他的脸庞，额头上的伤疤似乎表露着他的忧伤。他忽然觉得自己真的有些累了，真想好好地休息休息。可是，吴越知道自己没有休息的资格，他们三个人也没有休息的资格。

夜深了，风却不知道什么时候停了，江上的灯越来越少，歌声也消失在夜空，只留下寂静的夜。黑夜就像是一张大网，把所有人都网在其中，没有人说话打破这份宁静。船靠岸后，四个人便朝着四个不同的方向散去了。

第二十三章 智闯警局

他每一个细微的动作都让边上的警察如临大敌，分外紧张。这一次也不例外，当他完全敞开衣服的时候，离他最近的几名警察的脸上顿时露出了惊恐的神色，立即往后缩。

穿着一件风衣的吴越走在霞飞路上，此时是午后，街道上并没有多少人，一张电影海报正在空旷的街道上空飞扬。太阳被云层包围着，但是金色的光线却穿透了云层，如同瀑布从天而降。

警察局就在霞飞路上，为了今天的行动，吴越已经在霞飞路上连续转悠了几天。他一直观察着周围的环境，也分析着自己将会遇到的麻烦，尽管整个过程已经在他的脑海当中预演过很多遍，他还是小心翼翼。任何细微的疏忽，都有可能酿成重大的错误，他当然不允许疏漏发生。

今天又是一个多小时的观察，吴越发现除了四名警卫外，几乎没有人从大门进出，警局大门口真可称得上门可罗雀了。

吴越向警局大门走了过去，他刚一接近大门，一名警卫马上往前跨出一步，上上下下打量着吴越，极不客气地问道："你有什么事情?"

"报案。"吴越说。

"小事情就别来了，我们忙得很。"警卫不耐烦地提醒道。

"我当然是为大事而来。"吴越镇定地说。

“什么事?”另一名警卫似乎来了兴趣，凑上来问。

“我一定要说吗?”吴越望着身前的两名警卫，一副很不情愿的样子。

“废话!”第一名警卫瞥了一眼吴越，冷笑着说，“我们站这里干什么? 就是把关，如果所有人都说自己有大事要报案，长官还忙得过来吗?”

吴越刚想说话，另一名胖一点的警卫凑得更近了，他笑嘻嘻地说：“其实很多事你根本不用到里面去，只要你出得起钞票，我们可以帮你解决，去了里面你会花更多的钱。”

吴越看看面前两位警卫，依旧摇了摇头说：“这事情你们解决不了，我一定要进去。”

“那你赶紧说，别磨磨蹭蹭的。”警卫不满地叫道。

吴越这才掏出一张卷成筒状的通缉令来，慢慢地在两名警卫的眼前展开。两名警卫看了看吴越展开的通缉令，竟没有明白吴越的意图，仍然疑惑地看着他。

吴越笑着问：“你们是不是要抓上面的人?”

两名警卫对望了一眼，然后点了点头。

“难道你们没有发现，通缉令上的画像和我很像吗?”

这两名警卫如梦方醒，立即取下背在肩头的枪，将黑洞洞的枪口对准了吴越。另外两名站得比较远的警卫知道情况不妙，也卸下枪对准了吴越。

吴越重新把通缉令放回了口袋，他的目光从这四个人的身上扫过去，微笑着说道：“我要见你们的钱警司，快找个人去告诉他，他想见的人来了。”

吴越突然出现的消息一下子就在整个警局大楼里传遍了，大门里很快就涌出了十几名警察，把吴越团团围在中间。

吴越扫视了一下身前身后的十几名警察，丝毫没有在意他们手里的枪，笑着说：“你们的长官王督察和钱警司今天都不在? 那就有些遗憾了，我今天来可是和他们谈一笔交易的，如果他们不在我可要走了。”

所有的警察都神情紧张地拿着枪对准了他，王督察和钱警司都曾经被眼前这个人绑架过，他们不得不小心应对。

吴越的目光盯住了站在他面前的一位年轻的警察说：“你的枪连保险都没打开，这把枪恐怕射不出子弹吧。”

被吴越盯着的年轻警察低头一看，果然发现自己的枪没有打开保险栓，他的脸一下子就红了，手忙脚乱地打开了保险栓。

吴越又说："不要紧张，如果我要对你不利，你刚才低头的那一刻，就已经没有命了。"

这位年轻的警察显得更加窘迫，鼻尖上的那一颗青春痘都胀得发出油亮的光来。

大概过了五分钟左右，王督察和钱警司终于在几名警察的护卫下走了出来。王督察的右手竟然还打着一条洁白的绷带，这让吴越觉得有些怪异，虽然他受过伤，但也不至于要绑上绑带。吴越微微一笑，已经知道了他的用意。吴越又看到了钱警司肿胀的额头，这是那一天吴越抱着翡翠从天香楼滑下来，用力地踩在他额头上的结果，只是今天他为自己贴上了一块膏药。

王督察见到吴越被围困在警察中间依然一副毫不在意的样子，非常不满意地喊叫道："你们这群废物，还不上去绑了他?"

有几名警察在王督察的喝斥下慢慢地移动脚步，向吴越的身后靠过去。

吴越的后背像长了眼睛似的，只听他冷冷地说道："后面的给我慢着点。"

吴越的声音如同冰一样透露出阵阵的寒意，冻住了想从身后去绑住他的两名警察的脚步，他们犹豫着要不要上前。

"等我给钱警司看一样东西，你们就不会想要绑我了。"

吴越一边说一边把手往口袋里伸，站在他面前的警察全都紧张地瞄准了他。

"千万不要紧张，我绝对不会掏出一把枪来，请大家放松一点。我相信如果谁打死了我，你们的长官钱警司肯定会不高兴的，我估计他现在还不想让我死吧。"吴越说这句话的时候，特意戏谑地看着钱警司。

钱警司脸上的肉抖了抖，厌恶地说："你们紧张什么? 他现在已经在我的手里了，我不相信他还能插上翅膀飞了不成。"

这时，王督察伏在钱警司的耳边说："这个人不好对付，不如现在一枪毙了他。"

吴越听了王督察的话冷哼了一声，他今天之所以敢独闯警局，就是认准了钱警司不敢要他的命，因为他还有利用价值。即使钱警司心里非常想杀了吴越，恐怕也不能自作主张，不然的话他吴越早就死了。

果然，钱警司开口说道："他现在还不能死，留着他还有用。"

当吴越把手从口袋里掏出来的时候，手上多了一张纸，准确地说是一张通缉令。

吴越看了一眼印着他画像的通缉令说："上面说限我三天时间前来自首，不然枪毙我的同党翡翠姑娘。现在我已经来了，我想问一下钱警司准备怎么处置翡翠呢?"

钱警司冷笑一声说："现在你已经无权过问啦。"

吴越皱了皱眉头，然后问："钱警司不知道有没有想过这一个问题，我是如何找到翡翠，然后又通过翡翠找到你的?"

王督察的脸色一下子就白了，和手臂上绷带的颜色所差无几。他迅速用左手夺过边上警察的枪，对准吴越扣动了扳机，只听"砰"的一声，子弹竟然打在了吴越脚下。

"你左手的力量不够，无法拿稳一只枪，出手仓促急躁，怎么可能打中目标?"吴越摇了摇头说。

吴越的话让王督察恼羞成怒，第一枪打出以后，步枪强大的后座力让他的枪拿得更加不稳，枪口早已经垂了下来。当他用力地提起步枪，准备再次射击的时候，钱警司已经把他的枪按了下去。

"此刻他想置我于死地，你应该知道是谁出卖了你吧? 而且我认为王督察右臂应该没有受重伤，我可没有用酷刑，只是把枪口顶指在他脑袋上而已，怎么就这么严重了呢? 恐怕这是王督察用来欺骗钱警司的苦肉计吧?"吴越一口气说完了，静静地看着钱警司。

听着吴越的话，钱警司的脸色越来越不好看，双手抓住枪管把枪夺了过来，突然用坚硬的枪托朝王督察的身上砸过去，一边砸一边咬牙切齿地骂道："你个吃里爬外的东西。"

王督察条件反射般地双手一起抱着脑袋连连求饶。钱警司一看他的右手果然没有大碍，更加生气，连续打了十多下后才把枪丢到一边。此时王督察已经被打得额头出血，脸上青一块紫一块。

钱警司打得也累了，他用一只手撑住自己的腰，一边喘气一边擦去脸上的汗水，同时还用脚狠狠地踢了踢蜷缩着的王督察。

看着刚刚发生的一切，吴越的嘴角始终挂着一抹浅浅的笑意，如同欣赏着一场好戏。

钱警司住手之后，吴越才说："我今天送上门来，想告诉钱警司一件事，翡翠姑娘不是我的同党，所以我请钱警司放了她。"

"既然你送上门来了，这里就没有你说话的份了。"钱警司哈哈大笑道，瞬间脸色一变，下命令道，“还不快点把他给绑起来！”

吴越的脸色一下子就变得冷峻起来，再次问道：“钱警司果真不答应我的条件？”

“我可不是他那样的废物！那么多人看着都被你跑了。”钱警司瞥了一眼被打得浑身发抖的王督察，又扫视了一眼包围着吴越的警察说，“你今天自投罗网，休想再跑出去！”

吴越依然镇定自若，这可激怒了钱警司。他竖起食指在空中划了一道弧线，无声地命令着手下的警察上去绑住吴越。

吴越的嘴角露出一丝诡异的笑容来，然后慢慢地揭开紧紧裹住身体的风衣。

他每一个细微的动作都让边上的警察如临大敌，分外紧张。这一次也不例外，当他完全敞开衣服的时候，离他最近的几名警察脸上顿时露出了惊恐的神色，立即往后缩。

趁着他们往后退，吴越趁机往前跨出了两大步，距离钱警司只有两米左右的距离。

钱警司盯着吴越身上绑得整整齐齐的炸药，不可思议地张开了嘴巴，呼吸也急促了起来。

吴越很满意这种效果，他看了看眼前紧张的警察，最后把目光停留在钱警司的脸上，大声地说：“我身上的炸药是美国军队专门用来爆破坚固防御工事的特制军用炸药，只要现在有一颗子弹击中了我，或者说我拉动手中的这根引线，我敢保证整栋警局大楼将不复存在，更不用说你们的血肉之躯了，所以我希望大家把枪放下，不要因为紧张走火而害了所有人。”

端着枪的警察面面相觑之后，都慢慢蹲下身子放下枪来，整个过程竟然非常安静，似乎放下枪时发出一点儿声音也会引爆炸药。

钱警司掏出一块手帕擦去脸上的汗水，他的声音有些颤抖：“你想怎么样？”

“我的条件很简单，我就想看看你能不能兑现自己的承诺，会不会放了翡翠姑娘。”吴越不动声色地说道。

“就这么简单？”钱警司问道。

吴越的沉默是最好的回答。

“快去把那个婊子带出来。”钱警司立即下了命令。

不一会儿，两名警察架出一个人出来。吴越一看，怒火顿起，只见翡翠身上的衣服破破烂烂，沾满血迹，衣不蔽体，全身到处都是伤痕。更让人触目惊心的是她脸上一块被烙铁烫伤的疤痕，吴越看着这一块毁掉翡翠美丽容貌的伤痕，耳边似乎响起了赤红的铁块接触到皮肤时发出的“嗞嗞”声，仿佛闻到了皮肉烧焦的臭味。

翡翠曾经发出过痛彻心扉的呼喊，吴越的心里忽然闪过了这样一个念头。一想到这里，吴越的眼睛似乎也带上了赤红铁块的颜色，逼视着那两名警察，眼睛里一股凛冽的杀气，吓得警察们不敢面对吴越的眼睛，缓缓地低下了头。

死一样的静寂笼罩在每一个人的心头，他们害怕失去理智的吴越会突然拉响炸药的引线，把所有的人都炸成碎片。

时间一分一秒地过去，对面一幢楼上突然响起的钟声，让所有的警察都吓了一跳。

钟声过后，吴越努力让自己的情绪冷静下来，因为他知道愤怒会使一个人失去理智，在这样的环境下他更需要保持清醒的头脑。可是，当他再一次看到翡翠惨不忍睹的样子时，吴越紧紧握住自己的拳头，真的有些控制不住自己。

“把你的衣服脱下来给她披上，然后让她过来。”吴越对架着翡翠的一名警察说道。

在吴越冰冷的目光中，那名警察开始脱上衣，或许是他太紧张，好长时间才把衣服脱下来。

这个时候，翡翠悠悠地醒了过来，她艰难地抬起满是伤口的右手，无力地拨开额前混杂着草屑、凝结着血块的头发，她看到了吴越模糊的身影，嘴角竟然微微往上翘了起来。

吴越知道，她在微笑。她还能微笑，多么不容易，吴越的心里既欣慰，又心酸，她现在如此悲惨的遭遇，完全是自己造成的。

这时候，翡翠挣开了两名警察的手，踉踉跄跄地朝着吴越移动过来。一步、两步、三步……

她是那么单薄，那么瘦弱。可是她又是那么坚韧，那么顽强。

望着她的笑容，吴越的眼睛有些模糊了。

警察似乎也忘记了眼前有一个全身绑着炸药的危险人物，都怔怔地看着这个受尽摧残的女人，拖着几乎被打断的腿慢慢向前移动着。

翡翠快要接近吴越的时候，忽然一个趔趄，身子一歪就要往地上倒下去。吴越向前跨出一步，迅速伸出右手扶住了她。吴越一只手抱着翡翠，另一只手依然没有松开身上的引线，这个时候是最危险的时候。

翡翠的脸紧紧贴在吴越的胸口，虽然她的脸上布满了污垢和伤痕，可是吴越从她微闭的眼睛和眼眶里噙着的泪水中知道，此刻她没有痛苦，只有幸福和陶醉。

吴越想起了那一天，翡翠紧紧抱着他，两人从窗户跳下去之后，她久久不愿意松开吴越，脸上也是这样的表情。她受了太多的痛苦和委屈，不能再受任何伤害了。吴越感觉鼻子一酸，他的眼圈也红了。

翡翠越来越虚弱，不时发出的咳嗽声不断地提醒着吴越，再不对她进行治疗，恐怕她将离开这个人世。吴越对钱警司咆哮道："赶紧叫人给我弄一辆车来。"

钱警司稍稍迟疑了一下，吴越马上冷冷地说："如果她今天死在这里，你们就一起给她陪葬。"

钱警司掏出一块白手绢一边擦着额头上的冷汗，一边对一名警察喊道："你快去开一辆车过来，加满油并且准备四个备用轮胎。"

翡翠微微闭着眼睛，吴越轻轻地呼唤着她的名字，只见她嘴唇轻轻地动着，却始终没有睁开眼睛。

凭吴越的经验估计，在这种时刻闭上眼睛最危险，曾经有许多战友这样死在他的面前。这让吴越更加紧张了，不禁对钱警司催促道："赶紧让人把车开过来。"

过了一会儿，一辆警用汽车开了过来停在吴越的身后。

吴越抱着翡翠慢慢地往车边走过去，一边走一边说："钱警司你现在是我的司机，还站着干什么?"

钱警司愣住了，迟迟没有往汽车这边走过来。

见他不动，吴越不耐烦地说："希望钱警司能够配合一些，不然后果有多严重你应该清楚。"

钱警司再一次用那块沾满了汗渍的手帕擦去脸上的汗水，此时他进退两难，如果不按照吴越说的做，万一他真地引爆了身上的炸药，自己根本不可能逃跑。如果照着吴越说的做，无疑是让自己的处境变得很危险，而且这是自己第二次被匪徒劫持，脸面真是丢得一干二净。

吴越突然冷冷一笑，低头看了一眼身上的炸药，似乎已经做好引爆的准备了。

在钱警司的眼里，吴越的微笑如同死神的召唤。

“你到底开还是不开?”吴越的声音冰冷得如同来自地狱。

所有警察的目光都聚集到了钱警司的身上，他们的眼里既充满了对死亡的恐惧，也流露出求生的渴望。在场的每一个人都清楚，只有吴越离开，他们才能继续活下去。

“既然如此，那我只好让大家给我陪葬了。”吴越拉紧了引线。

“等等。”钱警司突然开了口，“我给你开车。”

吴越的手松了下来，警惕地注视着钱警司钻进了车子，这才扶着气息微弱的翡翠也上了车。上车之后吴越马上从钱警司的腰间摸出一把手枪，死死地对准了钱警司，再也没有离开过。

车子启动之后，吴越命令道：“给我去最近的医院。”

吴越伸出头往后看了一眼，只见后面远远地跟着几辆汽车。这是他早已经预料到的情况，本来他应该命令钱警司把后面的车子甩掉，然而现在最要紧的就是送翡翠去医院。吴越只是一个劲儿地催钱警司：“开快一点，再开快一点!”

在吴越的呼喊声中，翡翠慢慢地睁开了眼睛，她的手紧紧地握住了吴越的手，似乎一松手她就会失去一切。

吴越望着她的脸说：“是我让你受了这么多的苦。”

翡翠轻轻地摇了摇头，气息微弱地说：“我是个妓女，早已经尝遍了人生之中的痛苦，这点皮肉之苦对我来说算得了什么呢?”

“可是我害得你被毁了容，以后你还怎么出去见人。”吴越惋惜地说。

“女人美丽的容貌在这样黑暗混乱的时代往往给自己带来灾祸，如果我只是一个长相平凡的女子，也许就不会经受如此多的痛苦。”

吴越心如刀割，今天他是来赎罪的，可是翡翠的宽容让他有了更深重的罪孽感。

翡翠的手轻轻地抚摸着吴越的脸庞，非常吃力地说：“如果今天我死在你的怀里，也许是我这痛苦一生最美丽的结局。”

吴越的泪水悄然滑落，一滴一滴落在了翡翠的脸上。这样一个年代，有太多太多苦命的人。他原以为自己冷酷无情，可是今天却冒着生命危险去救这样一位并不熟悉的姑娘，并且为她流了眼泪。

翡翠的眼睛又一次无力地闭上了，可是她的笑容如同开在深秋里的菊花，虽然饱受风霜的摧残，却依然明亮而纯洁。吴越粗糙的手轻轻地抚过她的脸庞，抬头对钱警司说："如果你再耽搁时间，我立即要了你的命。"

钱警司把车开得更快了，过了大约十多分钟，车子终于停了下来。吴越看到车窗外一幢楼房的墙壁上画着一个巨大的红十字，下面写着"中美联合医院"几个大字。

吴越一手抱起翡翠，然后对钱警司说："你出来。"

钱警司走出了驾驶室，吴越抱着翡翠，依然用枪指着钱警司的后背，丝毫不担心被医生看见。

从医院的门口跑出几名医生和护士来，他们看到吴越手里的枪，都紧张地往后退。

一看到医生，吴越焦急地乞求道："你们赶紧救救她，她快不行了。"一边说一边从口袋里掏出一叠钱递给一位戴着眼镜的外国医生，"这些钱先付医药费，我会再来的。我相信你们美国医院有严格完善的管理制度，更重要的是你们对生命尊重的态度，我相信如果有人要带走这位姑娘，你们肯定会拒绝的。"

听了吴越的话之后，这位外国医生用稍显生硬的中国话自豪地说："你完全可以放心，不管她是干什么的，在我们的眼里她就是一位病人，我们会尽全力医治并保证这位中国姑娘在医院的安全。"

听了外国医生的保证之后，吴越长长地吁了一口气。美国人办的医院在美国领事馆的保护之下，没有得到美国领事馆的批准，公共租界的警察是不敢前来闹事要人的。美国人一直奉行人道主义原则，在病人没有抢救过来的情况下，绝对不可能将病人移交给别人。因此，与其说医院能够治好翡翠的伤病，还不如说这是一个避难所。

几位护士抬了一个担架过来，把翡翠抬进了医院。

安排妥当之后，吴越暂时放下了心。他又命令钱警司上车继续开，当车子开动后，吴越还是郑重地警告了钱警司一遍："只要翡翠活不了，我保证你也活不了。现在把车开到《申报》大楼。"

第二十四章 扑朔迷离

“其实募捐宴会根本就是陈其深设下的一个圈套。可他也没有想到，自己在山本大佐眼里已经是一枚弃子！”

车子很快来到了汉口路上，《申报》为了继续办下去，如今已经迁到了公共租界。钱警司按吴越的要求将车开到了报馆门前，并脱去了身上的警服，乖乖地随吴越下了车。

钱警司看了一眼“申报报馆”几个大字，扭过头迟疑地问吴越：“为什么要来这里?”

“把你勾结日本人谋杀陈其深的阴谋在《申报》上刊登出来，是你活命的唯一机会。”

钱警司停了下来没有继续往前走，在车上的时候，他的表情一直非常紧张，此刻听了吴越的话后反而笑了起来。他一点也没有理会吴越惊讶的表情，兀自说道：“罢了罢了，看来我钱某人终究是逃不过一死了，害怕又有什么用?”

“只要你对《申报》记者如实交代谋杀经过，我今天绝对不会为难你。至于你将受到什么样的惩罚，已经和我无关了。”

“你觉得我到报社曝光了和日本人合作的事实，还能逃过日本人的毒手吗?”说到这里，钱警司语气更加激烈起来，“我的确应该死，可是我的家人呢?”

“那你就不应该当汉奸!”吴越也提高了声调。

“如果我不当汉奸，我和我的家人还能活到今天? 遍布上海共公租界的黑社会组织，有那么多在为日本人做事，我们一家人能逃过他们的毒手?”钱警司已经抱定了不上楼的决心。

吴越看着他激动的表情，知道此刻已经无法再用死亡来威胁他了，因为他已经知道自己非死不可。当真正来到死亡边缘的时候，贪生怕死的钱警司竟然有了一股面对冷血杀手的勇气。

吴越对他的话不屑一顾，轻蔑地说道:“整个上海，甚至整个中国，每一天都有那么多人面对死亡的威胁，可他们没有和你一样沦为日本人的走狗，反而处处为抗日出钱出力。而你因为自己的害怕和无耻，居然利用职权杀害了他们。”

“说来说去你还是说到陈其深了。”钱警司咽了一口唾沫，语气里竟然也有一丝不屑，“你难道想让我通过《申报》告诉所有的人，陈其深也为日本人做事情?”

吴越的目光瞬间冰冷了起来，有些不敢相信刚才听到的话。

“陈其深也为日本人做事情。”钱警司避开了他眼神，又说了一遍。

怎么回事? 陈其深也和日本人有关系? 吴越对此难辨真伪，他慢慢地解下绑在身上的炸药，然后往地上一扔说:“就像我身上的炸药，它们是假的，你的话当然也不是真的。”

钱警司看着串在一起的假炸药在地上翻滚，顿时恼羞成怒，用力地跺着脚，嘴里不断地低声自责道:“怎么会这样? 怎么会这样?”

这个时候吴越手中已经摸出了一把雪亮的匕首，抵在了钱警司的脖子上，冷冷地说:“虽然炸药是假的，可是这把匕首却是货真价实，只要你再胡说一句，我立即让你去阎王殿报到。”

匕首紧紧贴在钱警司肥硕的脖子上面，他不禁踮起了脚，似乎那样就可以离匕首远一点，可是不管他如何努力，锋利的刀刃依然冰凉刺骨。钱警司再一次感受到死亡的气息，他臃肿的身躯开始轻轻地颤动起来，到底他还是惧怕死亡的来临。

“你刚刚说的是不是事实?”吴越质问道。

“绝对是事实。”钱警司的声音也开始颤抖起来。冷汗从钱警司的脸上慢慢地冒了出来，一滴一滴地落在了吴越的手臂上。吴越缓缓地收回他的手，对于这个答案，他有些不知所措，他要好好理清自己的思路。

车子重新发动起来，吴越放弃了到《申报》找陈一飞的打算。他越想越觉得不对劲，现在要做的事情，就是立即确认陈其深是不是真的为日本人办事。

汽车在路上飞奔，吴越的匕首始终没有离开过钱警司的腰际，一路指示着钱警司变换着行车路线。

最后，车子在一条非常僻静的小街道停了下来，街道的两旁都是一些低矮的民房，一看就知道这是一个贫民居住的地方。

吴越押着钱警司走进一间破旧的屋子，这间屋子里的摆设极其简单，一张床，一张桌子，几张凳子，仅此而已。

吴越把钱警司绑在一张凳子上，命令道："把你知道的统统说出来。"

一束阳光透过屋顶落在了钱警司的脸上，明晃晃的令他几乎睁不开眼睛。"给我一点水。"钱警司眯着眼睛有些疲惫地说，连续几个小时的恐惧几乎把他折磨得精疲力尽了。

吴越拿起一个青花碗，从缸里舀了一碗水递到钱警司的嘴边。等他喝完之后，吴越重新舀了一碗，自己也喝了几大口。

"其实募捐宴会根本就是陈其深设下的一个圈套，可他也没有想到，自己在山本大佐眼里已经是一枚弃子。因为原本的计划是在募捐宴会上抓住你，然后通过你找到在上海活动的共产党。后来我把这个计划报告给山本大佐，他却否定了这个计划，他派一名日本杀手混入宴会枪杀了陈其深，而你就成了一只替罪羊。"

"为什么要枪杀自己的人?"吴越简直不敢相信，既然陈其深为他们日本人做事情，为什么会遭受他们的毒手?

"起先我也不明白，直到你被抓了，我才明白了这个计划的最高明之处。第一，陈其深死了，你没有跑掉，通过你依然可以找到其他共产党。第二，陈其深是上海富商，大家都认为他募捐抗日，如今却死在共产党人的手上，这无疑是给共产党抹黑，直接破坏共产党的威信，也破坏国共两党的合作。第三，日本人用陈其深的死警告中国人，谁要是敢组织抗日募捐，也会是同样的下场。"

山本不仅心狠手辣，而且诡计多端，吴越又一次领略到了他的厉害。

"既然你亲眼见识了日本人手段的毒辣，难道你就不害怕自己也有和他一样的下场?"

钱警司颇有些无奈地说："不要看我穿着一身警服，很多时候我身不由己。如果我不和日本人合作，恐怕早就被与日本人勾结的黑帮打死了，而且死的还有我的一家老小。"

"就是由于有太多的中国官员像你一样贪生怕死，贪图享乐，好好的一个中国才落到了今天这步田地!"

钱警司没有说话，也没有反驳。吴越忽然想到了陈一飞，那个为有一个爱国的父亲而感到骄傲自豪的爱国青年，如果知道了这个真相，又会如何?难道真的就因为钱警司的这几句话，就认定陈其深是汉奸?

证据，吴越还需要更多的证据。他想到了一个人，也许他可以从那个人嘴里知道更多的真相。

吴越拿起桌上的一块抹布堵上了钱警司的嘴巴，转身走出了屋子。他相信，这一次钱警司绝对不可能逃脱了。

第二十五章
赌场里的较量

丁二爷吐出了一串烟圈后，笑着说："按赌场的规矩，现在认输把两只手留在赌场就可以走人，玩输的话就要把命留下来了。"

丁二爷原名丁石权，最早投靠在杜月笙青红帮门下，做事不仅心狠手辣，而且极具谋略。青红帮最鼎盛的时候，他是年轻一辈当中的佼佼者，很受杜月笙器重。淞沪会战之后，杜月笙离开上海到了香港，公开发表声明不和日本人合作。丁石权带着一帮手下的兄弟投靠了张啸林，帮助张啸林吞并了许多属于杜月笙的地盘，他也因此成了张啸林的红人，地位迅速上升，如今仅在张啸林之下，因此也就被称为"丁二爷"。

随着日本人在上海的势力越来越大，丁二爷的名声也越来越响。杜月笙是一个眼里容不下一粒沙子的人，他竟然也没有派人清理门户。道上的人都认为，丁二爷不容易对付，因此杜月笙也只能干瞪眼。

大多数黑帮人物除了抢地盘打打杀杀之外，往往都沉迷于酒色，甚至吸食鸦片大麻。而丁二爷除了必要的应酬之外，对这些毫无兴趣。

吴越搜集到了丁二爷大量的材料，通过分析，吴越明白丁二爷不是一个容易对付的人，甚至要找到他也非常不易。丁二爷这样的黑帮人物，为了防止帮派间的拼杀、仇杀，行踪一向诡秘，不是他信任的帮派中人一般很难找到他。而吴越今天要找到丁二爷，是因为宴会那天丁二爷竟也出现了，黑帮与日本人联系紧密，吴越猜想丁二爷一定知道事情的真相，所以今天他要来问个究竟。

吴越作为一名出色的杀手，当然有办法可以找到他，可是他不愿意把太多的时间花在调查丁二爷的行踪上面，因为他急于知道陈其深是不是汉奸，不想有任何的耽搁。

这一天，天色刚刚暗下来，经过化装的吴越走进了号称“远东第一大赌场”的富生赌场。

赌场里面已经聚集了众多赌徒，正兴致勃勃地沉浸在自己感兴趣的赌博项目当中，完全忘记了赌场外面的世界。

吴越找了一张玩牌九的桌子坐了下来，让侍者给他换了一叠筹码之后就玩了起来。几圈下来，吴越已经赢了许多筹码。又玩了几圈以后，吴越仍是赢多输少，庄家开始用怀疑的目光看着他。而他的好手气也招来了众多赌徒的围观，他们纷纷站到吴越的身后，脸上显露出激动或者不可思议的神情，注视着吴越手中的牌。

此时的吴越就像一位魔术师，几乎每一次都能开出一副好牌来。他的幸运感染了围观的赌徒，每一次他开出好牌，总有人替他欢呼。很显然，这个晚上他成了赌场的焦点人物。

又是一副好牌，围观者拍着手欢呼。这时，两名身穿黑色西服的保镖来到吴越的面前，他们的到来让热烈的气氛一下子就冷却了下来，许多赌徒远远地退到一边，他们可不想惹上什么麻烦。

吴越没有理会他们，继续看着手中的牌。这时候一名保镖说：“这位先生，我们经理请你去一趟。”

吴越不耐烦地回道：“你们没看到老子正在赢钱吗?”

一名保镖警告道：“不要敬酒不吃吃罚酒。”

这时庄家的牌也开了出来，吴越又赢了，他高兴得叫了起来，把赢了的筹码划到自己的面前。

保镖见吴越根本没有理会他，伸手就抓住吴越的左手臂，企图反扭住吴越，可是不管他如何用力，吴越竟然纹丝不动。

保镖感到有些恼怒，另一只手也抓了上来，两只手一起用力，吴越却依然纹丝不动，反而迅速腾出右手一拳挥到了保镖的脸上，保镖痛叫一声跌倒在地，半天没有爬起来。

另一名保镖见状，立即冲上去企图抓住吴越，他的手还没来得及伸出来，吴越的拳头已经准确无误地砸在了他的脸上，瞬间将他打倒在地。

两名保镖捂住脸爬了起来，狠狠地看着吴越，极不情愿地退了出去。

吴越重新坐回赌桌前，好像什么也没有发生似地招呼着众赌徒："来来来，开牌，重新开牌。"

庄家继续发着牌，可吴越注意到庄家发牌的手有些颤抖了，他的嘴角露出一个微笑，把一堆筹码推到了桌子的中间。

吴越正玩得高兴，忽然听到了吵吵嚷嚷的声音，这时一个熟悉的声音高声叫嚷起来："究竟哪个混蛋瞎了眼了，竟然有胆出老千?"

坐在吴越对面的庄家闻声抬起头来，眼睛一亮，仿佛终于看到了救星，迅速从椅子上站了起来后退了几步，然后指着吴越结结巴巴地说："是他……他……出老千。"

吴越依然微笑地坐着，似乎根本没有听到两个人的话，摆弄着堆在自己面前的一堆筹码。

"就是你出老千?"凶狠的声音在吴越的耳边响了起来。

吴越淡淡一笑道："相信我，你没有资格和我说话。"

"你——"牛刚走到吴越身边，用力地一拍桌子问，"你知道这里是谁的地盘?"

"我只知道这是一家赌场，有本事就可以赢钱，难道来赌场只能输钱不能赢钱?"

"那要看你有没有出老千了!"牛刚响亮的声音让许多赌徒为之一抖，只见他大手一挥道，"你们给我上去搜身。"

立即有五名帮众冲了上来，吴越冷冷一笑，抓起桌上的筹码，猛然转过身甩了出去，只听到一声声惨叫，冲上来的人已经应声倒地，抱着膝盖痛苦地呻吟着。

吴越甩出去的筹码准确无误地击中了他们的膝盖，这样快的速度，这样大的力量，让其余的帮众吓破了胆，他们不仅没有上前去，反而盯着吴越后退了几步，生怕筹码砸到自己的身上。

牛刚气得不行，大声骂着："废物，真是一群废物!"

吴越讥笑道："你也好不到哪里去。"

牛刚的脸都有些扭曲了，他的手伸向了自己的腰间。吴越已经猜到了他要干什么，立即捏起一个筹码。牛刚掏出枪还没对准吴越，吴越手中的筹码已经飞了出去，准确无误地击中了牛刚的手腕。

因为突然的疼痛，牛刚的食指扣上了扳机，只听“砰”的一声枪响，赌桌子被打出了一个洞。

突然响起的枪声让赌场混乱起来，离吴越近的赌徒纷纷闪开来，他们可不愿意被误伤到。

很显然牛刚这一下伤得不轻，他的右手腕很快就肿了起来，拿着枪竟然有些颤抖。当他试图再举起枪的时候，吴越又拿起了一个筹码在手上抛着，他在警告牛刚，如果他再敢举枪的话，这个筹码会毫不留情地飞过去。

吴越笑着说：“我今天是来发财的，不是来闹事的。”

牛刚哼了一声道：“你今天恐怕不能活着走出赌场的大门了。”

“就凭你和手中的那只破枪?”吴越轻蔑地一笑。

牛刚的脸色一变，对站在他身边的人说：“去把丁二爷请来，我看他还能猖狂多久。”

众赌徒听到丁二爷的名字后，纷纷议论起来。虽然他们的声音很小，吴越还是听到了一二。

“这小子敢在丁二爷的地盘撒野，真是活得不耐烦了。”

“强龙不压地头蛇，我看他待会儿要遭殃。”

“他是不是疯了？天堂有路他不走，地狱无门自来投。”

听着这些议论，吴越虽然脸上依然挂着淡淡的微笑，可是神经紧绷，警惕极了。他今天的行动，无疑是对上海租界最大黑帮的挑衅，把自己推向了一个非常危险的境地。可是为了得到真相，他必须这么做。

“来来来，继续玩，继续玩。”吴越欢乐的声音又响了起来。可是，他的叫声并没有起到多大的作用，这一桌的其他赌徒都已经站了起来不玩了，他们可不想在这个时候和吴越牵扯上任何关系。

吴越摇着头独自玩了几把之后，敏锐地感觉到整个赌场的气氛发生了变化。果然，他听到有人用敬畏的语气说：“二爷好。”

吴越的位置是背对着门口的，可是他知道丁二爷来了，他的嘴角露出一抹微笑来。

“既然整个赌场找不到一个和我赌几把的人，今天晚上就到此为止了。”吴越故意站了起来。

“打伤了我的人，你想走可没那么容易。”牛刚忽然来了一股勇气，恶狠狠地说道。

吴越轻蔑地看着他说：“就凭你也想拦住我？”

“要不我陪这位兄弟玩几把？”一个洪亮的声音响了起来。

话音刚落，丁二爷已经坐到了吴越的对面，他正叼着一根雪茄，眯着眼睛似笑非笑地看着吴越。

吴越心中大喜，说道：“好啊，怎么玩？你划出个道道来。”

丁二爷吐出了一串烟圈后，笑着说：“按赌场的规矩，现在认输把两只手留在赌场就可以走人，玩输的话就要把命留下来了。”

“那我赢了呢？”吴越不动声色地问道。

丁二爷反而一愣，哈哈大笑道：“想不到这位兄弟还真是一个自信的人。”

“难道丁二爷认为我今天输定了？”

“我喜欢你这样有胆色的人。”丁二爷赞赏地望着吴越，“从来没有人敢问我这个问题，所以我还真没有认真考虑过。”

说话间，已经有人为吴越和丁二爷分别准备好了100万的筹码。吴越看了一眼整整齐齐堆在自己面前的一堆筹码，自然明白了游戏规则——谁先输掉面前的100万筹码，谁就输了。

发完牌之后，吴越轻轻地摸了摸自己的牌说：“既然丁二爷从来没有想过这个问题，那我替丁二爷解决输牌之后怎么办这个难题。”

“一言为定。”丁二爷拿起牌随意地看着，轻松地说道，“如果我输了，你想怎么样就怎么样。”

两人的实力不相上下，打了几局之后，两人面前的筹码依然没有太多的变化。

吴越提议道：“这样玩下去没多少意思，干脆我们一局定输赢怎么样？”

围观的人惊诧万分，这完全是用自己的性命做赌注。丁二爷也感觉有些意外，笑着说：“莫非你有十足的把握赢了我？”

吴越手里拿着一张牌说：“赌博本来就是图一时痛快，是输是赢听天由命，如此磨磨蹭蹭没什么意思。”

“可你输的代价是把命留在这里。”

吴越别有深意地笑了笑。丁二爷已经在自己的面前，他根本不用管赌牌是输是赢这个问题。如果杀手要遵守一个赌场的规矩，他早已经死了不知道多少次了。

方才他和丁二爷打牌的时候，早已经观察了周围的情况，除了牛刚带来的八个人，丁二爷又带来了四个人，再加上整个赌场的保镖，总共有二十几个人。吴越判断，这些人里面除了牛刚带了枪外，其他人只带着刀或者匕首，他没有必要把他们放在眼里，因为他的目标就在眼前，擒贼先擒王，只要制住了丁二爷，这二十几个人便形同虚设，完全派不上任何用场。

吴越的眼里闪过一丝难以察觉到的寒光，看着丁二爷说："我无所谓啊。"

丁二爷伸出大拇指赞赏道："果然是一个汉子。"

吴越不愿意再多说废话，嘴里挤出了两个字："发牌。"

围观的人都屏住呼吸静静地看着，赌场里只剩下发牌时发出的清脆响声。

牌发完后，两人都没有立即打开自己的牌，而是相互对视着。

丁二爷忽然说："我们好像在哪里见过?"

吴越摇摇头说："很遗憾，我以前从未有机会见过丁二爷。"因为出事之后吴越出门都化装，所以不怕丁二爷认出来了。

丁二爷笑了笑，不再追问此事，他看了一眼面前的牌说道："赌钱和人生一样，经常会发生盛极而衰的悲剧，明明赢了很多钱，可一不小心钱就输光了，甚至还会搭上一条命。"

吴越明白丁二爷在警告自己，也笑着说："那就来看看今天我的运气怎么样，悲剧会不会发生在我的身上。"

丁二爷哈哈大笑起来说："但愿不要发生这样的事情。"

吴越也笑了起来，丁二爷话峰一转，突然说："我忽然发现自己开始有些欣赏你了，我们来谈个条件怎么样?"

"哦?"吴越有些意外地看着他，不知道他的葫芦里卖的什么药。

"如果你输了，加入我的帮会怎么样?"丁二爷的眼神里带着企盼。

"二爷，你这样做让我们以后怎么在江湖上混啊?"牛刚对丁二爷说出的话显然不是很满意。

"您向来一言九鼎，现在为他改了规矩，以后……"丁二爷身边的一个手下也小声地提醒着。

丁二爷抬起了一只手，示意他们不要继续说下去，他做的决定，没有人可以改变。他真诚地看着吴越问："兄弟意下如何?"

"丁二爷大可不必因为我而坏了自己的名声，这样做恐怕也让丁二爷你难以服众。”

丁二爷没有料到对方竟然委婉地拒绝了自己，脸上有些挂不住，尴尬地笑了两声道：“兄弟真是一条汉子。”

“可以开牌了吗?”

两人看都没有看牌便同时把牌开了出来，竟然是吴越赢了。

牛刚大声嚷道：“这小子一定出老千，谁不知道二爷您被称为上海的‘赌王’，怎么可能输给他?”

其他几名手下也是蠢蠢欲动，是时候给吴越一点颜色看看了。

丁二爷根本没有理会他们，看着吴越说道：“我输了，你想怎么处理我?”

吴越微微一笑道：“我只是想请二爷跟我到外面说说话而已。”

话刚一说完，一下子就围上来十几个人，有几个已经亮出了明晃晃的刀来。只等丁二爷一声令下，他们手里的刀会毫不犹豫招呼到吴越身上。

看着这群气势汹汹的人，吴越冷笑道：“你们就这样败坏丁二爷的名声?”

吴越的话起了作用，他们的目光一齐望向丁二爷，手里的刀砍下去也不是，收回来也不是。

丁二爷怒喝道：“在赌场里就应该知道愿赌服输的规矩，输了就输了，都把刀收起来。”

众人极不情愿地收起了刀，不过依然把吴越围在中间，警惕地注视着他。

吴越起身做了个“请”的动作，看着丁二爷说：“丁二爷，我们可以走了吗?”

“我们走。”丁二爷回答得掷地有声。

两人才走了几步，众人便紧紧地跟在两人的身后。吴越当然不希望这群人跟着自己，于是来回看了丁二爷和他的手下几眼说：“这……”

丁二爷当然明白吴越的意思，转过身来吩咐道：“你们都给我好好地待着，不许跟上来。”

众人这才止住了脚步，眼看着吴越和丁二爷走出了赌场，走进了无边的夜色之中。

两人走了一段，吴越确信周围没有人跟着之后才开口打破了沉默：“陈其深是不是汉奸?”

“这就是你赢牌想知道的答案?”丁二爷似乎有些意外。

吴越点了点头，丁二爷在黑暗中点了一根雪茄，皱了皱眉头说：“你可以换一个问题吗?”

“不可以。”吴越拒绝了他。

又是一阵短暂的沉默，丁二爷用力地抽了一口雪茄之后才缓缓说道：“他的确是汉奸。”

虽然这是吴越预料当中的答案，可是他心里依然非常难受。他相信如果陈一飞知道了这个事实，他的精神一定会崩溃。

“你要保守这个秘密，不然你就会死。”吴越的声音突然变得冰冷起来。

丁二爷看了一眼吴越隐没在黑暗中的脸，扔掉烟头往赌场的方向走了回去。

吴越望着丁二爷的背影说：“谢谢你把牌输给了我，并且告诉我这个真相。”

丁二爷的身影稍稍地停顿了一会儿，又继续往前走去。

在夜色的掩护之下，吴越回到住处。被绑在凳子上的钱警司居然歪着头睡着了。

吴越抽出了匕首，缓缓地走向钱警司，当他知道陈其深确实是汉奸时，就决定杀死钱警司，因为只有钱警司死了，他才能守住这个秘密。

雪亮的匕首在灯光下闪耀着寒光。忽然，钱警司睁开了眼睛，一脸惊恐地望着拿着匕首的吴越。

吴越摇了摇头，叹息道：“如果你不是在这个时候醒来，你就不会感受到死亡的痛苦了。”

钱警司明白了吴越要对他做什么事，可是他的嘴里堵着一块抹布，什么话都说不出来，只能用力地挣扎、摇头，乞求吴越不要杀他。

吴越却不得不下手，虽然杀了他对自己没有任何的好处，可是为了陈一飞，他别无选择。

吴越望着他说：“你一定感到很疑惑，为什么我会要你的命。其实杀了你对我并没有什么好处，我反而无法在陈一飞的面前证明自己的清白。可是你死了，陈一飞就永远也不会知道他的父亲是汉奸，也不会为有这样的父亲而内疚，他只会为有一位爱国的父亲而骄傲。”

吴越的话让钱警司挣扎得更加厉害，吴越用力按住他的头，这样他就能准确地用匕首割断隐藏在厚厚脂肪下面的颈动脉，让他尽量死得舒服一些。

可是钱警司几次撞开了吴越的手，不甘心这样死去。

“希望你下辈子能做一个好人。”说完，吴越的右手一挥，只见刀光一闪，钱警司的脖子被割开了一道深深的口子，鲜血猛地涌了出来，染红了他的脖子和衣服。吴越知道，用不了多久，他就会因为失血过多而死亡。

随着心脏的衰竭，血流得越来越慢、越来越少，钱警司的脸色也越来越苍白，不一会儿，他的眼睛渐渐地合上了，头也垂了下来，似乎睡着了一般，他已经死了。

吴越轻轻地说：“死亡对你来说也是一种解脱。”

第二十六章
血染书店

“砰——”随着一声枪响，牛刚握着枪的手已经被砍断了，断手在地上翻滚着摔出了一米多远，几个指头依然颤动着，似乎仍然想要开枪。

上海的早晨总是显得有些千篇一律。儿童们背着书包上学堂，女人们提着篮子去买菜，小商小贩走街串巷卖力地吆喝，人力车夫拉着车子到处跑生意。

虽然这是一座被称为“孤岛”的城市，外围是虎视眈眈、蠢蠢欲动的日本军队，可是有很多人认为，在公共租界，他们受到英、美、法等国的保护，只要不招惹日本人，生活会沿着原有的轨迹继续。

然而，这一天的早晨却涌动着一股不一样的气氛。许多人都在议论一件事情，上海虹口路的一根电线杆上悬挂着一颗人头，下面还写着几个充满杀气的大字：这就是汉奸的下场。

这个消息最早是由一名人力车夫传出来的，当时他拉着一位客人去上班，来到这根电线杆下面歇脚的时候，忽然感觉到头上有什么东西在晃动，于是他抬起头往上看，只见头顶上悬挂着一颗肥胖的人头，车夫吓得丢掉车子就跑了。后来，路上遇到好几个拉车的同行，才把自己所见告诉了他们。

口口相传，电线杆上悬挂人头的事情很快就传遍了整个上海，许多人前去围观，警察局也派人前去调查。

经过鉴别认定，死者居然是公共租界警察局的钱警司。

上海各大媒体有的撤下原来的稿子，有的增加了版面，都在第一时间对此事进行了报道。因此，在这一天的报纸，被挂在电线杆上的人头照片成了最吸引人的图片，而“这就是汉奸的下场”几个黑色大字，则成了当天报纸最醒目的标题。

很多媒体根据警察提供的线索，纷纷锁定了凶手，他就是不久前刺杀了爱国富商陈其深的杀手吴越。吴越的人头画像现在不仅出现在通缉令上面，也出现在了报纸上面。而且，媒体把许多事情联系起来，还原了整个杀人事件的“真相”：陈其深募捐抗日，因此吴越刺杀了他。钱警司正是此次刺杀案件的直接负责人，曾经逮捕过吴越，但是被穷凶恶极的吴越逃脱。最终，吴越带着炸药大闹警署，钱警司为了保护其他警员而自愿成了吴越的人质，结果吴越残忍地杀害了他。

吴越写在电线杆上“这就是汉奸的下场”几个字，成为吴越阴险毒辣最直接生动的证据，而钱警司则被官方和媒体包装成了一位忠于职守的英雄。一夜之间，吴越成为了上海的公敌。

上海媒体对吴越进行铺天盖地的指责的同时，上海租界的警察也加强了治安巡逻。王督察被提拔为警司，全面负责捉捕吴越。

乔装打扮过的吴越静静地站在老秦的面前，等待他读完手中的报纸。杀死钱警司对于他们的刺杀计划来说，完全是节外生枝，他必须站出来承担起这个责任。

老秦一向是个沉稳的人，可是这一次，拿着报纸的他显然已经极力控制了自己的情绪，不然的话报纸早已经被他撕碎了。过了好久好久，老秦才把报纸放回到了桌子上，他的动作有些用力，连桌子上的茶杯都震动了一下。

楚天文站在两人的中间，看看吴越，又看看老秦，却是一言不发，愁眉不展。

老秦终于按捺不住自己的情绪了，几乎是咆哮着质问吴越：“谁让你杀他的？杀了人为什么还要如此高调？生怕大家不知道是你干的？”

吴越望着老秦愤怒的脸，深深地吸了一口气，坦然地说：“我不想一位有着爱国理想的年轻人，因为有一名汉奸父亲，而让自己的理想轰然倒塌，那将会成为他人生当中最悲惨的一刻，也会让他坠入无尽的黑暗。”

老秦反而愣住了，微微张着嘴巴，不知道说些什么。

楚天文忧心忡忡地说："你把可以证明自己清白的人杀了，那么你怎么面对刚刚和我们达成合作意向的陈一飞?"

吴越沉默不语，他知道理想破灭的那种折磨，他不愿意陈一飞像自己一样跌入痛苦的深渊。而他是一名杀手，杀手从来不需要任何人的理解，也不需要任何朋友，所以他宁愿选择自己被冤枉。

楚天文叹了一口气说："联合刺杀山本的行动很有可能会搁浅，我们怎么办?"

老秦的情绪似乎有些平静了，他对吴越说："你要立即离开上海，越快越好。"

没想到吴越摇了摇头说："我是不会离开上海的，刺杀山本是我的任务，只要我接下任务，就绝不会放弃。"

"那就取消这个任务。"老秦压抑着胸中的怒气。

"你可以不需要我执行这个任务，可是我答应其他人在先，既然对方没有让我取消这个任务，让我离开上海就是不可能的。"

"你有没有一点组织纪律观念?"老秦的脸色更加不好看了。

吴越冷笑一声说："我只是一名杀手，并没有加入任何组织，我不需要遵守你们的纪律。"

"你……"老秦气得说不出话来。

楚天文见气氛越来越僵，拍了拍吴越的肩膀说："老秦让你离开上海也是为你好，现在你留在上海太危险，所有的人都想方设法找你，这样的情形也不再适合去执行刺杀任务。"

"我现在离开上海，就是畏罪逃跑!"吴越冷笑道。

"你留在上海又能证明什么?"楚天文反问道。

"刺杀山本，就是证明自己最好的方式。"吴越斩钉截铁地说。

不管老秦和楚天文怎么劝说，吴越就是不肯离开上海。既然没有人理解他的做法，吴越觉得继续讨论下去也没什么意思，于是他站起来告辞，准备离开书店。

才走出书店的大门几步路，吴越就看到对面有一群黑衣人走过来，他们每个人的手里都拿着武器，一副气势汹汹的样子。

吴越感觉事情不妙，立即转过身子，回到了书店。老秦和楚天文见到吴越回来，都感到非常惊讶，正要开口询问，就见吴越指了指门外。

顺着吴越的指点，老秦朝门外望了一眼，只见那群黑衣人已经离书店只有十多米的距离了。老秦连忙说：“恐怕他们正是冲着我们来的，你们两人赶紧走，这里有我应付。”

楚天文一脸正色地说：“要走一起走，不能让你一个人冒险。”

“你留下来又能做什么？赶紧走。”老秦严肃地说。

“你们两个不用争了，估计这些人是冲着我来的，你们两人都退到后面去，我还怕了他们不成？”说着，吴越反而站到了门口。

此时，这一群黑衣人已经挤到了书店前，把书店的门都堵住了。

只见一名黑衣人叫嚣着说：“这家书店的老板是谁？站出来说话。”

“我就是掌柜，请问这位爷如何称呼？”老秦满面笑容地问。

“牛刚牛大爷你都不认识，你这书店是怎么开的？”边上的一名黑衣人对老秦的表现非常不满。

老秦赶紧陪笑说：“原来就是道上大名鼎鼎的牛爷啊，稀客呀真是稀客，让兄弟们进来喝杯茶。”

牛刚一个人走进书店转了几圈，随手拿起一本书翻了翻说：“你这书店就这么冷清？不会开书店只是一个幌子，而暗地里又干着其他的勾当吧？”

老秦赶紧解释道：“如今世道不太好，书店的生意是要差一点。”

牛刚的眼睛继续扫视着书店里仅有的几名顾客，然后拿出一张报纸递给老秦，问道：“这个人有没有来过你的书店买书？”

老秦接过报纸，从柜子上拿起了眼镜戴上，然后仔细地盯着报纸上的一张画像看了几十秒后，说道：“这个不是刺杀钱警司的凶手吗？”

牛刚盯着老秦的眼睛问：“那就是说你见过这个人？”

“没见过，没见过。”老秦连忙摆了摆手说，“要是见了他的话，我早就报告给警察局了，还有一笔赏钱呢。”

“可是有人见他来过这家书店。”牛刚的语气骤然一变，对后面的人叫道，“把那个车夫带上来。”

很快，一名瘦骨嶙峋又佝偻着腰的男子被带了上来。牛刚走到他的面前说：“孙驼子，你把见到这个人来书店的事情说一说。”

孙驼子弯着腰说：“那天我拉着一男一女两位客人来到这家书店，那位男客人就是这张报纸上画着的那个人，我记得清清楚楚，不会有错的。”

牛刚转过身来对老秦说："这个你也听到了吧，吴越可是来过书店的，你怎么会没看到?"

老秦陪着笑说："每天往我书店来的客人虽然不多，但是日子一长，我的年纪也大了，记忆力不好，我真的记不住他曾经来过我的书店。而且，很多生意都是伙计照看着，就是他真的来过，我也不知道。"

"不要敬酒不吃吃罚酒。"牛刚的脸色一变，"这个人杀了我的干爹，如果让我发现你知道他的行踪而不告诉我，我也会要了你的脑袋去祭奠我的干爹。"

老秦叹息了一声道："没想到钱警司是牛爷的干爹，钱警司死了，对公共租界的百姓来说，真是一大损失呢。"

牛刚不耐烦地打断了老秦的话说："今天我是来搜人的，兄弟们，给我进去搜。"

"这，这……"老秦看着牛刚说不出话来，眼看着一群黑衣人进了书店。

牛刚看到书店里还有几位顾客在挑书，于是走了过去。老秦在牛刚的身后朝吴越和楚天文两人使了一个眼色。

吴越在书架前假装挑书，牛刚先走到了他跟前，拿着报纸问："你在书店里看到过这个人吗?"

吴越摸了摸嘴唇上浓密的胡须仔细地观察了一会儿，然后摇了摇头说："没见过，他是谁?"

牛刚又把报纸拿到楚天文的面前问："你见过吗?"

楚天文托了托眼镜说："我没有见过。"

过了一会儿，一群黑衣人搜查完了书店里的各个角落，他们纷纷回来报告牛刚，都说没有发现什么可疑的迹象。

这时，一辆人力车停在了书店的门口，从车上走下来一位妙龄姑娘来。

姑娘在门口看到书店里有许多人，稍稍迟疑了一下，之后还是走了进来，对着老秦热情地问好："秦老板你好。"

老秦的脸色一变，又迅速笑着说："林姑娘你要的书我已经叫人给你送过去了，你怎么亲自跑来了?我估计这个时候书已经到你家了。"

林雪儿听了老秦的话后皱起了眉头，不解地问："什么书已经送去我家了?"

"你老早预定王国维的《人间词话》，今天货刚到，我就给你送去了，以后你要什么书，不用亲自来的，我会叫人直接给你送去。”

“可是……”林雪儿有些糊涂地看着老秦，又看看周围的黑衣人。

老秦又说：“张爱玲的小说《传奇》已经卖断货了，等新书一到，我立即让伙计给你送过去，今天我的店里比较忙，你如果还需要什么，下次再来？”

老秦的一番话让林雪儿有些摸不着头脑，她感觉到有一双眼睛一直没有离开过自己，于是朝那个方向望过去，脸上露出了惊喜的表情。她正想走过去，却看见对方朝自己轻轻地摇着头。

林雪儿立即止住了脚步，同时隐藏起脸上的惊喜，她忽然意识到了什么，不管是老秦还是吴越，都流露出焦急的眼神，而这种焦急很显然是她出现之后才有的。

林雪儿立刻转过身，朝书店的门口走去，老秦跟在她的身后，把她送出书店的大门。

“等书一到，麻烦秦老板给我送过来，这几天家里事情多，我就不来了。”林雪儿一边走一边对老秦说。

“一定一定，林姑娘要的书，我一定会让伙计给你送去。”

眼看着林雪儿走到人力车前了，孙驼子忽然从黑衣人群中钻了出来，弯着腰向牛刚报告：“她好像就是和报纸上那个人一起来的姑娘。”

牛刚脸色一变，朝着林雪儿大声叫道：“你等一等。”

老秦一听就急了，走到牛刚面前说：“牛爷您相信吗？一个姑娘会和杀人凶手一起来到书店？”

林雪儿在牛刚的叫喊声中停住了脚步，慢慢地转过头来一脸镇定地望着牛刚。

孙驼子走到她的面前，细细地打量着林雪儿，果断地说道：“不会错的，她就是和报纸上的人坐过我的车。”

“把她给我带过来，把他也给我绑起来。”牛刚指了指林雪儿和老秦，下了命令。

几个人一拥而上抓住了两人，林雪儿不满地大声说道：“你们想干什么？赶紧放开我！”

“这位姑娘和你无怨无仇，你害她干什么？你肯定没有见过这位姑娘。”已经被绑住双手的老秦对孙驼子非常不满，接着又转过身对牛刚说，“你要绑我也就算了，人家一位大家闺秀，被你们吓得不轻，先把她的手松开，有话慢慢说啊。"

"把她带过来。"牛刚根本没有理会老秦的求情。

"认不认识这个人?"牛刚把报纸放在林雪儿的面前。

林雪儿一边挣扎一边摇头，牛刚伸出手捏住林雪儿的下巴，怒气冲冲地再次问道："到底认不认识他?"

林雪儿闭着眼睛猛烈地摇着头说："我不认识他，即使你们把我杀了我也不认识他。"

这时，楚天文放下手中的一本书，走到牛刚的面前，推了推鼻梁上的眼镜说："太没有王法了，你们如此胡作非为就不怕警察来吗?"

"警察还不是我们养着? 钱警司是我干爹!"牛刚把报纸往地上一摔，用力地踩了几脚后大声地说，"可是我的干爹被这个狗娘养的给杀了!"

楚天文轻蔑一笑道："警匪一家，果然如此。"

"你不知道狗拿耗子多管闲事的下场吗?"牛刚抓住楚天文的衣领，厉声质问道。

"楚先生你还不快走，这里没有你的事。"老秦的语气有些焦急了。

"想走? 没那么容易! 有可能你和吴越也是一伙的，今天我要把他的同党一网打尽!"牛刚一边说着，一边把头转向了林雪儿，"不对你来点狠的，你不会说实话。"说话间，牛刚的手里多出一把小刀来，他把小刀慢慢地举到林雪儿的眼前，轻轻地晃了晃。小刀的光影照在了林雪儿的眼睛里，林雪儿只好闭上了眼睛。牛刚狞笑着把刀锋紧紧地贴在了林雪儿的脸颊上，然后说："只要我的手轻轻地划那么几下，你这张嫩白的小脸就会开出花儿来。"

林雪儿闭着眼睛摇着头，牛刚手上稍稍加了一点力，匕首已经在林雪儿的脸上压出了一道深痕，只要他再加一点力，刀锋将撕开她洁白细嫩的皮肤。

"把你的刀从她脸上移开!"正在这危急时刻，一个冷冰冰的声音忽然响了起来。

牛刚手中的小刀并没有离开林雪儿的脸，他的目光转向了声音传来的方向，只见书店里那名四十多岁的顾客走了过来。

牛刚上上下下打量着他，只见他的下巴留着短短的胡须，身着洋装，戴着一副黑边眼镜，完全是一副文化人的模样。牛刚不禁放松了警惕，笑着说道："没想到这个书店里的人都喜欢打抱不平，真是挺有意思。"

"你不是要找吴越吗? 只要你放了她，我立即告诉你报纸上的人在哪里。"

他走到牛刚的面前，盯着牛刚的眼睛说。

“现在我已经把匕首从她脸上移开了，如果你说不出个所以然来，不要怪我不客气。”牛刚被他看得有些不自在，竟然把林雪儿给放了。

林雪儿立即跑到吴越的身后，脸上隐隐有了一道血痕。看到林雪儿已经处于安全的位置，他迅速抓过牛刚的手轻轻一扭，只听牛刚发出一声痛彻心扉的惨叫，手上的小刀已经落在了他的手上。

牛刚的手下纷纷掏出了刀子，将他围在中间，虎视眈眈，只等牛刚一声令下，他们就会冲上去。

吴越冷笑一声，摘下鼻梁上的黑边眼镜，撕去了嘴唇上的胡须，一张冷漠无情的脸出现在众人的面前。

“吴越?”牛刚的声音有些颤抖，因为他的手依然被吴越牢牢地钳着，想抽也抽不出来。

所有黑衣人都一惊，目不转睛地盯着吴越，生怕他发起突然袭击。而吴越迅速地观察着周围的情形，对方总共有十五个人，每个人的手里都拿着一把刀。此时书店门口已经被他们堵住了，并对他形成了一个半包围圈。

这些人他当然不放在眼里，可是现在他必须考虑到林雪儿、老秦和楚天文的安全。他望了一眼身后的林雪儿说：“你和他们两人一起退到后面的房间里面去。”

话音刚落，吴越感到一只温柔而有力的手抓住了自己的左手，他回头一看，只见林雪儿低头羞涩的一笑。

吴越的心里一颤，他明白她愿意和自己同甘共苦，生死与共。可正是因为如此，他更不能让她受到任何伤害，于是他低声说道：“你赶紧退到后面去，不要在这里碍手碍脚的。”

林雪儿却坚定地摇了摇头，似乎再也不愿意和吴越分开了。

吴越还想再说什么，突然寒光一现，有人挥着刀子冲了上来。吴越左手一甩，将林雪儿推进了书店，又一脚就把来人踢倒在地，接着又有两人挥着刀冲了上来，吴越闪身躲过了两人的刀，用肩膀将两人撞飞了。

对方连续的攻击使吴越显得有些被动，因为他的右手一直没有放开牛刚。为了更好地对付他们，吴越必须腾出右手来。只见他右手猛地上下一抖，又用力一扭，只听“咔嚓”一声，牛刚的手腕竟然被折断了。吴越这才松开牛刚，目不转睛地盯着面前随时准备冲上来的敌人。

牛刚倒在地上痛苦地呻吟，黑衣人被吴越凶狠的手段吓得不敢上前，只有牛刚痛苦的喊叫不断地响起："砍死他，砍死他，砍死他……"

众人犹豫着不敢上前一步，大多数人已经领教了吴越的厉害。

"今天砍不死他，你们也活不了！"牛刚疯狂地呼喊着。

牛刚说的是实情，一旦加入黑帮，就要遵守黑帮里各种各样的规矩。如若不从，不仅自己活不了，一家老小也将跟着遭殃。于是，在牛刚疯狂的呼喊声中，又有五名黑衣人挥着刀向吴越冲了过去。

这一道门，就是吴越要坚守的阵地，他绝不允许任何一个人冲进去，不然他身后的人就会有危险。为了保护身后的人，就必须杀死眼前的人，吴越的眼里腾起了杀气。

黑衣人一拥而上，或砍或刺，刀刀致命，吴越只能全神贯注地应付着他们，不容许自己出一点儿差错。

一拨人被打得伤痕累累，立即有另一拨人冲了上去。即使他们非常惧怕吴越，但是牛刚疯狂的呼喊让他们没有其他选择。被吴越杀死，死的只是一个人；被牛刚杀死，死的可是一家人。

当吴越全力地对付这些亡命之徒的时候，他没有意识到，危险正悄悄地来临。

趁着打斗的混乱，牛刚的左手悄悄地从身上掏出了一把手枪，瞄准了吴越。

吴越没有看到，林雪儿没有看到，楚天文也没有看到。

当牛刚准备扣下扳机的时候，站在吴越身后的老秦突然发现了黑洞洞的枪口，他大喊一声："小心！"

老秦喊出声音的同时，向前跨出一步，用力地撞在了吴越的身上，吴越身子一歪，被撞了出去。

就在此时，牛刚用力地扣下了扳机。"砰、砰、砰"，三声枪响。吴越扭头一看，鲜血正从老秦胸口的三个血窟窿中流淌出来，瞬间浸红了他的长袍。

老秦低头看了一眼正在流着血的伤口，缓缓地倒了下去。

"秦掌柜！秦掌柜！"

"老秦！老秦！"

当林雪儿和楚天文的呼喊声在背后响起来的时候，吴越一脚踢飞了拦在自己面前的一个黑衣人，同时夺过拦腰砍过来的一把刀，不顾一切地冲到了牛刚面前。

当牛刚再次抬起手准备瞄准的时候，吴越挥刀朝牛刚的手砍了过去。

“砰——”

随着一声枪响，牛刚握着枪的手已经被砍断了，断手在地上翻滚着摔出了一米多远，几个指头依然颤动着，似乎仍然想要开枪。

吴越的手臂上也中了一枪，鲜血一滴一滴地掉在地上，发出“吧嗒、吧嗒”的声响。

牛刚的脸因为疼痛和恐惧而扭曲着，他不断地挪动着身子向一边退去。吴越对他丝毫没有怜悯之情，缓缓地举起了刀，径直往牛刚的脖子砍了下去。

吴越回过头来，犀利而冷峻的眼神让门口的黑衣人慢慢地往两边退去。他们完全被吴越震慑住了，而且牛刚已经死了，他们没有必要再继续拼命。

吴越大吼一声：“还不赶快滚!”

黑衣人一听，顾不上牛刚的尸体，转身狼狈地跑了。吴越丢掉沾满了血迹的刀，立即来到了老秦面前。他蹲下身子，望着被楚天文抱在怀中、已经奄奄一息的老秦，一脸的悲伤和内疚。

林雪儿一边哭着一边用手帕堵住老秦胸口的伤口，可是不管她怎么努力，鲜血依然汩汩地流出来。吴越知道，老秦撑不了多久了。

老秦伸出手来握住吴越的手，吃力地说：“也许那件事你做的对，不该让一个充满理想的青年绝望。”

吴越紧紧抓住了老秦的手，摇了摇头。如果不是自己杀了钱警司，他们也不会找到这里来。如果不是他过于大意，认为牛刚断了右手就失去了攻击能力，老秦就不会中枪。

“你不是杀手，你是一名刺客……”老秦一边喘着粗气一边说。

吴越认真地看着老秦那张饱经风霜的脸，似乎不明白他话里的含义。

“你杀的人……全部都是……该死的坏人。”老秦的声音有些含糊了。

吴越想起了从老秦手里接到过的所有任务，他杀过很多人，从前他从来没有想过那些人为什么应该死，现在他有了答案，因为那些人有的是土匪，有的是汉奸，有的是恶霸，他们都是该死之人。

吴越的心脏颤动着，原来自己并不是一名冷血的杀手，从一开始就是一名刺客，只是自己从来没有意识到而已。

吴越心中有千言万语，可是话到嘴边却只说了两个字：“老秦!”

突然，老秦猛烈地咳嗽起来，鲜血也从嘴里喷了出来。

林雪儿哭着用袖子帮他擦去嘴角的血迹，却被老秦无力的双手推开了，吴越知道他还有话要说。

“任务……还没有……结束。”老秦的气息已经越来越微弱了。

吴越赶紧点了点头说：“你放心，就是丢了这条命，我也会完成你交给我的任务。”

“我死……就不能……不能给……任务的佣金……了。”老秦非常吃力地说。

楚天文拿掉眼镜，也不停地擦着眼睛，林雪儿依然拿着已经染成红色的手帕堵在老秦的胸口，低声地抽泣着。

“我是一名刺客，不是杀手，我不需要佣金。”吴越的鼻子也有些发酸。

老秦的脸上艰难地挤出了一个笑容，他的双眼已经无力地闭上了，但是嘴巴依然在动。吴越俯下身子，将耳朵贴在老秦的嘴巴上面，只听到他喉咙里一丝微弱的气息传出音来：“我们的组织……欢迎你……但是纪律是……生存的法则……”

吴越还想再听，可是再也没有听到一句。老秦走了，闭上了眼睛，面带着微笑，离开了这个他为之奋斗的世界。

吴越紧紧地握住老秦的双手，久久不愿松开。老秦用自己的生命给他上了一课，他会永远记住这句话：纪律是生存的法则。

林雪儿已经哭成了泪人，无力地靠在吴越的身上。吴越扶着她站了起来，楚天文也站了起来。“我们赶紧走，这里已经不安全了。”吴越朝着已经空无一人的街道望了一眼后，轻轻地说。

一阵短暂的沉默之后，楚天文也表示赞同：“你说的对，老秦也不希望我们留在这里。”

于是三个人站在一起，朝着老秦的尸体恭恭敬敬地鞠了三个躬。

谁料还没有等他们离开，又一群黑衣人从街的另一边跑了过来。吴越迎了上去，再一次挡在楚天文和林雪儿身前，面无表情地注视着面前的敌人。

他的右手依然在流血，可是他完全顾不上受伤的手，冲楚天文说：“你带着雪儿赶紧离开，这里有我顶着。”

楚天文却从地上捡起了一把刀，和吴越并排站着，目光凛然地说：“多一个人多一份力量，我也留下来，雪儿你快点走。”

“我的任务是保护你，而不是你保护我！”吴越的语气有些不满。

“有什么区别？我们现在都站在同一条战线上，我们面对的都是共同的敌人。”

听到这句话，吴越竟一时说不出话来，他们的确已经站在了同一条战线上，他们现在是战友、是兄弟，楚天文没有理由抛下他一个人面对危险。

“你在这里只能碍手碍脚！”待回过神来，吴越冲他吼道。

“不是只有你能当英雄！”楚天文毫不让步地回敬了他。

“你在这里，雪儿怎么办？”吴越望了一眼身后的林雪儿。

没有想到林雪儿却往前走了一步说：“我不走，要活一起活，要死就一起死。”

吴越知道，此刻他说什么也没有用了，他们两人是不会离开的。他叹了一口气，不再说话，因为十几名黑衣人已经来到了面前，领头的人身形彪悍，正是丁二爷。

吴越大声招呼道：“丁二爷别来无恙？”

“托兄弟的福，我过得还算太平。”丁二爷一边说一边向吴越靠近。

吴越朝楚天文使了一个眼色，再次提醒他待会儿抓住机会带林雪儿离开。楚天文一只手紧紧地抓住手中的刀，另一只手把林雪儿拉到了自己的身后，然后目不转睛地观察四周。

丁二爷让其他人站住，自己一个人向吴越走了过来。看到了老秦和牛刚的尸体后，他皱了皱眉头。吴越虽然和丁二爷交过手，但他认为丁二爷当时并没有用全力，何况现在自己的手受了伤，真要和丁二爷打起来，很难占到便宜。

丁二爷和吴越相距不足半米的距离，吴越蓄势待发，准备发出最致命的一击。

“你怎么还不走？”丁二爷在吴越的耳边低声说道。

吴越难以置信地看着丁二爷，甚至有些怀疑自己的听力。

“你赶紧离开，这里留给我处理。”丁二爷再次催促道。

“他是你的手下。”吴越也轻轻地说。

“他的确是我的手下，但是我生平最痛恨汉奸！”丁二爷瞥了一眼躺在地上的牛刚。

吴越愣了一下，不过很快就冷笑道：“可是我记得丁二爷曾经劝说刘乘风去给日本人唱戏，丁二爷的脸变得也太快了吧?”

“这么说你根本不相信我会让你走?”丁二爷始终微笑着。

吴越扭过头望了一眼身后的两个人，然后说：“如果你让他们安全地离开，我就相信你。”

“用你一个人换他们两个人?”丁二爷笑着问道，还没等吴越回答，他又说，“你不觉得你的命比他们两人更加重要?”

吴越淡淡一笑道：“每个人生来就是平等的，没有高低贵贱，他们只要活下去，就能实现自己的价值。”

丁二爷脸上的笑容消失了，似乎在回味着吴越说过的话，过了好一会儿他才说：“你们三个人现在就可以走。”

吴越的眼里有些疑惑，但还是扭头对楚天文说：“你赶紧带雪儿离开这里。”

林雪儿却倔强地说道：“我已经说过了，只要你不走我也绝对不离开，我怕我这一走，再也见不到你。”

吴越忽然想起了那一天她陪着自己去法庭的情景，她只是一名柔弱的女子，曾经经历过那么多的痛苦和磨难，可是她却愿意用生命来保护自己。

吴越拉回了思绪，大声说：“只要你离开这里，我保证会来找你。楚天文，你快把她拉走。”吴越一把夺下了楚天文手中的刀扔在地上，然后对他吼道，“你这么一个文弱书生，除了在这里等死还能干什么? 赶紧给我走!”

丁二爷又一次笑了起来，笑完之后他说：“你们还磨磨蹭蹭要干什么? 让警察局的那些混蛋来逮捕你吗?”

吴越冷哼一声道：“即使我今天要死在这里，我也要看着子弹是如何打中我的，在我身后开枪? 休想!”

“你真的不相信我?”丁二爷皱着眉头问。

“轻信意味着死亡。”吴越冷冷地回敬道。

“你还记不记得有封信劝你不要参加陈其深家的宴会?”丁二爷的声音更轻了，脸上的表情有些神秘莫测。

吴越眼前一亮，当时知道这封信的除了他之外，只有写信的那个人，难道……想到这里，吴越有些疑惑，难以置信地望着丁二爷。

丁二爷似乎没有看到吴越的眼神，再次催促道：“老秦埋在哪里我会想办法告诉你，你们赶紧走。”

吴越这才默默地点了点头，转过身对楚天文和林雪儿说："我们赶紧走。"

还没走出去几步，吴越的耳朵里就传来丁二爷的声音："赶紧拉一辆车过来把这具尸体抬上去，他也是一名响当当的汉子，你们给我小心点。"

他们没有回头，直到听到了噼噼啪啪燃烧的声音，三个人才一起站住回头看了一眼，只见浓烟和烈焰吞噬了身后的书店，冲天而起的火光染红了半边天。

三人静静地站着，每一个人的眼里都燃起了一团火焰……

三人来到楚天文位于静安寺路的住处时，老远就听到一阵欢快的叫声："哥哥，你总算回来了，我都等你半天了。"

楚天文悲伤的脸上挤出了一丝笑容，他快走两步迎了上去。

"秀秀好。"林雪儿从楚天文的身后走向前来向她打招呼。

秀秀惊喜地拉住了她的手问道："这些天你去哪里了？几天没见我都想死你了。"

林雪儿不知道如何回答，支支吾吾地说："我在吴大哥的一位朋友……"

这时，楚天秀看到了她身后的吴越，笑容很快就僵住了，不客气地质问起楚天文："哥哥，他怎么会来这里？"

楚天文一时语塞，看了看吴越，竟然不知道怎么回答。"我们进屋说。"楚天文拉了拉楚天秀的手，朝她使了一个眼色。

可是楚天秀根本没有动，依然非常不满地看着吴越，十分不欢迎吴越的到来。

吴越停住了脚步，此时不想面对楚天秀。最近发生了那么多的事情，他根本无法对她解释清楚，而且他知道面对楚天秀和面对陈一飞差不多，因为她已经完全站在了陈一飞这一边。于是吴越想找个借口离开，便对楚天文说："我还有事要去处理一下，你帮我暂时照顾一下雪儿。"

林雪儿放开了楚天秀的手，跑到吴越的身边说："你去哪里我就跟着去哪里，我再也不想和你分开。"

"雪儿你不要跟他在一起，他做过什么事情你难道还不清楚？他和我们不是一路人。"楚天秀非常不满意她的表现。

"秀秀你住口！谁说他和我们不是一样的人？"楚天文脸上有些不好看了。

吴越倒很平静，冷笑了一声说："秀秀说的不错，我和你们不一样。雪儿你也不要跟着我，跟着我没有好处！"

"你杀了陈一飞的爹！"楚天秀几乎要哭出来，"你们知道他有多痛苦吗？他差不多都相信了你不是凶手，你又把唯一知道事实真相的人给杀了，这不正好证明了你就是真正的凶手吗？"

"胡说！"楚天文叫道，"你一个姑娘家知道些什么？"

"我知道些什么？"楚天秀盯着她的哥哥说道，"我知道你现在需要他就包庇他，你还是我那个嫉恶如仇的好哥哥吗？"

"你……"楚天文竟然也说不出话来。

"你知道陈一飞在报纸上看到钱警司被杀的消息后痛苦的情形吗？一个从来不会喝酒的人，喝得到现在还没有醒过来，我就是不愿意看到他那副痛苦的表情才出来的。因为他失去了可以证明朋友清白的唯一机会，他分不清楚你到底是敌人还是朋友，你就忍心让他忍受这样的煎熬？"楚天秀说得声泪俱下。

吴越望着这个深爱着陈一飞的姑娘，眼前仿佛出现了陈一飞痛苦地追问着自己为什么要这么做的情形。吴越告诉自己，陈一飞此刻所忍受的痛苦是暂时的，他总有一天会从痛苦当中走出来。而告诉他真相，他将永远解脱不了。

吴越没有说什么，转过身往门外走去。除了真相，任何语言都是苍白无力的，而他永远也不会说出真相。

林雪儿紧紧地跟在他的身后也走出了门，楚天文默默地看着他们的背影，除了叹息，什么也没有说出来。

在一棵法国梧桐树下，吴越忽然停下脚步，有些生气地问林雪儿："你不在苏晓芸那里好好待着，跑到书店干什么？你不知道很危险吗？"

"我只是希望能在书店遇到你……"林雪儿望着他的眼睛说。

吴越移开了目光，他明白林雪儿的心意，只是他不能承诺她任何东西。

他们继续默默地朝前走着，虽然走出去很远了，似乎依然能听到楚天秀的哭声。

离开静安寺路之后，吴越和林雪儿两人来到了一条热闹的街上。街道两边的小买卖已经都摆了出来，然而两人的心思完全不在这些商品上面，他们一左一右默默地走着。走了一会儿，吴越看到前面有一堆人围成了一个圈，站在外围的人都踮起脚尖往里张望着。一声声铿锵有力的唱腔传出了人群，落入吴越的耳中：

三十功名尘与土，
八千里路云和月。
莫等闲，
白了少年头，
空悲切！
靖康耻，
犹未雪；
臣子恨，
何时灭？
驾长车，
踏破贺兰山缺。
壮士饥餐胡虏肉，
笑谈渴饮匈奴血。
待从头，
收拾旧山河，
朝天阙！

岳飞的这首《满江红》被唱得慷慨激昂，壮怀激烈。刚刚收声，人群里就爆发出一阵阵叫好的声音。

林雪儿一扫脸上的悲伤之情，激动地喊道："是师傅。"说着就冲进了人群。

吴越疑惑地跟着林雪儿挤进了人群，只见站在场子中间的正是刘乘风。此时的他比原来显得更加苍老了，胡子更长更白了。由于风吹日晒，脸上又添了好多皱纹。

"你是刘大哥的徒弟？"吴越惊讶地看着林雪儿甚是激动的神情问道。

林雪儿点点头说："有一次我给顾客送书，上街看到师傅唱戏唱得投入，听到动情处情不自禁地鼓起掌来。师傅唱完一段后，走到我面前问我要不要唱两句，于是我就随便唱了几句。"

林雪儿没有继续说下去，吴越知道林雪儿唱戏唱得好，她停下没说应该是不好意思自夸。吴越就接口说道："你唱了几句后，刘大哥夸你唱得好，然后就收你为徒?"

"其实是我知道师傅的身份后主动拜师的。"林雪儿的脸微微泛红了。

吴越微笑着看着她说："你算是选对了师傅。"

听了吴越的话之后，林雪儿笑着向刘乘风走过去。看着站在场中间的刘乘风，虽然此时天气已经越来越冷了，可他依然穿着一身单衣，吴越心里不禁涌上一股凄楚之情。

"师傅。"林雪儿走到刘乘风的跟前，恭敬地叫道。

刘乘风听到声音，笑呵呵地说："丫头，你来得正好，我歇一歇，你正好给大家唱两句?"

林雪儿也毫不畏惧地走到了场子中间，清了清嗓子，张口就唱起来：

忽听得金鼓响画角声震，
激起我破天门壮志凌云。
想当年桃花马上威风凛凛，
敌血飞溅石榴裙。
有生之日责当尽，
寸土怎能让与他人。
番邦小丑何足论，
我一人能挡百万的兵！

一段罢了，刘乘风带头鼓起掌来，哈哈大笑道："唱得好，唱得好！唱出了大气魄！"

围观的听众也纷纷点头赞叹，大声叫好。这个时候刘乘风抱拳对各位观众说："俗话说在家靠父母，出门靠朋友，希望大家有钱捧个钱场，没钱捧个人场。"

刘乘风说话间，早有一名徒弟托着一只铁盆子，翻着筋斗在观众面前转了一圈。观众纷纷掏出钱来往铁盆子里扔，钱丢进了铁盆子，发出叮叮咚咚的撞击声。

林雪儿和刘乘风正说着什么，吴越压低了头上的帽子走到了刘乘风的面前，微微抬头问候道："刘大哥最近可好?"

刘乘风看到他之后，先是一愣，然后站了出来抱拳对各位观众说："各位朋友，今天的演出到此为止了，感谢各位朋友的捧场与支持。"

围观的人都意犹未尽地散去了，还有人喊道："刘老爷子，明天我还来听您唱戏。"

刘乘风大声地应答着："好好好，明天继续!"

等到人散得差不多的时候，刘乘风这才对吴越说："那件事情干得漂亮，咱们喝茶去!"

吴越疑惑地看着刘乘风脸上露出来的欣喜，上次他拂袖而去的情景还历历在目，原本吴越还怕挨骂，现在看来刘乘风似乎已经忘记了不快的往事。

刘乘风低声说道："钱警司这个汉奸杀得好!"

吴越笑了笑，有些摸不透刘乘风的意思，因为上海几乎所有的媒体都把钱警司塑造成了一个忠于职守的好警官。

"他为了让我给日本人唱戏，关了我三个月!"刘乘风拍了拍吴越的肩膀，又补充道，"报纸上的那些报道全都是颠倒黑白，是非不分，他们根本就不知道钱警司是个汉奸。"

吴越默默地注视着刘乘风那一张饱经风霜却又意气风发的脸，微微一笑说："咱们喝茶去!"

"一边喝茶，一边慢慢聊。"刘乘风拍着吴越的肩膀，又转过头来对徒弟们吩咐道，"你们先回去，路上当心点。"

第二十七章 深夜密谋

陈一飞望着楚天文手中的地图，由衷地赞赏道："你们的人做事情果然让人难以捉摸，不得不让人佩服。"

美国夏威夷时间1941年12月7日早上7点55分，日本军队毫无预兆地发动了对美国珍珠港的偷袭。这一轰动全球的事件发生的第二天，日本军队突然开进上海公共租界，占领了英、美等国家的领事馆。至此，整个上海都处于日本人的控制之下。

这个冬天特别的冷，凛冽的北风穿过上海的每一条弄堂，大雪也随着寒风潜入了城市的每一个角落。繁华的上海，似乎一夜之间变得萧条起来，没有多少人愿意顶着大风大雪去街道上做买卖，也没有多少人愿意出门。

街上最常见的人，就是背着枪来回巡逻的日本兵。他们穿着沉重的军靴，用力地踩过上海的每一条街道。他们一阵又一阵的脚步声提醒着上海的每一位老百姓，太平安逸的日子已经成为了过去，以后的生活将如履薄冰，要处处小心，否则随时都会招来杀身之祸。

这是一个飘着大雪的夜晚，借着雪光可以把路看得一清二楚。吴越小心翼翼地往前走着，一边走一边注意倾听四周的声音，保证不被巡逻的日本兵发现。

再一次去陈公馆，他的内心充满了矛盾，他真的不想面对陈一飞，可是又不得不面对他。他苦笑了一下，也许陈一飞也不想见到他。苏晓芸送来了山本的最新消息，他们等来了刺杀山本的一次机会，所以这一趟他必须去。

和上海其他地方一样，整个陈公馆处于一片黑暗当中。吴越来到大门口，细致地观察了四周之后，他学了三声乌鸦的叫声。

不一会儿铁门开了一条缝，吴越从这条仅容一人通过的缝隙闪身进入了陈公馆，大门也在他身后迅速地关上了。

吴越默默地跟在一位开门老人的身后，进入了一个房间。房间里灯光很明亮，只是唯一的两个窗户都用厚厚的黑布捂得严严实实，没有一点儿光能透到窗户外面。房间里已经坐着两个人，陈一飞和楚天文。

楚天文见吴越走进来，站了起来和他问好。陈一飞望了他一眼，迅速地移开了视线。吴越也没有对陈一飞说什么，房间里出现了一阵短暂的沉默。

楚天文看了看眼前这两张年轻而又显得沧桑的脸庞说："在大是大非面前，我们最需要的是团结和信任，请你们两人把各自的情绪放一放。"

"我完全没有个人情绪。"陈一飞面无表情地说。

吴越看着陈一飞的脸，只见他的脸颊瘦了很多，颧骨都突出来了，两只眼睛深深地陷了进去，看得出他忍受了很多折磨。

"也许你对我的信任，仅仅是因为任务，并不是出自你的本意。"吴越叹了一口气说。

陈一飞既没有看他也没有说话，吴越忽然感到有些失落。现在陈一飞是他的战友，如果战友之间心存芥蒂，必将影响到他们之间的合作。

吴越忽然掏出一把匕首，递到陈一飞面前说："等完成任务之后，你就用这把匕首杀了我。"

灯光的照耀下，匕首闪闪发光。

陈一飞看了吴越一眼，平静地接过来说："我就先拿着这把匕首，等着你完成任务后活着回来。"

"我们一言为定。"吴越的心情变得轻松起来。

陈一飞收起了吴越递过去的匕首，两人对视了一眼之后，没有再说什么。楚天文打破了尴尬的气氛："我们可以开始讨论刺杀计划了吗?"

两人点了点头之后，都坐了下来，吴越和楚天文坐在一张宽大的真皮沙发上，陈一飞则坐在了一张皮椅上面。

吴越先开了口："根据最新的情报，日本军方为了庆贺他们完全占领上海，会举办一个盛大的庆贺活动，山本会出席这个活动，这正是我们行动的绝佳时机。我已经制订了刺杀行动的方案，但要顺利执行，还需要你们的配合。”

两人听到吴越已经有了刺杀方案，都全神贯注地看着他。吴越清了清嗓子，把他的行动方案详细地叙述了一遍。

楚天文点了点头说：“日本情报机关已经开始收集国共两党在上海活动的信息，再不除掉山本，国共两党在上海的地下组织极有可能被连根拔起。所以这次行动只准成功，不许失败。”

陈一飞也表示肯定：“我们非常重视这一次合作刺杀行动，愿意提供一切人力和物力支持。现在有了刺杀行动的方案，我们接下来要好好推敲一下行动过程的每一个细节，以及可能出现的突发状况。”

“刺杀行动由吴越实施，你和我负责所有的准备工作和行动之后的人员转移。庆祝活动是在上海大剧院举行，这是一份刚刚绘制的地图，等吴越成功刺杀山本后，从这一条线路逃跑，我和陈一飞安排人在这里接应。”说话间，楚天文摊开了一张地图，边讲边指点着。

陈一飞和吴越一起凑过来，只见地图清楚细致地标出了上海大剧院周围大大小小的每一条道路，甚至连每条道路上日本兵巡逻的时间及数量都进行了详尽的标注。这看似容易，实际上需要绘图人冒着生命危险走遍这里的每一条道路后，才能绘得如此精确。

“我这里也有一份上海大剧院的地图，两张地图比较一下，看看有没有缺漏之处。”仔细观察了一番后，陈一飞也拿出一张地图，这张地图也绘制得非常专业，唯一不同的是楚天文那份地图上有一条撤退线路，这条路线居然无法在陈一飞的地图上找出来。

陈一飞有些纳闷：“这份地图可是出自专业特工之手，怎么会把最关键的地方漏掉?”

楚天文对着地图的撤退路线解释道：“这条线路此时并不存在。”

“什么意思?”吴越疑惑地问。

楚天文解释道：“日本人举行庆典的那一天，一定会对附近区域进行严格搜查，加强道路巡逻，如果按照原有的道路离开，很有可能遇上巡逻兵，因此逃跑的时候就要避开这些可能存在的巡逻兵。”

吴越再一次观察了地图，然后指着线路说：“这段路两边都是高高的楼房，的确没有另外的道路。你要在行动的那一天把这一幢楼房变成一条临时通道，让我们迅速地转移到另外一条道路上?”

“不错，就是这个意思，所以你到时可要认准了这幢房子——保安堂中药铺。”

陈一飞望着楚天文手中的地图，由衷地赞赏道：“你们的人做事情果然让人难以捉摸，出其不意，不得不让人佩服。”

楚天文说：“所谓三个臭皮匠顶个诸葛亮，我们从不搞‘一言堂’，每件事情都要通过民主协商解决，这样就能够汇聚更多人的聪明才智。这就是我党和贵党不一样的地方，也是我党发展壮大的原因。”

夜越来越深，三个人仍然不知疲倦地讨论着刺杀行动的各项细节，保证这次行动万无一失。

走出陈公馆，冷冷的风刮在吴越的脸上，让他异常清醒，正是这种清醒让他多了一份负疚感。这次刺杀任务将会有许多人卷入其中，这是他并不愿意看到的。

吴越抬起头来，望着漆黑的夜空，长长地叹了一口气。

第二十八章 藏身戏班

翻译官放下电话之后对刘乘风说："山本少将已经同意了你的请求，但是如果你在舞台上耍什么花招的话，你们每一个人都得死。"

下了几天的雪终于停了下来，久违的阳光穿透层层黑云，向大地洒下一片金光，空气也显得异常的清新。

原本一直躲在家里的人们，望着灿烂的阳光，阴霾的脸上也露出了难得一见的笑容。尽管街上经常会有日本兵来回巡逻，可是生活还需要继续，因此还是有许多人走出了家门，只不过路上看见日本兵就躲远一点，如果实在躲不了，那就立即在街边低头站好，等日本兵走远了再抬起头赶路。

虹口路一向是上海最热闹的地段之一，持续了多天的坏天气已经结束，老百姓也不得不上街采购生活必需品，这里又重新开始热闹了起来。大部分店铺重新开张，街边也摆满了各种小摊。而跑江湖的人物，比如杂耍、唱戏、相声、驯蛇、测字算命的各色人等也都借着此地的人气，表演起各自的绝活来。

中午时分，阳光全部照射进了这条街道。刘乘风带着他的徒弟们在虹口路中部一大块空地上摆好了唱戏用的各种道具，有刀、枪、剑、戟等武器，也有桌子、椅子等，特别是徒弟们挑来的几箱子五颜六色的戏服，更让人目不暇接。

一位徒弟举着一块牌子，上面画着美猴王手举金箍棒、驾着筋斗云腾空而起的图画，边上写着“刘乘风宝刀不老，虹口街上演《美猴王》”几个大字。而另一位徒弟手里拿着一面锣，跟在牌子后面一边走一边敲着锣，很快“当……当……当……”的声音就传遍了整条街，很多路人被吸引了过来，没有多长时间这块空地便被围得水泄不通。

刘乘风已经穿上了戏服，虽然在观众的眼里这是一只略显老态的美猴王，但仍然是一只英勇无畏的美猴王。只见美猴王头上戴着一顶紫金冠，上面插着两根长长的雉尾，显得威风凛凛，不怒自威。

“咚、咚、咚……”一阵紧似一阵的鼓声响了起来。敲鼓的人正是吴越，他此刻一身敲鼓手的行头，凭借高超的化装技巧，相信没有人能认出他来。而他身边的林雪儿则会在师傅唱累的时候出场，给观众唱几首小曲助助兴。

忽然，美猴王半蹲着身子提起一只脚来，然后用右手搭在自己的额头做出一个向远处眺望的动作。美猴王的这个招牌动作被刘乘风演绎得活灵活现，一气呵成，观众纷纷鼓掌喝彩。

锣鼓敲了起来，喇叭锁呐也都吹了起来，表演正式开始了。

东海龙王、玉皇大帝、太白金星、王母娘娘、二郎神、哪吒、托塔李天王、太上老君等各路神仙来来去去，却只有美猴王始终在场地中间腾挪跳跃，不管面对哪一路神仙，那坚毅无畏的眼神总会让对手畏惧三分。

刘乘风表演得精彩，观众看得如痴如醉。忽然一个声音打断了这一切：“都让开点，让皇军大爷看看。”

观众惊恐地退到两边，给来人让出一条路来。刘乘风也停了下来，瞥了一眼已经站在他面前的男人和他边上的日本军人。

刘乘风冷冷地问道：“丁二爷，今天前来又有何贵干啊?”

丁二爷笑着说：“刘爷我今天可是给您介绍买卖来了，这几位皇军精通中国的京剧，知道您是名角，特地托我来请您去给他们唱几场戏。”

刘乘风不冷不淡地说：“我的规矩你应该知道，不需要我一次次地告诉你吧?”

“所谓识时务者为俊杰，您知道现在上海已经是日本人的天下了，您的规矩是不是也该改一改了?”

“我再次告诉你，就是死我也不会为日本人唱戏。”说着刘乘风转过身子对徒弟们说，“收拾家伙，咱们回家。”

“刘爷您这是何苦呢，这样风里来雨里去那么辛苦，能挣到几个钱?”丁二爷的语气颇有些遗憾地说，“您曾在慈禧太后面前唱过戏，还在总统府里唱过，现在只是让你在日本人面前唱一唱，难道有什么区别吗?”

刘乘风冷笑一声道：“区别就是我只给中国人唱曲，死也不给这群日本畜生和豺狼唱戏。”

“刘爷您是一名艺术家，政治这东西轮不到您来管。”

刘乘风转过脸去，懒得再理会他。丁二爷没有办法了，带着尴尬的笑容看了看身后的几位日本军官。

一名日本军官突然抽出了随身佩带的日本军刀，满脸怒容地举着刀走到刘乘风的面前，然后慢慢地把刀举到了刘乘风的头顶，摆出一副随时都会劈下来的姿势。

刘乘风冷冷地瞥了一眼这名年轻的日本军官，又看了看他手中雪亮的军刀，轻轻地哼了一声，神态自若地站着一动不动，仿佛头上的刀和他没有任何关系。

谁都知道日本人杀人不眨眼，许多观众都远远地退开了，有些胆小的已经闭上了眼睛，害怕看到即将发生的血淋淋的一幕。

刘乘风身后的吴越警惕地注视着眼前的情景，手里紧紧地握着两根鼓槌，只要日本军官手中稍有动作，他会毫不犹豫地冲上去。

丁二爷见刘乘风根本没有服软的意思，就转过身去对这位日本军官说了几句话，日本军官听了他的话，有些狐疑地看着刘乘风，然后怒气冲冲叽里呱啦地冲着刘乘风说了一通，又挥手让另外几名日本兵过来。

丁二爷这时对刘乘风解释：“山本派他们来是想请你去唱戏，没想到你敬酒不吃吃罚酒，这让皇军很没有面子，今天恐怕要绑你去日本人那里了。”

刘乘风干脆不说话了，就这么静静地站着。几位日本兵一个个举起了手中的枪，嘴里又是一阵叽里呱啦的乱叫。

丁二爷翻译了一遍：“皇军让你们拿起东西自己走，他们都懒得绑你们了。”

另外一名日本中佐军官走了过来，向刘乘风鞠了一躬后用中国话说：“我叫木村正，曾在北平看过您的演出，我非常喜欢您唱的京剧，希望您能和我们皇军合作，皇军是不会亏待您的。”

刘乘风上下打量了一番这位日本军官，根本没有搭理他。

木村正强压着怒气，将手按在军刀上说：“虽然我非常尊敬您的艺术，但是如果您损害了我们皇军的尊严，我也会感到非常痛心的。”

这已经是赤裸裸的威胁了，刘乘风思索了片刻，把目光转到了他的徒弟们身上，然后大声说道：“你们要时刻提醒自己是中国人，千万不要成为孬种!”

他的声音中气十足，随着午后的微风传出了很远很远。

木村正的脸色一变，“嗖”的一声拔出了日本军刀。林雪儿看到这一幕，惊得脸色煞白。吴越立即抓住她的手，朝她摇了摇头。看到吴越坚定的眼神，林雪儿的脸色这才渐渐恢复了正常。

可是刘乘风瞥了木村正一眼，旁若无人地和徒弟们一起收拾起唱戏的家当，把这个军官晾在了一边。

刘乘风被带到了一所由日本兵看守的二层小洋楼后，几名日本兵把唱戏的各种道具一件件拿了出来检查，特别是对刀枪棍棒看得尤为仔细，只要发现有铁制的道具，就立即没收。等检查完所有物品之后，日本人给他们提供了两间房子，男女各一间。

趁着几个徒弟收拾房间的时候，丁二爷继续劝道：“您还是答应了皇军吧，除了皇军想听您的戏，还有那么多戏迷都等着你登上舞台重新开唱呢。”

刘乘风根本没有理睬丁二爷，只是站在二楼的阳台上目不转睛地眺望着远方。外面不知什么时候起雾了，而且越来越浓。忽然，刘乘风高声说道：“你们看看远方，那里是还未沦丧的国土，那里还有我们的亲人，那里还留存着我们的希望。”

“外面的风冷，师傅你进来喝一杯热茶吧。”林雪儿不知道什么时候已经站在了刘乘风的身后，轻轻地给他披上了一件外衣。

丁二爷也过来朝着他眺望的方向看着，可是雾越来越浓，什么也看不见。丁二爷叹息了一声，无奈地摇了摇头，跟随着两名日本兵一起走下楼去。

刘乘风回到屋里，早有徒弟给他摆好了椅子，泡好了茶。他端起茶杯喝了一口茶，然后环视了屋子里所有的徒弟说：“你们当中有的人跟了我很多年，已经吃了不少苦头，有些人却是刚刚拜我为师，连唱戏的门道都没有摸到。可是现在你们都要陪着我这个老头子一起受罪了，我这个当师傅的实在对不起你们。”

说着说着，刘乘风的声音有些哽咽了，好一会儿才稳住自己的情绪继续说：“我们被关在这里，没有多少希望能够再出去了，每天都有可能面临死亡的威胁，受尽折磨也是不可避免的事情，可是尽管如此，我们在日本人面前也要保持中国人的铮铮铁骨，不要因为害怕而失去了尊严。”

“我们唱过苏武，唱过文天祥，唱过岳飞，唱过史可法，唱过袁崇焕，现在我们要唱一出属于自己的英雄故事。”一位徒弟慷慨激昂地说道。

“说的好!”刘乘风拍了拍桌子说，“现在我们被关在此处，也许我们以后再也没有机会登台唱戏，但是我们依然要练习，唱、念、做、打缺一不可。”

徒弟们恭恭敬敬地听完刘乘风的安排后，纷纷起身开始练习。有的开始吊嗓子，有的练习压腿，有的翻筋斗，有的摆造型，忙得不亦乐乎，根本看不出来这群人被关押着。

风越来越紧，天上的乌云也越压越低，没过多长时间，指甲般大小的雪花密密地从天空中飘落了下来，天地间变得一片混沌。

忽然，一个声音从低沉到高亢，从微弱到激荡，从不远处飘了过来。这个苍老的声音刺破了天地间的沉闷，在这个纷飞雪夜萦绕在每个人心头，挥之不去：

转眼北风吹，
雁群汉关飞。
白发娘，
望儿归，
红妆守空帏。
三更同入梦，
两地谁梦谁。
任海枯石烂，
大节不稍亏。
终教匈奴心惊胆碎，
拱服汉德威。

吴越躺在屋子的一个角落里，静静地听着《苏武牧羊》的选段，睁着眼睛满腹心事地望着朦朦胧胧的窗外。窗户下面有两名日本兵来回走着，他们的脚踩在雪地上发出的“嚓嚓嚓”的声音，时时刻刻提醒着他，后面的路危机重重。他翻过身子不再看着窗外，心里期望明天是一个晴天。

第二天早晨雪已经停了，刘乘风走出屋子。这才发现，这幢小洋楼处在一个坡地上，在这样晴朗的天气里，极目远眺竟然可以看到远处的黄浦江。此时金灿灿的阳光照射在周围的雪地上，愈加白亮刺眼。

雪止了，气温反而更低了。一阵风迎面直冲刘乘风的脸，顿时有如同针扎一般一阵阵的刺痛。可是他并没有躲回屋子里，而是扯着嗓子“啊……咦……呀……”地吊起嗓子来了。

徒弟们在刘乘风吊嗓子的声音中纷纷走出了屋子，开始了他们被囚禁的第二天生活。

不久以后，几名伪军送来了热气腾腾的早餐。一名伪军还非常不满地说：“比老子吃的还好，真不知道皇军是怎么想的。”

刘乘风和徒弟们匆匆地吃着早餐，根本没有人理睬伪军的抱怨。

不久，一辆黑色的小汽车驶进了小院子。车子停稳后，走下两男一女。其中穿着紫貂皮大衣、头戴一顶白色绒线帽的女人径直往二楼而来。

她人还没有走到楼上，愉悦的声音早已经传了上来：“老师您的身体可好？学生我来看您老人家了。”

很快刘乘风眼前就出现一位俏丽妩媚的妙龄女郎，她的笑容如同雪地里盛开的一朵迎春花，热烈而芬芳。她拿出一件皮大衣递给刘乘风，嘴里抱怨着：“老师您穿这么点衣服，冻着了让学生如何是好？”

刘乘风闪到了一边，没有接受她的皮大衣，冷冷地说：“我已经是一把老骨头了，挨下冻才知道什么叫人情冷暖、世态炎凉啊。”

“老师您错怪晓芸了，我最近一直都忙，今天才有空抽时间来看一看您老人家，您就不要责怪学生了啊。”苏晓芸一边抹着眼泪一边说。

“晓芸啊，我所教过的女学生里面，你的天赋最好，悟性最高，学得也最出色，你就不要在我面前演戏了吧，有什么话你就直说吧。”刘乘风依然面无表情。

苏晓芸听出了话中的讽刺之意，不仅没有一点儿尴尬的表情，反而扑哧一笑道：“您老人家还是那么风趣幽默，学生我羞死了。”

刘乘风没有接话，冷漠地说：“现在你我已经是不同路的人了，你走你的阳关道，我过我的独木桥，以前的师生之谊也就不要再提了。我知道你今天为什么而来，我劝你还是不要说出口为好，以免惹我生气，对你对我都不好。”

苏晓芸听了他的话后，忽然跪在了地上说：“老师您近几年来一直过着苦日子，又有谁管你呢？现在有这样一个机会，重新上台演出，拿回属于自己的荣耀，就是让学生也跟着沾一点光，又有什么不好呢？”

刘乘风转过身去，没有搭理她。苏晓芸又说道：“有那么多人会上台表演，老师您何必和自己过不去呢？”

刘乘风叹了一口气，轻轻地说：“一个女流之辈懂什么呢？”

“老师！”苏晓芸依然没有站起来，跪在地上大声地叫着。

刘乘风没有任何反应，于是苏晓芸对着站在屋子门口的其他徒弟说：“你们一起来劝劝老师啊，老师一生吃过那么多苦头，你们难道就忍心让他的晚年这样凄惨地度过？”

徒弟们只是盯着苏晓芸看，没有人跟她说话。苏晓芸悲伤地哭了起来，她的悲痛随着风一起传到了楼下，连远处站在门口守卫的几位日本兵也抬起头好奇地张望着。

几分钟过去了，苏晓芸依然没有止住哭泣，刘乘风伸出手把她扶了起来，然后淡淡地说：“晓芸你走吧，我们师生的缘分到今天就断了。”

苏晓芸默默地把皮衣递到刘乘风的手上，这一次他伸出手接了过来，可是并没有把皮衣穿到身上，而是顺手往楼下一抛。皮衣在风中舒展开来，飘飘荡荡地飞了一阵子，然后落在洁白的雪地上，恰好如同一个仰面倒地的人。

苏晓芸从皮衣上收回自己的目光，抹去眼角的眼泪，然后望着门里面其他人说：“你们要处处小心，好好照顾老师。”

说完这些话，她又一次打量了刘乘风沧桑的脸庞，然后捂着嘴巴匆匆忙忙地下楼去了，抽泣的声音却被风吹到了楼上。

吴越脱下了自己的衣服，一边给刘乘风披上一边说：“您进屋吧，外面风大，您的身子骨吃不消。”

刘乘风淡淡地一笑，眼光依然停留在雪地里的那一辆小汽车上。这时一阵军靴踩在地板上的声音传了上来，吴越立即将自己头顶的一顶破毡帽往下拉了拉，然后退回到屋子里，静静地观察着外面。

他先是看到了一张圆圆的脸，圆脸上深嵌着一双锐利的眼睛，然后是佩戴着少将军衔的肩章和壮实的身体。

来人正是山本，此时他已经升做少将。

山本在八名手持微型冲锋枪的日本兵的保护之下上了小洋楼，其中四名日本兵分成两批守住了两个房间的门，他们的枪口朝着屋子里，另外四名则分别站在了山本的左右，把枪口对准屋外。日本兵的双重警戒，隔断了对山本发动任何偷袭的可能。

山本走到刘乘风的跟前，恭恭敬敬地鞠了一个躬，用流利的汉语说："刘先生你好。"

刘乘风瞥了山本一眼，正色说道："我不会为你们这一群强盗唱戏的，你不用白费口舌了。"

山本笑了笑说："中国像你这样的人实在太少了，这让我更加敬重先生的为人。"

刘乘风没有说话，山本又说："我一直都是先生的戏迷，十多年前在北平听先生唱《霸王别姬》的情形依然历历在目，那是我人生中最美妙的体验之一。后来，我在日本访遍戏剧名家，却再也没有遇上能将西楚霸王项羽的气概演绎得如此淋漓尽致的人了，希望先生能够再次登台，以了却我心中的这个愿望。"

刘乘风听了山本的话后，哈哈地笑着说："恐怕你的目的不仅仅是如此吧！"

"我们日本人一直提倡大东亚共荣圈的建设，如果先生能为此出一份力，那也将是千古美谈，先生又何必执着于为谁唱戏呢？"

"狗屁！你是想让我遗臭万年！"刘乘风忍不住骂了一句脏话，"我刘乘风就是死也绝不会成为你们日本人的玩偶，不会为你们粉饰太平。"

只见山本眼中寒光一闪，可是很快又将眼中这种狠毒隐藏了起来，他围着刘乘风转了几圈后说："你们中国人有一种绝活，那就是熬鹰。鹰是一种骄傲的动物，可是不管鹰怎么桀傲不驯，还是有人能够驯服它们，让它们在鸟笼子里服服贴贴，先生就是那一头还未被驯服的老鹰啊。"

"那你不妨试试！我已经是一把老骨头了，什么样的辉煌灿烂都见识过了，什么样的风风雨雨也都经受过了，有什么手段尽管向我身上招呼！"

山本又一次笑了起来，笑容中却带着奸诈，还口口声声地说道："先生又错了，我绝对不会对你怎么样，如果你倒下了，谁上台来给我们日本人唱《霸王别姬》？"山本朝屋子里瞥了一眼，接着说，"先生作为他们的师傅，也应该为徒弟以后的前程和生活考虑考虑。”

“不用了，我的徒弟和我都是一样的人。”刘乘风斩钉截铁地说。

“先生这话未免太绝对了一些，恐怕并不是每一位徒弟都是和你有一样的想法吧?”

“我已经和她断了师徒的缘分了。”刘乘风的声音微微有些颤抖。

“这么说来真令人遗憾，我还想欣赏你们两人合作的《霸王别姬》呢。”

“我再说一遍，我是不会替日本人唱戏的。”刘乘风直视着山本那双锐利的眼睛。

“我会给先生一段时间考虑的。”山本依然一脸的平静，从表情根本看不出他在想什么，也看不出他是高兴还是生气。他对守在门口的日本兵说了几句话后就下了楼，两位日本兵立即从屋子里拖出一个人。刘乘风上前去阻挡，可是这两名日本兵完全不像山本那样客气，粗暴地推开了他，将他的徒弟拖下了楼梯。

小汽车徐徐开出了院子，很快地消失在雪地里。可是小洋楼下发出来的一声声凄厉的叫声，却久久地回荡在小院的上空。

刘乘风和其他人几次冲了下去想将被拖走的徒弟救上来，可是日本兵却一直用尖利的刺刀阻挡他们。他们眼睁睁地看着他被脱光了衣服扔在冰冷的雪地里，鞭子“啪啪啪”地打在他赤裸的身上，从脚部到背部全是鲜红的鞭痕，没有一处是完整的。血渗了出来，染红了洁白的雪地。女徒弟们早已经捂上眼睛哭了起来，而男的则咬牙切齿地紧紧握住拳头大声呼喊着他的名字：“喜子，你要挺住啊，挺住。”

吴越也捏住了拳头，他多么想夺下面前日本兵的枪去救他，可是他明白自己不能这样做。他转过头去看刘乘风，这位刚强的老人，看着徒弟因为自己而忍受着酷刑，眼角也流下了滚烫的泪水。

刘乘风大声对日本兵喊叫着：“你们要打就打我，冲着我来，不要再打他了，再打要打死了，冲着我来啊，冲我来。”

没有一个日本兵理会他，他们依然用力地抽打着喜子。一个打累了换另一个，手中的鞭子已沾满血液，血液凝固之后变得硬邦邦。喜子身上已经没有一块好肉，呼喊的声音也越来越弱，直到他已经不能再挣扎的时候，他们才放下鞭子示意过来一个人把喜子抬回去。

吴越赶紧跑了过去，只见喜子的脸色惨白，全身颤抖着。吴越赶紧脱下自己的衣服，把喜子的身体包裹了起来，将奄奄一息的喜子抱了回来。

这时候日本翻译官来到刘乘风的面前说：“山本大人下了命令，只要你一天不答应上台演出，每天就从你的徒弟当中选出一个人受刑。”

刘乘风瞪着血红的眼睛咆哮着：“你叫那个小日本回来，有种他冲着我来！”

回应他的是风刮过树梢的声音和喜子在接受消毒时因疼痛再次发出的呻吟声。他不敢去面对鲜血淋淋、伤痕累累的弟子，这一刻，刘乘风第一次感觉到了自己的孤独和无奈。

林雪儿和吴越守在他的身边，吴越轻轻地说：“一切都会过去的。”

然而事情并不会真的那么容易就过去，第二天又有一人被日本兵拉走受刑，惨烈而凄楚的呼声又一次在小洋楼的上空回荡。刘乘风似乎一夜之间苍老了许多，吴越望着他鬓角新增的些许白发，体会到了什么才叫心灵的折磨。一个人遭受肉体上的痛苦是有限的，然而精神的痛苦却是无限的。承受着弟子惨叫声的刘乘风如同被推进了地狱，日日夜夜被架在烈火上焚烧，他的灵魂倍受煎熬。

一天、两天、三天……受刑的徒弟越来越多，刘乘风不再跑到日本兵面前去咆哮，因为他终于意识到日本人和自己真的相差太远，他们根本没有任何的怜悯之心。到第五天的时候，他终于忍不住了，无奈地对日本翻译官说：“不要再折磨我的弟子了，我愿意用死来换取他们的自由。”

“只要你死了，这里每一个人都无法活着走出去，这就是游戏的规则。”日本翻译官告诉他。

刘乘风愣住了，日本人甚至剥夺了他死亡的权利。

两名日本兵又拖出去了一名弟子，这一次又玩起了新鲜的花样，他们用鲜红滚烫的烙铁给他的身体留下了永远的印记，给他的记忆永远烙下了这黑暗的时刻。

这一天的夜晚显得分外的漫长，刘乘风瞪着眼睛度过了这寒冷的一夜。

第二天早上，刘乘风瞪着布满血丝的眼睛对日本翻译官说：“告诉山本，我同意唱《霸王别姬》，但是我要使用自己的道具。”

刘乘风演戏有一个特别之处，他演戏用的刀枪剑戟完全是真实的，这也是他享誉戏剧界的一大特点。

日本翻译官通过电话将刘乘风同意上台演出的条件报告给了山本，翻译官放下电话之后对刘乘风说："山本少将已经同意了你的请求，但是如果你在舞台上要什么花招的话，你们每一个人都得死。"

刘乘风回到了屋子里，对吴越说："我已经同意上台演出了。"

吴越望着他愈加苍老的脸庞，心里感到一阵内疚，他也不知道自己的这个选择到底对不对。

刘乘风拍了拍沉默着的吴越，叹了一口气说："在这样的时代，也许这是我无法逃脱的宿命。"

吴越默然不语地看着外面，天空中又飘飘扬扬地下起雪来，天地间迷茫一片，吴越的视野也一片模糊。

第二十九章 致命一击

所有人的注意力都集中在刘乘风的身上，连负责安全护卫的日本兵也没有注意到，舞台边上的一名敲鼓手已经缓缓地站了起来。

这一天晚上，“上海大剧院”几个大字被霓虹灯照耀得绚丽多彩，通往大门的台阶上人声鼎沸。台阶下宽大的马路上停满了各种牌子的汽车，远处不时地传来一阵阵汽车喇叭的声音，似乎全上海的汽车今晚都汇集到了这里。

背着枪的日本巡逻兵和一些穿着风衣的特务来往穿梭着，时刻防范着可能发生的意外事件。

大剧院里面，刘乘风已经坐在化妆间的椅子上，他的眼睛盯着镜中自己的脸，化妆师正往他的脸上涂抹着一层又一层的油彩，已经瞧不出他脸上是什么表情了。他抽动着鼻子，用力地嗅着这股他曾经喜欢而又熟悉的味道。

他的边上坐着苏晓芸，她的脸上也被敷上一层薄薄的脂粉，此刻正呆呆地望着镜子里自己娇丽动人的面容，陷入了深深的沉思。

化妆间里没有一个人说话，每个人都默默地做着自己手上的事情。

然而，剧院大厅里的各种声音清晰地传进了化妆间，演讲声、鼓掌声、欢笑声汇成一片。

吴越此时穿着一身红色的衣服，头上还被布包着，一看就知道他是一名擂鼓手。外面日本人夸耀他们在东亚战场和太平场战场上胜利的欢笑声让吴越的脑袋似乎要裂开一样，索性用手轻轻拍打着自己面前的鼓。随着他的手有节奏地在鼓面上跳动着，他的心情终于慢慢地平静了下来。等一会儿，他也将出现在舞台上，而他的任务就是敲着面前的这一面鼓。

听着鼓声响了起来，苏晓芸也露出了笑容，靠在椅子上静静地听着。听了一会儿，她转过头对刘乘风说："老师，您准备好了吗?"

刘乘风的徒弟都瞪着她，那眼神恨不得把她撕成碎片，可是苏晓芸根本没有理会那些目光，依然认真地看着刘乘风。

过了许久，刘乘风才吐出了几个字："我没有问题。"

吴越望着刘乘风的背影，默默地停下了自己的拍打动作。在这样的时候，也许大家都需要安静。

等到需要上台的人都化完妆，丁二爷带着五六个人出现在化妆间里。他看了看刘乘风，又看了看其他人，显得很满意，于是大声宣布道："所有不参与演出的人都跟我走。"

他的话刚一落下，就引起了一阵骚动，几位负责化妆以及没有参演任务的徒弟非常不满意，他们冲到了丁二爷的前面，责问这是为什么，也有人担心演出结束之后日本人会对刘乘风不利，因此都不肯跟他们走。

丁二爷看到他们吵吵嚷嚷，便示意他的手下掏出了手枪，并警告说："我带你们走就是让你们师傅有所顾忌，千万不要把演出搞砸了让日本人丢脸，只要你们的师傅在舞台上故意犯错，你们一个也不能活，坟都给你们挖好了。"

众位弟子呆住了，惊慌的神情凝固在脸上，原来他们已经成了要挟刘乘风好好表演的人质。

刘乘风依然坐在椅子上一动不动，可是他低沉的声音里却透着弟子们无法抗拒的威严："你们赶紧离开这里，不要因为不听他的话而枉送了自己的性命。"

还有几位徒弟依依不舍地不想走，刘乘风厉声说道："既然你们连师傅的话都不听了，以后也就别叫我师傅了。"

听到这话，他们这才开始收拾东西，丁二爷则不耐烦地催促道："别磨磨蹭蹭了，给我赶紧走!"

吴越和林雪儿四目相对，她的眼里已经涌出了泪珠，吴越用他粗糙的手掌轻轻地为她擦去腮边的泪珠，嘴里却只说出两个字："保重。"

这两个字让林雪儿的眼泪如同决堤的河水一样，哗哗地往下流淌，在脸上汇聚成一条小溪。

吴越再一次伸出手替她擦去脸上的泪痕，然后努力挤出一个笑容，却什么也没有说出来。他知道她等着他的一个承诺，而他给不起的恰恰就是这个承诺，因为他的身份注定了他没有爱的权利，他甚至不知道今天还能不能活着离开这里。

一个连今天都不能把握的人，更不要奢望自己的明天会怎么样了。

林雪儿猛地扑到吴越的怀里，双臂紧紧地环绕着他，生怕他会消失一样。吴越忽然觉得很内疚，她把所有的爱都给了自己，而他却什么也不能给她。吴越也紧紧地抱住了她，他能给的也许只是此刻的一个温暖而充满力量的拥抱而已。

时间如同凝固了一样，他们两个人久久也没有分开。

许多人的眼里都涌出了泪水，在戏曲的世界里，他们演过许许多多的生离死别，可是搬到现实生活中来，他们才发现自己根本无法承受。

苏晓芸看着眼前拥抱在一起的两个人，将脸转到了另一侧，化妆镜里映出了她那张美丽而凄楚的笑脸。

丁二爷望了望门口，有些焦急地警告道："你们两人给我快点分开，不要再浪费时间了，快点给我走!"

两人这才分开了，林雪儿依然含情脉脉地注视着吴越的眼睛说："我等你。"

吴越还是说了两个字："保重。"说完之后，吴越静静地看她转过身，注视着她的背影消失在化妆间的门口。

她已经离开了，吴越的目光依然久久地凝视着她曾经站立过的位置。苏晓芸望着吴越出神的眼睛说："刚才那生离死别的一幕，真的很感人，没想到你也是有感情的。"

吴越回过头来看了苏晓芸一眼，淡淡地笑了，他不是没有感情，而是习惯把感情深深埋藏在心底。

他们走后没过多久，一名日本中佐军官在两名日本兵的陪同下来到化妆间，吴越认得他，那天刘乘风在虹口路唱《美猴王》，他曾经向刘乘风鞠过躬，表示过他很喜欢刘乘风唱的戏。

这名日本军官走到刘乘风面前，像上次一样恭恭敬敬地鞠了一躬说："我叫木村正，我们见过面的，《霸王别姬》是下面的节目，请您做好准备。"

刘乘风淡淡地应了一声："知道了。"

木村正又说："听说您这次上台表演用的武器全是真的。"

"如果你听过我的戏，就应该知道这是我的风格。"刘乘风不冷不热地答道。

"这个我明白，只是这一次有点不一样。"木村正拿起摆在一边的一把剑，轻轻地抚摸着闪着光的剑刃说，"这次活动由我负责保卫工作，我希望您不要做出愚蠢的事情，不然的话，不管我多么尊敬您，我也要忠于自己的职责。"

刘乘风哈哈一笑说："你指的愚蠢的事是什么?"

"我们允许你使用这些锋利的武器完全出于对艺术的尊重，你当然也明白愚蠢的事情是什么。"木村正一边说着一边把剑放回了原处。

刘乘风却拿起了那一把剑，手指轻轻地抚过剑身。这把剑已经伴随他度过了人生大部分的时光，抚摸着这把剑就如同和这位老朋友亲切地交谈。

刘乘风陷入沉思，木村正又向他鞠了一躬说："拜托您了。"说完，他就退了出去。

"跟我上台去。"刘乘风跟吴越说，目光依然停留在手中的剑上。

吴越马上拿着鼓站起来，跟在刘乘风的后面走出化妆间候场。等台上的一名日本人发表完讲话之后，他们登上了舞台。

刘乘风的出现，立刻引起了剧院的骚动，一阵又一阵热烈的掌声潮水般响了起来。山本和一些日本军官坐在第一排，刘乘风一登台山本就停止了和旁边的人交谈，面带笑容地鼓起掌来。

吴越的位置在舞台的边上，他坐下之后，一边敲着鼓一边观察着周围的情况。他发现舞台的两边都站着荷枪实弹的日本兵，他们的神情可不像坐在第一排的那些军官一样轻松，他们需要时刻关注着剧院内的动静，不允许有任何意外发生。

现在，这些负责安全保卫的日本兵的注意力几乎全部被刘乘风所吸引，因为他手上拿着一把锋利的剑。木村正的表情很奇特，一边随着刘乘风的唱腔摇头晃脑，一边不安地握着军刀的刀柄。

吴越又把目光转到了剧院第一排的位置，这里坐着许多日本军官。很显然，他们的位置是按照军衔的高低来排的，军衔高的坐在最中间，军衔低的坐在两边。吴越发现坐在最中间的几名日本军官竟然是中将军衔，而山本虽然已经升为少将了，但他坐的位置依然比较靠边。

此刻山本眯着眼睛轻轻地摇着头，手也没有闲着，跟着锣鼓点一下一下地打着拍子，嘴巴也一张一合正跟着戏文轻轻地哼着，似乎完全沉醉于戏剧美妙的境界当中了。

戏剧渐渐进入高潮，吴越也敲得更加兴奋起来。西楚霸王和虞姬两人的身影在台上来来往往，他们的音调忽高忽低，各种乐器随着故事的发展奏出或低沉或激昂的调子，台下的掌声和叫好声不断地响起来。

对日本人来说，这的确是一个令人难忘的夜晚，他们成了日本发动全面侵华战争后，第一批听到刘乘风出演经典剧目《霸王别姬》的日本人。更重要的是，他们见证了武力征服到精神征服的过程，一个发誓不为日本人唱戏的京剧名家，今天终于屈服在他们的脚下，开始为他们唱戏了。

刘乘风把西楚霸王演绎得惟妙惟肖，仿佛两个人已经合二为一。吴越完全被西楚霸王雄浑而苍劲的唱腔感染了，只听他唱道：

力拔山兮气盖世，
时不利兮骓不逝。
骓不逝兮可奈何，
虞兮虞兮奈若何！

剧院内的叫好声响成一片，许多人甚至站起来鼓掌叫好。刘乘风演得如此传神，他那凄惨而坚毅的眼神、勇猛又柔情似水的性格，似乎让人穿过尘封千年的历史，就站在项羽的军帐外，亲眼目睹着西楚霸王和虞姬的诀别。

吴越的鼓也敲得更加急了，虞姬凄楚绝望的神情令人揪心，只听她唱道：

汉兵已略地，
四方楚歌声。
大王意气尽，
贱妾何聊生！

戏剧已经进入了高潮，唱完这段词，虞姬趁西楚霸王不注意，抽剑自刎，倒在了地上。

西楚霸王还没来得及伤心，敌人已经杀到。在越来越激烈的鼓点中，西楚霸王战斗到只剩下自己，他最后的时刻到了，吴越猛地停住了击鼓的动作。

这一刻，所有的声音都停止了，只见西楚霸王站在空旷的舞会上，环顾四周，只剩下他一个人，他的脸上掩饰不住自己的孤独和寂寞。

西楚霸王的声音就在这一片寂静当中响了起来，声音越来越高，成为他最后的绝唱：

八千子弟俱散尽，
乌江有渡孤不行。
怎见江东父老等！
不如一死了残生！

最后这一段唱词响起来的时候，吴越的双手暗暗一用力，鼓的侧面裂开了一道狭长的细缝。

词唱完了，西楚霸王仰起头来，拔剑就往脖子上抹去。此刻台下掌声雷动，久久不息。

木村正的手也终于离开了军刀，用力地鼓着掌。演出已经结束了，他紧绷着的神经终于可以放松了，刘乘风并没有试图用他的剑做一件愚蠢的事情。

山本也站了起来，他一边和边上的军官兴致勃勃地交流着什么，一边鼓着掌微笑。第二天上海的报纸一定会有特大新闻，京剧名家刘乘风为日本军队庆典登台献艺，这又是记在他头上的功劳。

就在此时，吴越悄悄地扒开那一条裂缝，小心翼翼地从鼓里面掏出一把安装了消声器的勃朗宁手枪。所有人的注意力都集中在刘乘风的身上，连负责安全护卫的日本兵也没有注意到，舞台边上的一名敲鼓手已经缓缓地站了起来。

吴越的嘴角微微翘了起来，这是他杀人时一个习惯性的表情。

忽然，众人发出了一声惊呼，那些负责保卫工作的日本兵端着枪朝舞台跑了过来。

吴越心头一惊，不知发生了什么事情，但刺杀的时机转瞬即逝，必须现在出手！他抬起手瞄准了山本，迅速地扣下了扳机。高速旋转的子弹，穿过喧嚣的声音，撕开沉闷的空气，穿进了山本的胸膛。

在子弹的冲击下，山本的身子猛地抖动了几下，他低下头看到了自己的胸膛正向外流淌着鲜血，脸上露出了不可思议的表情。惊讶的表情很快变成了愤怒，可是吴越没有等他张开嘴巴喊叫便连续扣动扳机，又有两颗愤怒的子弹呼啸着直奔山本而去。其中一颗再次准确无误地击中了山本的胸膛，另一颗击中了他的额头，山本半张着嘴巴什么也没有说出来，便摇摇晃晃地倒了下去。

吴越长长了吁了一口气，三枪里面二枪击中山本的胸膛，一枪击中他的头颅，即使山本没有即刻毙命，相信也绝对活不过一分钟。

整个剧院已经一片混乱，当初拍手鼓掌的声音都已经被惊声尖叫的声音所取代，特别是那些日本高官的太太们，她们一浪高过一浪的惊叫声，让剧院的场面更加混乱不堪。

几名日本兵冲了过来，吴越一边后撤一边注视着日本兵的动向，保证自己不暴露于日本兵的枪口之下。

“刘大哥，赶紧走，我掩护你。”吴越扭过头对刘乘风说。

突然，吴越眼前闪过一片血光，他完全愣住了。只见刘乘风脖子上血流如注，他的脚下已经有了一大滩的血迹。此刻，他的双手正用力地握着剑柄，剑头朝下。这把陪伴着他走南闯北的剑，正支撑着他摇摇晃晃的身体。

刘乘风朝吴越张了张嘴巴，却什么也说不出来。他不仅用剑割断了自己的颈动脉，甚至还割断了自己的喉咙，他再也唱不出一个字来了。

“怎么见江东父老等！不如一死了残生！”吴越的耳朵里似乎回荡着这几句唱词，他什么都明白了，朝着刘乘风大声地呼喊着：“刘大哥——”

刘乘风已经不可能再回答他了，可是吴越看到他的嘴角用力地往上翘起，那是他留在这个世界上最后的笑容。

只听“咔嚓”一声，剑已经断成了三截，刘乘风轰然倒地。

人在剑在，人亡剑亡。刘乘风死了，他用死来证明自己的誓言——绝对不为日本人唱戏。

剧院里面经历了这一场混乱之后，人们终于完全明白了发生了什么事情。原先他们的注意力集中在刘乘风的身上，刘乘风拔剑自刎的时候，那些军官太太们发出的惊叫扰乱了众人的注意力，他们竟然没有注意到刺客吴越从鼓里面拿出手枪射杀了日本军官山本少将。

其实，吴越开枪射击和刘乘风拔剑自刎几乎是同时，刘乘风自刎后一直用剑支撑着自己的身体久久没有倒下，这又牵制了一部分人的注意力，使他们没有注意竟然有人中枪身亡。

此时几名日本兵从两边过道上逼了过来，并且向吴越开枪射击，吴越看到木村正已经拔出了日本军刀，随着几名日本兵一起追了上来。

苏晓芸刚刚演完下台，她目睹了山本被吴越射杀，但是并没有看到刘乘风在舞台上自刎，见吴越这么久都没有出来，就对吴越大声喊道：“快点走啊！”

吴越从演员出入舞台的小门跳了下去，迎面就撞上了苏晓芸。

“我们赶紧走！”吴越拉起苏晓芸的手就要离开。

“师傅呢?”

“刘大哥已经死了。”

“什么?”苏晓芸瞪大了眼睛，想冲上舞台，却被吴越死死地拉住了。

“现在回去，就是去送死。”

“可他是我的师傅。”苏晓芸的眼里闪动着泪光，不住地从小门往舞台望去，重复地说道，“他是我师傅。”

一颗子弹贴着吴越的耳朵飞了过去，打在了一根柱子上，溅起的木屑差点飞进他的眼睛里。

“活人永远比死人重要。”吴越看着苏晓芸的眼睛，含着泪说道。

说话间，一名日本兵已经冲了过来，正准备举枪射击，吴越连忙把苏晓芸拉到了一边。这一次，子弹贴着吴越的手飞了过去，擦破了他手上的一块皮。吴越抬起手开了一枪，日本兵中枪倒地。

解决了这名日本兵后，吴越硬拉着苏晓芸跑出了几步，苏晓芸也冷静了下来，跟着吴越按原定计划逃跑。

“我师傅一定死得很悲壮。”跑着跑着，苏晓芸突然说。

“他用死亡向日本人表示了中国人的尊严。”吴越的声音似乎也有些哽咽了。

两人转过了一道门，吴越迎面撞倒了一个人，正准备开枪，忽然发现对方竟然是日本人的翻译，此刻他正一脸惊恐地看着吴越。

吴越盯着他，正考虑是否要杀了他，这时这个中国人战战兢兢地说着：“你们往左边走，我刚从左边过来，那里没有日本兵。”

身后又传来了一阵脚步声，吴越收回了枪，拉着苏晓芸就往左边的门跑了出去。

还没有跑出几步，吴越就听到木村正的问话声：“一男一女跑到哪里去了?”

那翻译结巴着说：“他们……他们往……右跑了。”

出了左门已经是剧院的外面，在外围巡逻的日本兵丝毫不知道剧院里面发生了什么事情，一队日本兵正按照预定的路线执行他们的巡逻任务。

吴越蹲在墙角的阴暗处观察着，等前面一队巡逻的日本兵走过去，他立即拉起苏晓芸往前面狂奔起来。刚跑出大概100米的距离，一束明亮的光线突然亮了起来。吴越伸手拦住了刺眼光芒的同时，发现挡住去路是一小队巡逻的伪军。

吴越毫不犹豫地开枪射击，用完了枪中剩余的子弹，几名伪军应声倒地。其他的伪军开始还击，枪声打破了街道上的静寂。

手枪已经没有了子弹，吴越只能和苏晓芸缩着身子躲在一个墙角，忍受着对面疯狂的射击。

伪军并不知道吴越已经没有了武器，他们之所以没有追上来是忌惮于对方百发百中的枪法，刚才吴越随便开了几枪，就杀死了好几个伪军，因此他们不敢轻易冲上来。但是他们的意图很明显，用火力封锁住吴越前进的道路，等这条路上巡逻的日本兵赶到，到时候两边夹击，那吴越插翅也难飞，只能束手就擒。

吴越有些焦急，按原计划，接应自己的人就是从伪军那个方向过来，怎么现在还没有出现? 现在的情况是前面有敌人堵截，后面随时都会有追兵出现，而自己又是赤手空拳，处境实在是非常危险。

吴越并不害怕危险，哪一次的任务不是出生入死? 可是今天不一样，苏晓芸和他在一起，在这个任务上，苏晓芸是他的雇主，如果雇主出现了危险，那么完成任务也没有任何意义。

忽然，苏晓芸大叫一声：“小心!”

吴越感受到了苏晓芸柔软的身躯趴在了自己的身上，接着一股温热的液体不断地流了出来。

吴越转过身一看，只见身后一名追来的日本兵再次端起了枪扣下扳机，子弹又一次击中了苏晓芸，她的身体因为子弹近距离的巨大冲击力而抽动了一下。

吴越用力甩出了手枪，坚硬的手枪带着一股愤怒的力量砸了过去，把日本兵的脑袋砸得头破血流。

这个他处处提防着的女人救了他的命，这一次她用自己的身体为他挡住了致命的两枪。吴越悲痛地大声呼叫着她的名字："晓芸……晓芸……"

和吴越的呼叫声一起响起来的是前面猛烈的枪声，接应他的人已经和拦在前面的伪军交上了火。吴越将苏晓芸紧紧抱在胸前，往前面疯狂地冲过去。子弹呼啸着从他的耳边飞过，炸弹爆炸的火光照亮了他那张冷酷而悲痛的脸。只见这个时候，吴越听到了一阵脚步声，他抬起头一看，木村正双手握着日本军刀慢慢地走了过来。

他盯着吴越的脸愤怒地说："今晚的事件，大大损害了我们皇军的荣誉，你也让我丧失了一名日本武士的尊严，我必须杀了你。"

吴越把浑身流血已奄奄一息的苏晓芸轻轻地放在一边，然后脱下自己的外套盖在她的身上。

做完这一切后，吴越站了起来，直视着眼前这位年轻军官。他不顾一切地追赶过来，就是因为吴越的刺杀行动让他颜面扫地——堂堂一个"帝国武士"，居然连会场的安全都无法保证。

吴越望着他说："愤怒已经让你丧失理智，在我眼里你已经是一个死人了。"

木村正的眼睛都红了，举着刀盯着吴越说："报上名来。"

"刺客吴越。"吴越的嘴角微微向上翘起。

木村正显然受过严格的剑术训练，没有鲁莽出手，而是围着吴越转了一圈，企图找出吴越的弱点。然而吴越只是静静地站着，丝毫没有受到任何干扰。突然，木村正双眼一瞪，大喊着冲了过来。

吴越的眼睛始终牢牢地盯住他手上的军刀，不管他是刺是劈还是砍，他都闪身躲过去了。

连续几次攻击都没有得手，木村正消耗了大量的体力。他喘着粗气重新围着吴越转圈，又猛地向前跨出一大步，举起军刀向吴越的脑袋直劈了下来，吴越感受到一股强劲的风直冲脑门而来。

这一次，吴越不躲也不闪，竟然伸手抓住了木村正的手腕。木村正的军刀在吴越的头顶闪着寒光却久久没有砍下去，为了用力把刀往下按，木村已经涨红了脸，几乎把全身的力量都用在了手臂上。

吴越的机会来了，他突然抬起右脚往木村正的左腿膝盖踢了下去，只听“喀嚓”一声，木村正左腿膝盖断裂了，他的左腿一弯，整个人单腿跪了下去。

这一刻，剧烈的疼痛令他的全身一阵颤抖，他手里的军刀已经握不住了。吴越趁机夺下了他的军刀，然后用力刺穿了他的胸膛。

木村正整个人跪倒在吴越的面前，他的眼睛死死地盯着吴越，一副死不瞑目的模样。

吴越双手放开军刀，抱起了苏晓芸，只见木村正嘴里不断地流出鲜血，嘴巴一张一合，模糊地可以听到四个字：“刺客吴越。”

伪军快被消灭了，吴越紧紧抱着苏晓芸穿过伪军刚才阻击他的地方，看到楚天文正带着一帮人警戒。看到吴越来了以后，楚天文立刻带着吴越沿计划的撤退路线离开。当抱着苏晓芸穿过保安堂药房的一扇暗门之后，吴越终于来到了另一条马路上，此时已经有一辆汽车等在那里，吴越马上上车，车子在黑夜中飞驰而去。

“坚持一下，马上送你去医院。”吴越俯下身子轻声对苏晓芸说。

苏晓芸伸出白皙的手轻轻地抚摸着吴越的脸说：“我曾经害你挨了一枪，今天我为你挨了枪，咱俩算是扯平了。”

吴越用衣服按住了她背部的弹孔，然而鲜血依然不断地向外涌出来，止都止不住，吴越只能用力地按着她的伤口安慰道：“不要说话，你会没事的。”

“给我一个拥抱好吗?”苏晓芸望着吴越悲伤的脸说，“就像你拥抱雪儿和翡翠一样。”

吴越愣住了，苏晓芸却微笑了，苍白的脸如同一朵盛开着的白莲花。

“你不要忘记我是干什么工作的，只要是关于你的情报，我从来不会有任何遗漏。”苏晓芸咳嗽着说道。

吴越没有说话，俯下身子抱住了苏晓芸，只听苏晓芸在他耳边轻轻地说着：“我在上海的风月场所来来去去，从来没有一个男人真心对待过我，我也从来没有真心对待过一个男的，你是真心对我的吗?”

还没有等吴越回答，她的手忽然就垂了下去，她轻轻闭上了眼睛，脸上还挂着一个浅浅的微笑。

吴越没有松开她的身体，不想打破她这个甜蜜的梦。

第三十章 刺客风云

就在此时，风云变幻的上海出现了一个神秘的刺客组织，他们神出鬼没，嫉恶如仇，专门刺杀日方高级军官和投靠日本的大汉奸，令他们闻风丧胆，头痛不已。

江边的风有些冷，四周一片黑暗，林雪儿身上披着一件风衣，跺着脚在江边来回走动，同时不断地朝四周张望着。

忽然，两束汽车灯光刺穿了黑暗，照射在林雪儿的脸上，借着灯光可以看出林雪儿的表情突然间就凝重了起来。她朝汽车的方向跑了几步，又慢慢地停了下来。这辆汽车即将告诉她一个关于吴越的答案，她的心里忽然间有了一种恐惧。

汽车终于在林雪儿的身旁停住了，陈一飞从车上走了下来。林雪儿往车厢里看了几眼，没有发现里面还有什么人。

林雪儿的脸瞬间就白了，她盯着陈一飞问："他怎么样？怎么没有和你一起来？"

陈一飞说："吴越让你和其他人一起去重庆，他很快就会去重庆找你。"

林雪儿的脸上恢复了血色，然后问："他真的没事？"

"他很好。"陈一飞没有作更多的解释，只是向其他人招呼道，"大家抓紧时间赶紧上船，你们先走。"

众人纷纷向停在江面上的一艘小货轮走过去，林雪儿却依然站在原地。

有人朝她招呼："雪儿，快点上船，外面风大。"

林雪儿朝对方笑了笑，依然一动不动。陈一飞见大部分人都上了船，便从口袋里掏出一块环形玉佩递给她。

林雪儿疑惑地看着他，陈一飞解释道："吴越让我给你带来一块玉佩，他说你把玉佩带在身上，就如同他在身边陪伴着你，他处理完事情后马上会到重庆找你。"

听他这样一说，林雪儿立刻紧紧握住这一块玉，如同紧紧地握住自己的幸福一样。她朝车来的方向再望了一眼之后，也依依不舍地上了小货轮。

丁二爷见所有人都上了船，便对陈一飞说："请放心，走这条水路很安全，即使遇到日本人也没关系，他们暂时还没有怀疑我。"

陈一飞点了点头，挥手向船上的人告别。

小货轮启动了，在黑漆漆的江面上缓缓前行。这时候，陈一飞的身旁多了一个人，他就是吴越。

当小货轮完全消失不见的时候，陈一飞转过头来，盯着吴越的脸，突然亮出手里的一把匕首。汽车灯照在匕首的刀刃上，发出了刺眼的寒光。

"现在是解决我们两人问题的时候了。"吴越望着这把熟悉的匕首说。

陈一飞挥动着匕首，在夜色中划出一道美丽的光芒。

"我说过让你等我活着回来的，现在我活着回来了，你准备怎么办?"吴越望着陈一飞有些憔悴的脸说。

陈一飞笑了，吴越猜不透他笑容之中的含义，他也没有必要知道陈一飞为什么要笑，一切都结束了，他想怎么样就怎么样。

收起了笑容，陈一飞抓住了吴越的手，摊开他的手掌，把匕首放到吴越的手中，然后郑重地说："我认为还是这只手更适合拿着这把匕首。"

吴越惊讶地看着他，一脸的不解。陈一飞则替吴越合拢了手掌然后说："你完成了刺杀任务，我也完成了替你保管匕首的任务，现在终于可以物归原主了。"

吴越望着陈一飞年轻而憔悴的脸，鼻子一酸，然后拍着陈一飞的肩膀哈哈大笑起来。陈一飞也换上了轻松的表情，开怀大笑。两人的笑声驱散了黑夜之中的阵阵寒意，也化解了所有的个人恩怨。

此刻，吴越已经了无牵挂了，他不放心的人现在都已经安全了。他一直心怀愧疚之情的翡翠，也在中美联合医院接受治疗康复后，成为一名志愿服务的护士，开始了新的人生。

望了一眼黑暗夜空中闪耀的星星，吴越和陈一飞大踏步离开了江边，因为有更多的事情等着他们去做。

林雪儿随着戏班成员辗转到了大后方重庆，她天天都盼望着的，就是吴越能够来找她。一个月，两个月，大半年的光阴艰难地熬过去了，她依然没有得到任何关于吴越的消息。

终于有一天，她忽然收到一封从上海寄过来的信，她迫不及待赶紧拆开信封读了起来。

雪儿：

你说过要等我，我却不能让你等。

我是一名刺客，一直过着有今天却没有明天、刀锋喋血的日子，因此我无法带给你安定的生活。你已经吃过那么多苦，受过那么多罪，我不愿意因为我而让你再次受到伤害。

请你谅解我，我真的不能跟你在一起。

那块玉是我家祖传的，我一直带在身边，因为这块玉能给人带来好运。在这个乱世当中，我无法保护你，我希望这块玉能带给你平安。

你不用等我了，因为这一封信在你上船离开的那一天就已经写好，你之所以迟迟才收到它，是因为我嘱托替我寄这封信的人，等我不在这个世界的时候，再把这封信寄给你。

你会因此而悲伤，但是你不会继续等下去。

祝你幸福！

吴越绝笔

1941 年 12 月 30 日

信纸上沾着已经干涸的血迹，林雪儿久久地凝视着那暗红色的血迹，她压抑着心中巨大的悲痛，站在门口愣愣地望着上海的方向。那里，有她最爱的人。

山本被刺杀之后，暗杀爱国人士的罪恶计划被扼杀在萌芽状态，日本军部高层大受震动，日本人在上海获取军事情报的速度也迅速减缓，控制上海的经济已力不从心。

就在此时，风云变幻的上海出现了一个神秘的刺客组织，他们神出鬼没，嫉恶如仇，专门刺杀日方高级军官和投靠日本的大汉奸，小村一郎、方盖天也相继被刺杀。

如今，这个刺客组织的出现更加让日本人闻风丧胆，头痛不已。他们每完成一次刺杀行动，都会在尸体旁边留下鲜明的标志：杀人者刺客吴越！